Romy Schmidt

Mein ganz persönlicher Dämon

Weitere Bücher von Romy Schmidt:

Varola Blutsbruderschaft:
(Serie über Vampire)

1 Nadai
2 Mogens
3 Arthur
4 Williams
5 Mircea
6 Kanus
7 Ranoun
8 Martin
9 Philadelphos
10 Carlos
11 Thomas
12 Erik
13 Björn
14 Michael
15 Wulfhart
16 Alec
17 Mika

Bücher über Werwölfe:
Wolfsbar/Wolfsbau
Wölfe sind auch nur Männer

Bücher über Geister bzw. Gespenster:
Mann: Solange die Sonne scheint - Teil I
Geist: Solange es Nacht ist - Teil II

Drachenfehden

Meine italienische Braut

Mein ganz persönlicher Dämon

Mein ganz persönlicher Dämon

Für meine Freundin
Angela Ripl

6

Mein ganz persönlicher Dämon

Mein ganz persönlicher Dämon

Kapitel 1

Ich, Issi, bin 18 Jahre alt und lebe in Luthien, einem von 4 Ländern auf dem Kontinent Atlantea mitten im Pazifischen Ozean.

Wie wir in der Schule gelernt haben, reichen die Aufzeichnungen unserer Geschichte sehr, sehr weit zurück. Damals, zum Beginn unserer Aufzeichnungen lebten die Götter von Atlantea in völliger Harmonie mit den Göttern der Griechen, der Ägypter und der Sumerer bzw. Babylonier. Das Zentrum der damaligen Kulturen lag am Mittelmeer. Nur unser Kontinent war weit, weit davon entfernt. Doch das war eigentlich nicht schlimm, denn für Götter zählen Entfernungen nicht wirklich. Es herrschte ein reger Handel zwischen den einzelnen Ländern und auch Atlantea profitierte von den Handelsbeziehungen. Auf Atlantea gab es zwar größere Vorkommen an Edelmetallen, vor allem Gold und man fand auch Diamanten und andere Edelsteine. Es wurde sogar behauptet, man musste sich damals nur bücken und schon konnte man einen Edelstein oder einen Goldklumpen aufheben. Aber man konnte eigentlich nichts mit all den Schätzen anfangen. Dafür konnte damals bei uns niemand Stoffe, Tongefäße und was man sonst noch so zum Leben brauchte, oder auch Waffen herstellen. So blühte bald der Handel zwischen uns und den anderen Ländern. Unsere Götter sorgten dafür, dass wir alles bekamen was wir für ein bequemes Leben benötigten.

Damals war es für normale Menschen so gut wie unmöglich Atlantea zu erreichen. Antike Schiffe schafften es gerade mal von Griechenland nach Ägypten. An eine Überquerung des Pazifiks war nicht

Mein ganz persönlicher Dämon

zu denken. Doch mit der Zeit wurden die Schiffe und die Entfernungen die sie zurücklegen konnten größer. Angeblich kam es hin und wieder vor, dass es ein Schiff, wenn auch aus Versehen bis zu uns schaffte.

Schon am Strand fanden die Besatzungen dann leider viel zu oft Goldklumpen bzw. rohe, unbearbeitete Edelsteine. Sobald man die Matrosen bemerkte wurden ihnen von unseren Göttern zwar ihre Schätze wieder abgenommen und natürlich löschte man auch ihre Erinnerungen an die Reise bevor man sie zurück schickte, doch leider wurden nicht alle Schiffe entdeckt und so berichteten immer mehr Matrosen vom unsagbar reichen Atlantea. Diese Geschichten und die immer größeren Schiffe versetzten unsere Götter in Sorge. Es musste etwas geschehen bevor unser Kontinent von Schatzsuchern überlaufen wurde. So beschlossen sie Atlantea untergehen zu lassen. Nein, nicht wirklich, man wollte nur so tun als ob. Man wartete, bis es wieder einmal Schiffe über den Pazifik bis zu uns geschafft hatten.
Diesmal waren es sogar 3!
Unsere Götter waren immer schon gut darin die Erinnerungen von normalen Menschen abzuändern. Diesmal begnügten sie sich nicht damit die Erinnerungen der Matrosen zu löschen, diesmal wurden ihnen neue Erinnerungen von einem gewaltigen Vulkanausbruch, einem Erdbeben und einer Riesenwelle eingepflanzt. Die Matrosen waren sogar sicher, dass sie, natürlich aus gebührender Entfernung, zugesehen hatten, wie Atlantea unterging und für immer im Meer versank. Natürlich würde niemand glauben, dass ein ganzer Kontinent so einfach verschwinden konnte. Aber auch das stellte kein Problem für unsere Götter dar. Keiner der

Mein ganz persönlicher Dämon

Matrosen wusste wie groß Atlantea wirklich war. Sie hatten schließlich nur einen Teil der Küste gesehen. Daher hielten sie Atlantea für eine relativ kleine Insel und die verschwand vor ihren Augen in den Tiefen des Ozeans.

Das genügte, zumindest damals. Niemand versuchte mehr uns zu erreichen. Doch um sicher zu gehen sorgten unsere Götter dafür, dass Atlantea für Außenstehende unsichtbar blieb. Kam ein Schiff unserem Kontinent aus irgend einem Grund zu nahe, wurde es umgeleitet. Heutzutage, mit all den Flugzeugen ist dieser Zauber sogar so weit ausgedehnt, dass auch kein Flugzeug unser Land überfliegt. Anscheinend sind auch die modernen Satelliten kein Problem für unser Land, denn sie wurden, vielleicht sogar mit Hilfe unserer Götter, so programmiert, dass sie sich nicht für die Weiten des Pazifiks interessieren.

Doch zurück zu unserer Geschichte. Um ganz sicher zu gehen, dass Niemand auf den Gedanken kommt nach Atlantea zu suchen lebten und leben immer noch ein paar von unseren Leuten draußen irgendwo im Rest der Welt. Einer von ihnen war übrigens Plato. Ihm verdankt die „untergegangene Insel" den Namen Atlantis und nicht nur das, mit seiner Geschichte sorgte er dafür, dass man bis heute nach dieser mysteriösen Insel sucht. Aber natürlich sorgte er auch dafür, dass man Atlantis bis jetzt vor allem im Mittelmeerraum vermutet, denn seine Ortsangaben deuten genau dorthin.
So weit ich weiß leben auch heute noch einige unserer Leute als Archäologen irgendwo auf der Welt und stellen immer neue Vermutungen darüber an wo man

nach Atlantis suchen müsste. Kein Einziger von ihnen behauptet aber natürlich Atlantis liegt mitten im Pazifik!

Die für unser Leben wichtigen Handelsbeziehungen mit dem Rest der Welt bestehen aber zum Glück weiter. Wir haben inzwischen sogar eigene Schiffe, die uns, fahrend unter der Flagge irgendwelcher exotischer Heimathäfen, mit allem versorgen was wir brauchen.

Nachdem wir den Umgang mit all den anderen Ländern praktisch abgebrochen hatten, kam es aber leider auf unserem Kontinent zu Konflikten.
Früher lebten auf Atlantea 4 ganz verschiedene Völker zusammen und, obwohl sie zu den selben Göttern beteten, kam es ständig zu irgendwelchen Streitereien zwischen ihnen. Mal ging es um Ernteerträge oder Steuereinnahmen, mal um Fischereirechte. Ihr größtes Problem waren aber die „Rotaugen". Doch nicht einmal im Kampf gegen diese Feinde konnten sich die 4 Länder dazu aufraffen ihre Animositäten zu vergessen und gemeinsam zu kämpfen.

Irgendwann reichte das den Göttern. Zu unserem Glück waren es genau 4 Götter. So wurde Atlantea von ihnen einfach in vier ziemlich gleich große Teile aufgeteilt. Ab diesem Zeitpunkt war je ein Gott für je ein Volk zuständig. Doch wurde eines der vier Länder auf Atlantea angegriffen, sorgten die Götter dafür, dass die anderen Völker zu Hilfe eilten.

Denn neben den 4 Göttern die über unsere Länder wachen gibt es leider auch noch Esral, einen Dämon, der nur zu gerne die Herrschaft über ganz Atlantea an sich reißen würde. Angeblich wurden dieser Esral zusammen mit seine Söhne von Ulrom und den anderen 3 Göttern schon mehr als einmal besiegt. Beim letzten Kampf wurden fast all seine Anhänger vernichtet. Ob Esral selbst überlebte und wie viele seiner Söhne noch am Leben sind, war nach dem Kampf unbekannt. Aber alle Überlebenden wurde von den 4 Göttern gemeinsam in die Unterwelt verbannt. Dort leben sie seitdem und versucht wieder zu Kräften zu kommen. Wie man hört gibt es immer wieder junge Frauen die sich zu Esral oder einem seiner Söhne hingezogen fühlen. Die Kinder aus diesen Verbindungen sind aber halb menschlich und daher nicht so stark wie er. Wir wissen leider nicht wie viele Nachkommen er inzwischen hat. Da wir ihre Namen nicht kennen, nennen wir sie „Rotaugen" nach ihren auffallenden roten Augen. Diese Augen verdanken sie, soweit wir wissen, der Tatsache, dass sie schon seit langer Zeit unter der Erde hausen.

Unser Gott ist Ulrom. Er hat Helfer. Wir nennen sie „Generäle". Auch die Götter der anderen drei Länder haben natürlich Gehilfen, sie werden nur anders genannt. Ein Volk nennt sie „Diener", ein anderes „Boten" und im dritten Land werden sie sogar „Ritter" genannt.
Ulrom hat 3 „Generäle". Sie leben auf den Nebelbergen. Soweit wir wissen sind diese Generäle ganz normale Männer, wurden aber von Ulrom mit besonderen Fähigkeiten ausgestattet. Anscheinend werden die Generäle alle 10 oder 20 Jahre ausgetauscht. Da sie alle paar Jahre wechseln und wir ihre jeweiligen Namen nicht kennen, sie aber immer in dunkles Blau, dunkles Grün und dunkles Grau gekleidet sind, nennen wir sie einfach nach ihren

Uniformen der Graue -, der Blaue - und der Grüne General. Außer dass sie unsere Soldaten trainieren und dafür sorgen, dass Ulroms Gebote in seinen Tempeln beachtet werden, wissen wir nichts über diese Generäle, denn wir haben mit ihnen eigentlich nichts zu tun. Wir sehen sie nur einmal im Jahr bei der großen Parade zu Ehren Ulroms. Dann stehen die drei Generäle in ihren Paradeuniformen auf einer Empore und überwachen den Vorbeimarsch unserer Soldaten. Aber auch bei dieser Gelegenheit können wir ihre Gesichtszüge nicht erkennen, denn diese Empore ist so weit weg von uns „normalen" Untertanen, dass wir eigentlich nur sehen können, dass alle drei sehr groß sein müssen und dunkle Haare haben.

Hier in Alting, der einzigen größeren Stadt in Luthien gibt es mehrere kleinere und einen größeren Tempel in denen wir zu Ulrom beten können. Die 3 Generäle kümmern sich, wie schon gesagt, auch darum, dass Ulroms Gebote eingehalten werden, aber natürlich vor allem um die „Rotaugen". Seither gab es keine nennenswerten Überfälle mehr durch sie.
Da Alting die einzige größere Stadt in Luthien ist, leben hier über 90 % aller Luthier. Die wenigen Menschen, die nicht in der Stadt wohnen sind Bauern bzw. Schafzüchter. Sie leben in vereinzelten Gehöften weitab der Stadt. So wohne natürlich auch ich zusammen mit meinem Vater, dem Inhaber eines großen Transportunternehmens hier in der Stadt.

Aus Dankbarkeit für die Hilfe der 3 Generäle werden jedes Jahr je 10 Frauen und 10 Männer, die gerade 18 Jahre alt geworden sind hoch in die Nebelberge geschickt. Dort oben residieren diese Generäle.
Die jungen Frauen und Männer werden für die

nächsten 2 Jahre auf den Nebelbergen leben und dort den Generälen zur Hand gehen. Diese Plätze sind sehr begehrt, auch wenn vor allem manche Väter Angst um ihre Töchter haben. Keiner weiß schließlich genau was sie auf den Nebelbergen erwartet. Mancher Vater traut seiner Tochter nicht so ganz, vor allem, da schließlich auch junge Männer dort oben mit ihnen leben werden. Nach zwei Jahren kommen die Frauen und Männer zwar zurück, können sich aber (angeblich) an ihr Leben in den Nebelbergen kaum erinnern.

Da natürlich mehr als 10 Mädchen und 10 Jungen pro Jahr geboren werden, gibt es die Möglichkeit die Tochter oder den Sohn freizukaufen bevor er oder sie hoch in die Nebelberge geschickt wird. So sind es am Ende eigentlich vor allem immer die Töchter aus den ärmeren Familien die es trifft. Bei den Jungs ist es anders. Für sie gilt eine Wehrpflicht. Alle jungen Männer werden für 3,5 Jahre zum Dienst als Soldaten eingezogen. Die Ausbildung erfolgt übrigens durch einen der 3 Generäle. Ich glaube momentan ist es der Graue. Nur die jungen Männer die bereits für 2 Jahre in die Nebelberge geschickt wurden sind von der Wehrpflicht befreit. Da die Jungs so 1,5 Jahre Zeit einsparen, sind ihre Plätze immer sehr begehrt.

Ein halbes Jahr bevor es hoch in die Nebelberge geht, werden alle die Mädchen und Jungs die in diesem Jahr 18 Jahre alt werden Ulrom und seinen Generälen vorgestellt. Diesmal bin auch ich dabei. Wir versammeln uns vor dem Haupttempel. Wir, das sind insgesamt 35 Mädchen und 30 Jungs und ich kenne fast alle schon aus unserer gemeinsamen Schulzeit. Natürlich sind wir extrem aufgeregt.

Mit einem der Mädchen, Tina war ich während der Schulzeit befreundet. Danach trennten sich unsere Wege. Wie ich weiß, ist sie schon verlobt, aber darauf wird keine Rücksicht genommen. Tinas Vater ist ein einfacher Arbeiter und kann es sich wahrscheinlich nicht leisten seine Tochter frei zu kaufen. So bleibt Tina nichts übrig als sich von ihrem Verlobten für die nächsten 2 Jahre zu verabschieden. Natürlich ist sie daher nicht gerade in bester Stimmung, denn sie befürchtet und wie ich vermute mit Recht, dass sie wahrscheinlich zu den 10 ausgewählten Mädchen gehören wird. Doch sie ist die Ausnahme. Alle anderen können es kaum erwarten bis es endlich los geht. Ich muss zugeben, auch ich würde mich freuen, wenn ich für 2 Jahre meinem langweiligen Leben hier in Alting entkommen könnte. Eigentlich bin ich mir sogar ganz sicher, dass auch ich zu den Auserwählten gehören werde, denn auch wenn mein Vater ein relativ reicher Händler ist, er wird mich mit Sicherheit gehen lassen, schließlich gibt es für ihn nichts Wichtigeres als sein Geld. Für mich hatte er noch nie viel übrig. Ich vermute er gibt mir die Schuld, dass meine Mutter bei meiner Geburt gestorben ist. Aber direkt gefragt habe ich ihn noch nie. Ich glaube, ich habe einfach Angst vor der Antwort.

Wir sind alle etwas nervös, als wir von einem Tempeldiener endlich in den Tempel geführt werden. Er wird uns erklären was uns auf den Nebelbergen erwartet. Aber nicht nur dieser Tempeldiener wird uns über unsere zukünftigen Aufgaben aufklären, auch die drei Generäle Ulroms werden uns heute angeblich Rede und Antwort stehen. Daher warten sie im Tempel schon auf uns und diesmal stehen sie nicht weit weg auf einem Podest sondern direkt vor uns und wir können sie uns ganz genau ansehen.

Ich höre noch, wie der Tempeldiener beginnt:
„Ihr habt sicher viele Fragen. Wir werden sie euch hier und jetzt alle beantworten. Eine der häufigsten Fragen lautet:
Was muss ich mitnehmen. Brauche ich eigene Kleidung oder bekommen wir eine Art Uniform gestellt. ...."
Ich muss zugeben, ich bin nicht so ganz bei der Sache. Gut, es ist natürlich wichtig was dieser Tempeldiener uns zu erklären versucht, aber momentan interessieren mich die drei Generäle viel mehr. Nach all den Jahren, in denen ich sie nur von Weitem gesehen habe, kann ich sie heute endlich genauer mustern. Außerdem sind sie sowieso nicht zu übersehen, denn sie überragen alle anderen Anwesenden um mehr als eine Kopflänge.
Ich beginne mit dem General in der grauen Uniform. Weiter komme ich dann aber nicht mehr. Seit ich mich für Jungs interessiere habe ich mir immer vorgestellt wie mein „Traummann" aussehen müsste: Groß, sehr groß, schlank, aber nicht dürr! Breite Schultern, schmale Hüften, dunkles lockiges, nicht zu kurzes Haar, große, dunkelgraue Augen, einen weichen Mund mit voller Unterlippe, makellose weiße Zähne. Es ist unglaublich, aber der Graue General ist genau dieser Traummann! Ich kann meinen Blick nicht mehr von ihm wenden. Es ist als wäre ich verhext! Ich höre und sehe nichts mehr, nur noch ihn! Zum Glück stehe ich in der zweiten Reihe und bin mir daher ziemlich sicher, dass niemand merkt, wie ich den Grauen General anstarre. Doch dann, als ich gerade in seine Augen schaue, bilde ich mir ein, dass auch er mich mit

seinen Augen fixiert! Kann das sein? Nein, ganz sicher nicht! Aber dann lächelt er! Er nickt mir zu und lächelt mich an, oder fantasiere ich?

Irgendwann ist der Vortrag zu Ende und auch meine Kameraden und Kameradinnen haben keine Fragen mehr. Wir werden aus dem Tempel geführt und ich verliere meinen General aus den Augen. Was soll ich jetzt machen? Was kann ich schon machen – nichts!

Die anderen Mädels und Jungs reden wirr durcheinander. Sie haben sich viel zu erzählen. Ich will nur heim. Dort marschiere ich sofort hoch in mein Zimmer. Ich will alleine sein. Nicht einmal zum Abendessen verlasse ich mein Zimmer.

Natürlich träume ich in der Nacht von meinem Grauen General. Zum Glück dauert es nicht mehr lange bis auch in diesem Jahr wieder 10 junge Frauen und 10 Burschen die gerade 18 geworden sind, oder in den nächsten Tagen werden, in die Nebelberge geschickt werden. Ich kann es kaum erwarten und zähle die Tage bis es endlich so weit ist.
Natürlich hatte ich schon den einen oder anderen Freund, schließlich werde ich in ein paar Tagen 18! Mit einem, Bandur, war ich sogar schon intim. Allerdings eigentlich nur, weil all meine Freundinnen schon lange mit ihren Freunden intim geworden waren. Doch ich habe bald bemerkt, dass Sex alleine nicht ausreicht. Ich wollte immer schon einen Freund bei dem ich weiche Knie bekomme, wenn er mich nur anschaut. Das war bei Bandur eigentlich nie der Fall. So habe ich mich von ihm getrennt. Er ist übrigens ein Jahr älter als ich und daher schon seit einem Jahr oben in den Nebelbergen. Aber auch bei den anderen Jungs und

Mein ganz persönlicher Dämon

es gab da natürlich einige, fehlte mir immer etwas. So hatte ich nach Bandur eigentlich keinen festen Freund, auch wenn meine Freundinnen sich bereits über mich lustig machen.

Seit ich den Grauen General im Tempel gesehen habe und ich alleine bei seinem Anblick weiche Knie bekam, interessiert mich sowieso kein anderer Mann mehr. Natürlich ist mir klar, dass „mein General" für mich unerreichbar ist und für immer bleiben wird. Ich, das junge Mädchen aus Alting und einer der drei Generäle unseres Gottes! Wirklich nicht! Trotzdem! Aber, auch wenn er unerreichbar für mich ist kann ich doch weiter von ihm träumen und mir einbilden, dass er mich im Tempel angelächelt hat und das tue ich dann auch – jede Nacht! Und nicht nur das. Ich muss nur meine Augen schließen und schon sehe ich ihn vor mir. In meinen Träumen ist er so süß und seine Küsse sind einfach unglaublich. Doch er spricht nie mit mir, sagt mir nie was er für mich empfindet und mehr als diese wundervollen Küsse passiert – leider – nie!

Mein ganz persönlicher Dämon

Kapitel 2

In zwei Wochen werde ich endlich 18 Jahre alt. Seit damals, als ich im Tempel den Grauen General gesehen habe, kann ich es kaum noch erwarten, dass ich endlich hoch in die Nebelberge darf. Aber ich bin nicht dabei! Leider habe ich Vater dieses eine Mal falsch eingeschätzt. Eigentlich hätte es mich nicht gewundert, wenn er froh wäre mich für 2 Jahre los zu sein. Doch sehr bald erfahre ich, dass er seine Gründe hat mich nicht wegzuschicken.

Nein, ein fürsorglicher Vater war er noch nie. Ich habe immer schon meine Freundinnen um ihre liebevollen Väter beneidet. Doch was Vater mir heute allen Ernstes eröffnet, hätte ich sogar ihm nie zugetraut: ich soll heiraten! Gut, das wäre ja eigentlich nicht so schlimm, viele Mädchen werden von ihren Vätern um ihren 18. Geburtstag herum verheiratet, aber der Mann den Vater für mich ausgesucht hat, Herr Monsenter ist älter als mein Vater und war mir schon immer unsympathisch. Und das ist meinem Vater durchaus bewusst!
Ich weiß, ein Protest bringt nichts, also werde ich mich wohl in mein Schicksal fügen müssen. Doch leider lässt Vater mir nicht mal Zeit mich mit dem Gedanken an mein zukünftiges Leben vertraut zu machen, nein, er hat Herrn Monsenter gleich mitgebracht und mit den Worten:
„Dann lass ich das junge Paar mal alleine! Ich bin sicher, ihr wollt euch miteinander vertraut machen, schließlich ist in genau 4 Wochen eure Hochzeit."
Dazu grinst er Herrn Monsenter an. Er ist schon fast zur Tür hinaus, als er sich noch einmal an mich wendet:

Mein ganz persönlicher Dämon

„Ach Issi, Jugor, Herr Monsenter ist jetzt dein Bräutigam. Was er auch von dir verlangt, es ist in Ordnung und gehört zu seinen Rechten dir gegenüber, Also gewöhne dich schon mal dran."

Herr Monsenter grinst böse und ich kann mir leider nur zu gut vorstellen, was mein Vater gemeint hat, schließlich werde ich in einer Woche 18 und habe natürlich schon die eine oder andere Erfahrung mit Jungs. Um es deutlich zu sagen: eine Jungfrau bin ich schon seit 2 Jahren nicht mehr!
Herr Monsenter setzt sich in unseren bequemsten Sessel und deutet auf den Stuhl neben sich:
„Setz dich! Bevor ich dir zeige was ich von dir will, sollte ich dir erst einmal erklären was dich in meinem Haushalt erwartet: Also, da meine Mutter noch sehr rüstig ist, wird sie auch nach unserer Eheschließung weiterhin im Haus regieren. Sie wird mich auch bei offiziellen Anlässen begleiten. Du wirst tagsüber tun was auch immer sie dir an Arbeiten aufträgt und du wirst dich natürlich nicht beschweren. Mutter hat schon verkündet, dass wir eine der Mägde ausstellen können sobald du bei uns einziehst.
Sobald ich abends Zeit für dich habe wirst du dich natürlich nur noch um meine Wünsche kümmern. Das sieht Mutter selbstverständlich ein. Du wirst sehr schnell begreifen was ich von dir erwarte. Solltest du meinen Wünschen nicht schnell genug nachkommen, werde ich mit Weidenruten oder meiner Peitsche nachhelfen. Ach und Issi, ich liebe es wenn du schreist, das macht mich an! Du darfst in unserem Schlafzimmer also so laut schreien wie du willst, aber nur dort! Ansonsten will ich keinen Ton von dir hören! Du wirst nie widersprechen oder etwas von dir aus sagen wenn du nicht gefragt wirst. Und wenn ich dich

frage antwortest du immer *„ja, Gnädiger Herr, oder natürlich Herr Monsenter!"* Du wirst mich und Mutter immer mit „Sie" ansprechen und dabei deine Augen senken. Wehe du richtest dich nicht nach meinen Befehlen! Aber, wie gesagt, ich liebe es, wenn du schreist. So, und damit du verstehst was ich von dir verlange, zieh dich aus."

Ich schaue dieses Ekel, meinen Bräutigam nur ungläubig an und schon bekomme ich eine Ohrfeige, dass mein Kopf zur Seite fliegt und man sicher tagelang seinen Handabdruck auf meiner Wange erkennen kann.

Herr Monsenter wartet nicht darauf, dass ich seinem Befehl endlich nachkomme, er reißt mir meine Kleider einfach vom Leib.

Leider steht direkt neben seinem Sessel ein Tisch. Auf den schmeißt er mich und bevor ich noch dazu komme mich zu wehren, öffnet er auch schon sein Hose und dringt brutal in mich ein. Es tut unglaublich weh und ich kann nicht anders, ich fange an zu schreien! Doch das scheint diesem Monster auch noch zu gefallen! Er grinst: „na bitte, geht doch! Schrei ruhig noch lauter!"

Dann beißt er in meine linke Brust und ich brülle vor Schmerzen.

Kurz bevor er kommt, löst er sich aus mir:

„Wir wollen doch nicht, dass du schon vor der Hochzeit schwanger wirst!"

Da ergießt sich auch schon sein ekliger Samen auf meinen Bauch. Dann, nach einem kurzen Blick auf seinen bereits erschlafften blutigen Penis meint er:

„Na bitte, ich wusste doch, dass du noch eine Jungfrau bist!"

Dann schließt seine Hose und mit einem:

„Ich freue mich schon auf unsere Hochzeit!"

verschwindet er.

Mein Busen blutet und auch aus meiner Scheide läuft Blut. Ich kann mich vor Schmerzen kaum bewegen. Trotzdem suche ich die Fetzen meines Kleides zusammen und versuche mich notdürftig zu bedecken, bevor ich mich hoch in mein Zimmer schleppe. Es dauert lange, bis ich oben ankomme, denn jeder Schritt schmerzt schrecklich. Wahrscheinlich kann man den Blutspuren auf der Treppe bis hoch in mein Zimmer folgen. Als ich es endlich geschafft habe, werfe ich mich auf mein Bett und heule, heule, heule. So findet mich Gerla, unsere Köchin. Sie hat sich immer schon um mich gekümmert, denn eine Mutter hatte ich nie. Sie ist bei meiner Geburt gestorben.
„Kindchen, was ist passiert? Ist das dein Blut dort draußen auf der Treppe?"
Ich erzähle ihr alles. Sie schüttelt nur den Kopf: „Dieses Monster! Was hat er dir nur angetan! Ich verstehe deinen Vater nicht! Doch jetzt müssen wir uns erst einmal um dich kümmern. Hoffentlich bist du wenigstens nicht schwanger von diesem Untier!"
Da kann ich sie beruhigen:
„Nein, er wollte nicht, dass ich schon vor unserer Hochzeit schwanger werde."
Ich deute auf meinen Bauch, auf dem immer noch seine ekeligen, klebrigen Spuren zu erkennen sind.
Gerla verschwindet kurz. Als sie zurück kommt hat sie feuchte, weiche Tücher und irgend eine Tinktur dabei. Sei reinigt vorsichtig meine Scheide so gut das geht und betupft meine blutenden Schamlippen mit dieser Tinktur:
„Du musst jetzt tapfer sein, das wird jetzt etwas brennen, aber es muss sein."
Sie hat recht, es brennt wie Feuer und, ob ich will

oder nicht, ich kann meine Schreie nicht unterdrücken.
„Meine arme Kleine! Gleich ist der Schmerz vorbei.
Doch dann müssen wir uns deinem Busen widmen."
Ich konnte mich mit den Fetzen, die von meiner
Kleidung übrig geblieben sind, nur notdürftig
bedecken, doch leider kleben einige diese Fetzen jetzt
im Blut, das immer noch aus meinem Busen tropft.
Ich weiß natürlich, dass Gerla die Stofffetzen aus der
Wunde entfernen muss. Doch das macht es nicht
weniger schmerzhaft. Erst dann kann sie daran gehen
die Wunde zu säubern, was natürlich nicht weniger
weh tut. Während sie arbeitet, schüttelt sie immer
wieder den Kopf und bedenkt Herrn Monsenter, dieses
Monster mit ziemlich üblen Flüchen. Einige davon
kannte ich bisher noch gar nicht, aber er hat sie alle
mehr als verdient. Zum Glück kann ich die Bisswunde
nur ganz sehen, wenn ich in einen Spiegel schaue,
was ich nicht vor habe, aber da Gerla behauptet man
kann das komplette Gebiss meines Peinigers gut
erkennen, glaube ich ihr das sofort. Als sie fertig ist,
bandagiert sie meinen Busen so gut es geht:
„So, fertig. Ich fürchte aber, dass die Wunde an
deinem wunderschönen Busen nicht narbenfrei
abheilen wird. Wenn wir Glück haben, entzündet sie
sich aber wenigstens nicht. Ich habe sie so gründlich
gereinigt wie es ging, doch trotzdem kann sich Eiter
bilden. Wir werden abwarten müssen."
„Danke Gerla!"
Gerla sieht nicht glücklich aus, als die mir erklärt:
„Die nächsten Tage wirst du starke Schmerzen
bekommen, wenn du Pinkeln musst. Aber ich werde
jetzt gleich in die Apotheke laufen und dir eine Salbe
besorgen. Wenn wir die dick genug auftragen wird es
vielleicht gehen. Du legst dich jetzt erst einmal hin
und versuchst zu schlafen. Ich komme zurück so

schnell ich kann."
Natürlich kann ich nicht schlafen. Stattdessen heule ich bis Gerla zurück ist. Dank Gerla's Salbe sind die Schmerzen auf der Toilette auszuhalten, auch wenn ich deutlich spüre, dass es noch lange dauern wird, bis die Wunden in meiner Scheide abgeheilt sein werden. Zum Glück hört es aber wenigstens nach ein paar Tagen auf zu bluten.
Natürlich kann es sich Gerla nicht verkneifen meinen Vater Vorhaltungen zu machen, doch der zuckt nur mit den Schultern:
„Sie wird sich schon daran gewöhnen. Es gibt nun mal Männer die lieben es etwas gröber. Daran wird sie nicht sterben. Außerdem, abgemacht ist abgemacht. Ich habe einen Vertrag mit Jugor. Von dem kann ich nicht zurücktreten."
Vater kommt nicht einmal hoch um sich nach meinem Befinden zu erkundigen und ich habe keine Lust ihn unten in seinem Büro aufzusuchen. Abgesehen davon, dass ich momentan die Treppen nicht schaffen würde.
Nur Gerla kümmert sich weiterhin liebevoll um mich. Sie bringt mir Essen hoch und verbindet die Wunde an meiner Brust regelmäßig, denn die hat sich leider doch entzündet.
Bei ihren Besuchen überlegen wir uns immer neue Möglichkeiten, wie ich diese alberne Ehe mit Herrn Monsenter, ich nenne ihn inzwischen nur noch Herrn Monster, vermeiden kann.
Ich könnte zur Polizei gehen und Herrn Monster anzeigen. Doch dann stünde mein Wort gegen seines und er ist ein angesehener Bürger der Stadt und außerdem bin ich sicher, dass mein Vater nicht zu mir halten würde.
Ich könnte weglaufen, aber wohin? Ich habe kein Geld und so würde mein Vater mich sicher sehr schnell

finden. Was kann ich nur machen? Wer könnte mir helfen?

Zum Glück hat Gerla dann doch die rettende Idee:
„Eine Möglichkeit gibt es! Du weißt doch dass jedes Jahr 10 junge Frauen und 10 junge Männer hoch in die Nebelberge geschickt werden müssen, gewissermaßen als Dank dafür, dass die Generäle uns vor den Rotaugen beschützen. In 2 Wochen ist es wieder so weit."
„Ja, aber die 10 Mädchen stehen schon lange fest und ich bin nicht dabei!"
„Ich weiß! Aber ich weiß auch, dass sich zwar die jungen Männer auf ihren Dienst freuen, aber bei den Mädchen ist die eine oder andere dabei, die lieber daheim bleiben würde."
„Ich kenne sogar ein paar der Mädchen. Sie haben schon feste Freunde und wollen die natürlich nicht verlassen."
„Genau. Eine von denen ist sicher gerne bereit mit dir zu tauschen."
Wäre das wirklich eine Möglichkeit meinem Schicksal zu entgehen?

Es dauert über eine Woche bis ich wieder einigermaßen normal gehen kann. Aber leider eitert die Wunde an meinem Busen immer noch. Wer weiß wie lange sich mein Bräutigam seine Zähne nicht geputzt hat bevor er mich biss. So schmerzt meine Brust und es wird dauern, bis auch sie heilen wird. Eine Narbe wird mich aber sicher mein Leben lang an Herrn Monster erinnern.
Allmählich wird es Zeit mir Gedanken darüber zu machen wie ich es anstellen soll heimlich aus dem Haus zu schleichen. Doch dann ist es plötzlich ganz

einfach: Vater muss weg. Es gibt irgendwelche Probleme mit größeren Lieferungen und er rechnet damit, dass er mindestens eine Woche fort sein wird.

„Aber, keine Angst, zu deiner Hochzeit bin ich ganz sicher zurück!"

Dazu lacht er auch noch wie ich finde ziemlich schadenfroh!

Wie ich weiß, warten die 20 „Auserwählten" am frühen Morgen im Hof vor dem Tempel auf ihre Abreise. Gerla bringt mich zu ihnen. Hoffentlich fällt es nicht weiter auf, dass plötzlich 21 „Auserwählte" hier warten?

Leider stellt sich sehr schnell heraus, dass ich mich nicht einfach so zu ihnen stellen kann. Ich bräuchte eine Art Passierschein und den habe ich natürlich nicht. Doch dann entdecke ich Tina. Sie sitzt etwas abseits auf einem Stein und heult!

Jetzt weiß ich wie ich an diesen Passierschein kommen kann:

„Tina was hältst du davon, wenn ich statt dir hier bleibe?"

Sie schaut mich ungläubig an:

„Warum solltest du das machen? Dein Vater hatte sicher genug Geld um die freizukaufen."

Ich werde ehrlich zu ihr sein:

„Das hat er wahrscheinlich auch gemacht, aber nur um mich mit diesen Idioten Monsenter zu verheiraten."

„Monsenter? Ich wusste gar nicht, dass der einen Sohn hat!"

„Er hat keinen Sohn. Der alte Monsenter will mich heiraten!"

„Oh!"

„Genau. Außerdem ist dieses Ekel auch noch ein

Sadist! Verstehst du jetzt, warum ich weg muss?"
Sie nickt:
„Dann ist das also wirklich dein Ernst?"
„Natürlich! Gib mir deinen Passierschein und verschwinde!"
Tina lächelt, drückt mir den Schein in die Hand, steht auf und läuft weg so schnell sie kann.
Problem gelöst!"
Ich sehe mir meinen Passierschein genau an. Ein Name steht nicht drauf. Es könnte also tatsächlich funktionieren!

Zum Glück scheint dem Tempeldiener klar zu sein, dass wir vieles von dem, was er uns damals erzählt hat, in der Zwischenzeit wieder vergessen haben, denn er erklärt uns geduldig noch einmal:
„Wie ich euch gesagt habe, werdet ihr oben auf den Nebelbergen leben. Wenn ihr von hier hoch zu ihnen schaut, könnt ihr die Gipfel nie sehen. Wolken verdecken die Bergspitzen. Aber ihr werdet oberhalb dieser Wolken leben. Dort oben scheint 14 Stunden am Tag die Sonne, dann nach Einbruch der Dunkelheit regnet es 2 Stunden. Die Nächte sind sehr kalt. Daher findet ihr in euren Zimmern warme Decken. Aber die Tage in der Sonne sind um so wärmer. Außerdem ist die Sonne dort oben viel stärker als hier unten bei uns. Ihr bekommt daher bodenlange, grüne Kittel mit Kapuze und langen Ärmeln. Nur in diesen Kitteln seid ihr vor der Sonne geschützt. Ohne sie bekämt ihr in kürzester Zeit einen schrecklichen Sonnenbrand. Also setzt immer die Kapuze auf wenn ihr euch im Freien bewegt und zieht sie tief ins Gesicht. Ein Sonnenbrand auf der Nase ist sehr unangenehm. Glaubt mir, ich weiß wovon ich spreche! Aus dem gleichen Grund bekommt ihr auch Sonnenbrillen. Bitte tragt sie

wirklich immer wenn ihr euch tagsüber im Freien aufhaltet, ganz egal ob euch die Brillen gefallen oder nicht. Denkt immer daran, mit der Sonne ist nicht zu spaßen.

Jeder und jede von euch bekommt eine Aufgabe zugeteilt. Wie ihr wisst werdet ihr zwei Jahre dort oben bleiben. Ihr ersetzt die Gruppe die vor euch zwei Jahre dort oben war. Diese Männer und Frauen sind bereits wieder hier unten in Alting. Den heutigen Tag werden sie in aller Ruhe daheim verbringen. Erst morgen werden sie zusammen mit ihren Familien an einem großen Fest zu Ehren Ulroms teilnehmen. Dabei wird man ihnen auch ihre Urkunden aushändigen.

Aber ihr werdet dort oben natürlich nicht alleine sein. Die Frauen und Männer die letztes Jahr ihre Dienste angetreten haben, warten bereits auf euch. Sie sind ab heute die „Senioren". Damit man sie von euch unterscheiden kann, sind ihre Kittel gelb. Ihr, die „Junioren" tragt, wie gesagt, grüne Kittel. Die Senioren werden euch alles erklären und euch eure Arbeit zuteilen. Dort oben funktionieren, wie ihr wisst, keine modernen Geräte. Es gibt also auch keinen Strom. Wir sind schon glücklich, dass wenigstens Duschen und WCs funktionieren.

Ich habe Angst, dass mich Vater doch noch findet und zurückholt. Daher bin ich froh, als es endlich los geht. Doch bevor wir in eine Art Umkleidekabinen geführt werden, müssen wir an einem dieser Tempeldiener vorbei und der will unsere Namen wissen, damit er sie auf einer Liste abhaken kann. Was mache ich jetzt? Soll ich mich unter Tinas Namen anmelden? All die Jungs und Mädels hinter und vor mir wissen nur zu genau wie ich heiße. Soll ich es trotzdem riskieren? Ich will gerade „Tina" sagen, als der Tempeldiener mich ansieht und ich weiß, ich habe verloren. Er ist einer meiner Lehrer, Herr Rongun:

„Hallo Issi! Ich wusste gar nicht, dass du auch auserwählt wurdest!"

Was mache ich nur? Wo verstecke ich mich vor meinem Vater und meinem „Verlobten"?

Herr Rongun schaut auf seine Liste und natürlich findet er dort meinen Namen nicht:

„Du stehst nicht auf der Liste!"

„Ich weiß, aber ich habe mit Tina, Tina Brauger getauscht."

„Issi, so geht das aber nicht! Was habt ihr euch nur dabei gedacht?"

Anscheinend hat einer der anderen Tempeldiener bemerkt, dass hier etwas nicht in Ordnung ist, denn er kommt herüber zu uns:

„Was ist hier los, Tartor?"

„Stell dir vor, diese dummen Dinger haben einfach ihre Plätze getauscht. Ich weiß nicht was ich jetzt machen soll. Das ist noch nie vorgekommen!"

Der zweite Tempeldiener wendet sich an mich:

„Wie heißt du denn Kindchen?"

„Ich bin Issi und ich ......"

Weiter komme ich nicht. Der Tempeldiener unterbricht mich:

„Du bist Issi Oberhauer?"

„Ja!"

„Dann ist alles in Ordnung! Tartor, sie kann passieren. Streiche einfach den Namen dieser Tina durch und schreibe den von Issi Oberhauer drunter."

Ich kenne diesen Tempeldiener nicht! Woher weiß er meinen Namen?

Bevor wir die Umkleidekabinen betreten, erklärt man uns, dass wir hier unsere normale Kleidung und alles,

Mein ganz persönlicher Dämon

was wir sonst noch so dabei haben, in Plastiksäcke verpacken und diese mit unserem Namen beschriften sollen. Bevor jeder von uns eine Kabine betritt, reicht man uns diese grünen Kittel. Wie wir erfahren gibt es sie nur in einer Größe. Angeblich passen sie trotzdem jedem von uns, ganz egal ob Männlein oder Weiblein. Nur bei den Slips, die man unter diesem Kittel trägt, stehen uns verschiedene Größen zur Verfügung und wir können uns die für uns passende aussuchen. Da gilt auch für die Pantoffeln. Sie sehen nicht gerade modisch aus, aber was soll's. Schließlich sind wir in den Nebelbergen um zu arbeiten.

Endlich alleine in der Umkleidekabine, ziehe ich meine Kleidung aus, packe sie in den bereitliegenden Sack und schlüpfe in diesen grünen Kittel. Er ist sehr leicht, hat lange Ärmel, die sogar fast bis zu den Fingerspitzen vor reichen und ist absolut schmucklos. Außerdem reicht er hinunter bis fast zum Boden. Die Öffnung vorne am Hals wird von einer grünen Kordel verschlossen. Was soll ich sagen, er passt tatsächlich, auch wenn er nicht gerade vorteilhaft ist. Auch die Pantoffel passen. Zum Glück ist der Kittel so lang, dass man sie kaum sieht. Am Ende setze ich sogar die Sonnenbrille auf, auch wenn sie nicht nach meinem Geschmack ist. Ganz ehrlich, ich bin froh, dass es hier keine Spiegel gibt.

Nachdem wir uns umgezogen haben, warten wir vor den Kabinen darauf wie es mit uns weiter geht. Dabei bewundern wir uns natürlich gegenseitig und erkennen uns kaum wieder. Doch noch finden wir das alles eigentlich nur zum Lachen. Hoffentlich bleibt das so.

Bald ist der Tempeldiener wieder zurück bei uns und

führt uns in einen kleinen, mit Holz getäfelten Raum. Der Raum ist so klein, dass wir gerade mal so alle hinein passen. Wir werden gebeten hier kurz zu warten, dann schließt der Tempeldiener von außen die Tür hinter uns. Was soll das? Zum Glück müssen wir wirklich nicht lange warten. Bald geht eine Tür auf der anderen Seite auf und eine junge Frau in einer bodenlangen gelben Kutte bittet uns heraus. Als wir den Raum betraten war es früher Morgen, kalt und feucht. Aber jetzt ist es heiß und wir stehen plötzlich in der gleißenden Sonne. Automatisch ziehen wir alle unsere Kapuzen tief ins Gesicht.

Kapitel 3

Die junge Frau im gelben Kittel, also eine Seniorin, begrüßt uns freundlich. Wie sie uns sagt heißt sie Alisia. Sie führt uns zu einem langgestreckten, flachen, weißen Bau. Wie sie uns erklärt, dem Haupthaus. Hier werden wir die nächsten 2 Jahre wohnen. Jede und jeder von uns hat hier sein eigenes, kleines Zimmer.

„Die Zimmer der Jungs sind links von den Aufenthaltsräumen, die Zimmer von uns Mädels rechts. Doch ihr seid erwachsen und ihr werdet natürlich nicht überwacht. Es kümmert niemanden wer von rechts bzw. von links zum Frühstück kommt. Ach und noch etwas: Ihr müsst hier oben keine Angst vor irgendwelchen Geschlechtskrankheiten haben und zu Schwangerschaften kommt es hier oben auch nicht. Ich weiß nicht warum, aber es ist so! Doch wie ich gehört habe vergessen manche dass das nur für hier oben gilt. Sobald ihr wieder unten in Luthien seid müsst ihr natürlich wieder vorsichtig sein.“

Bevor wir unsere Zimmer beziehen, bittet Alisia uns erst einmal im Vorgarten, unter einem riesigen Sonnensegel auf bequemen Sesseln Platz zu nehmen. Ein junger Mann, ebenfalls in einem gelben Kittel bringt uns Getränke. Dann erklärt uns Alisia:
„Wie ihr wisst, seid ihr zum Arbeiten hier oben. Ihr kümmert euch ab morgen zusammen mit uns Senioren unter anderem um den Gemüsegarten und die Küche. Wer also gerne im Garten oder lieber nur in der Küche arbeitet kann sich für die Arbeit dort melden. Außerdem werden zwei der Männer gebraucht um die gestern ausgeschiedenen Boten zu ersetzen. Zu ihren Aufgaben gehört es sich um die

Mein ganz persönlicher Dämon

Generäle und deren Wünsche zu kümmern. Sie sind aber auch für den reibungslosen Transport der Waren von Alting hoch zu uns und natürlich auch hinunter zuständig. Die anderen Männer werden zusammen mit uns Frauen alle sonst noch anfallenden Arbeiten erledigen. Wie ihr wahrscheinlich bereits wisst, funktionieren hier oben keine technischen Geräte. Dazu gehören leider auch Waschmaschinen und Mikrowellen. Doch keine Angst, wir waschen deswegen unsere Wäsche nicht mit der Hand. Wir schicken die schmutzige Wäsche einfach hinunter nach Alting und bekommen sie gewaschen und gebügelt zurück."

Eine der Frauen, ich kenne sie, sie heißt Angera, meldet sich:
„Meine Eltern haben eine Gärtnerei. Ich würde daher auch hier oben gerne nur im Garten arbeiten."
Alisia nickt:
„Kein Problem!"
Dann meldet sich auch noch ein Junge, der am liebsten nur in der Küche arbeiten würde. Auch das geht natürlich in Ordnung.
Wir anderen warten einfach darauf, was man uns an Arbeiten zuteilen wird. Doch dazu wird es heute nicht mehr kommen. Heute sollen wir es ruhig angehen und erst einmal unsere Zimmer beziehen.
Dann wendet Alisia sich speziell an uns Mädchen:
„Ich weiß, jedes Jahr sind zwei oder drei Mädchen dabei, die für einen der Generäle, na sagen wir mal „schwärmen". Diejenigen bleiben bitte noch eine Minute hier bei mir, alle anderen sind für heute fertig. Wir treffen uns dann später zum gemeinsamen Abendessen."
Das betrifft dann wohl mich. Also bleibe ich sitzen. Ich

gehe davon aus, dass noch ein oder zwei der Mädchen ebenfalls sitzen bleiben. Doch wie es aussieht, bin ich die Einzige!

Alisia lächelt:
„Du schwärmst also für einen der Generäle?"
Ich nicke:
„Muss ich mich dafür schämen?"
„Oh nein, das ist ganz normal. Wie mir meine Vorgängerin gesagt hat, gibt es jedes Jahr ein, zwei oder sogar drei Mädchen die für einen der Generäle schwärmen. Ich war übrigens auch eine von ihnen. Damals, als wir uns zu dieser Vorbesprechung im Tempel trafen, sah ich ihn das erste Mal und ich habe mich sofort in ihn verliebt. Bei mir war es übrigens der Grüne General."
Das beruhigt mich etwas.
„Ich konnte es gar nicht mehr erwarten, bis ich endlich hierher kommen durfte. Was ich dir jetzt zu erklären versuche, hat mir damals meine Vorgängerin, sie hieß Ildona auch schon zu erklären versucht:
Auch die Generäle sind schließlich nur Männer und so bemerken sie bei dieser Besprechung natürlich das eine oder andere Mädchen und sie sind nicht abgeneigt diese Mädchen kennen zu lernen. Du musst allerdings wissen, dass sie einen sehr egoistischen Grund haben warum sie die Mädchen kennenlernen wollen. Sie wollen sich nicht einfach ein paar schöne Stunden mit den hübschen Mädchen machen, nein, sie sind auf der Suche nach ihrer großen Liebe. Daher laden sie schon mal das eine oder andere Mädchen zum Abendessen in ihr Zelt ein. Meist bleibt es allerdings bei diesem einen Treffen, denn die Generäle merken angeblich sofort, ob es sich bei dem Mädchen um die Richtige handelt, oder nicht. Schon Ildona und

angeblich auch die Seniorinnen vor ihr haben vermutet dass das eine der Gaben sein muss mit denen sie von Ulrom ausgestattet wurden, denn welcher normale Mann erkennt schon beim ersten Treffen ob es sich bei dem hübschen Mädchen um genau die Richtige handelt. Aber, wie gesagt, die Generäle spüren das angeblich sofort. Daher ist nie mehr passiert. Sie haben bisher alle Mädchen nach dem Essen wieder weggeschickt. Du kannst dir vorstellen, wie frustriert die jungen Dinger dann waren. Auch mir ging es nicht anders."

Oh ja, das kann ich mir nur zu gut vorstellen.

„Welcher der drei Generäle ist es denn bei dir?"

„Der Graue!"

„Ach je!"

Ich erschrecke furchtbar!

„Warum, ist mit ihm etwas nicht in Ordnung? Oder hat er seine „Richtige" schon gefunden?"

„Nein, natürlich nicht! Es ist nur so, es gibt da eine Seniorin, Xeria, die behauptet sie wäre die Geliebte des Grauen Generals."

„Oh!"

Aber natürlich! Ein Mann wie er wartet schließlich nicht auf einen Niemand wie mich! Eigentlich war mir immer klar, dass das Ganze nur ein schöner Traum sein konnte. Ich will gerade aufstehen und enttäuscht hinein zu den Anderen gehen, da macht Alisia eine abwertende Handbewegung:

„Das behauptet sie zwar, aber, ganz ehrlich, wir glauben es nicht so ganz. Aber sie sitzt jeden Abend hier draußen und wartet darauf, dass der Graue General sie abholt. Erst wenn es nach dem Regen zu kalt wird um noch länger draußen zu sitzen, verzieht sie sich in ihr Zimmer. Doch am nächsten Morgen verkündet sie meistens, dass sie die Nacht bei „Ihrem

General" verbracht hat. Wie gesagt, das glauben wir ihr nicht so ganz. Doch egal ob es stimmt oder nicht, sie sitzt die ganze Zeit direkt vorne am Eingang, fast schon in der prallen Sonne. So kommt keiner an ihr vorbei, vor allem keines der Mädchen. Sie will immer genau wissen wohin man geht. Wahrscheinlich denkt sie eine von uns könnte unbemerkt zum Grauen General schleichen. Obwohl das natürlich keine ohne Einladung machen würde.
Es gibt übrigens eine Tafel auf die wir unsere Wünsche und Anregungen schreiben. Auf die kannst du dann morgen deinen Wunsch den Grauen General zu treffen schreiben. Der Graue General erfährt dann von deinem Wunsch. Leider sieht aber natürlich auch Xeria was du möchtest. Es wird ihr nicht gefallen und sie wird ziemlich wütend werden. Doch das sollte dich nicht daran hindern. Aber keine Angst, sie kann dir nichts tun. Dafür sorgen wir schon. Ich versteh sowieso nicht, was mit ihr los ist. Soweit ich mich erinnere, war sie schon eine der Seniorinnen, als ich noch eine Juniorin war. Doch das kann eigentlich nicht sein, dann wäre sie schließlich nicht mehr hier bei uns. Ich muss sie wohl verwechseln. Trotzdem!
Außerdem müsste Xeria eigentlich schon längst hier sein. Es wird höchste Zeit für sie!"
Wie auf Befehl geht die Tür auf und eine blonde Schönheit kommt heraus. Sie würdigt uns keines Blickes, marschiert hoch erhobenen Hauptes an uns vorbei und setzt sich auf den Sessel direkt am Rand des Sonnensegels. Von dort aus kann sie den Weg der von den Zelten der drei Generäle herüber zu uns führt gut beobachten.

Alisia sagt nichts, verdreht nur ihre Augen. Das ist dann also diese Xeria. Ist sie wirklich die Geliebte des

Grauen Generals? Ich hoffe nicht!

Wir bleiben noch etwas sitzen und plaudern über dies und das. Alisia will natürlich den neuesten Klatsch und Tratsch aus Alting hören.
Gerade als sie meint:
„So, es wird allmählich Zeit fürs Abendessen. Gehen wir hinein", kommt ein junger Mann im gelben Kittel, ich kenne ihn nur vom Sehen, herüber zu uns. Wenn ich mich recht erinnere heißt er Alos. Alisia flüstert mir zu:
„Das ist einer der Boten der Generäle."
Da hat er uns auch schon erreicht:
„Bist du Issi?"
Will er von mir wissen. Ich nicke nur erstaunt und Alisia lächelt in sich hinein.
„Dann komm bitte mit. Mein General würde gerne mit dir zu Abend essen."
Das hört natürlich auch diese, wie heißt sie gleich wieder? Xeria, genau Xeria! Warum kenne ich sie nicht? Ich kenne doch sonst fast alle Mädchen in meinem Alter und auch die ein Jahr älter? Doch diese Xeria ist mir in diesem Augenblick sowieso egal. Der General und ich hoffe natürlich es ist der graue, will mit mir zu Abend essen!
Ich bin total aufgeregt und kann gar nicht glauben was mit mir passiert. Natürlich stehe ich sofort auf um Alos zu folgen. Leider mischt sich jetzt aber Xeria ein:
„Wohin bringst du sie?"
„Das geht dich nichts an."
„Doch! Du weißt ganz genau, dass der Graue General nur mich empfängt. Also, wohin willst du sie bringen, zum grünen oder zum blauen General?"
Alos verdreht die Augen:
„Das scheint nicht zu stimmen, denn der Graue hat

ausdrücklich nach Issi verlangt."

„Neeeiin! Das würde er nie machen! Du hast dich verhört. Er hat nach mir verlangt."

Xeria brüllt und stellt sich uns in den Weg. Es sieht aus, als würde sie Alos jeden Moment angreifen. Doch, wie es aussieht, wundert er sich nicht über Xeria. Wahrscheinlich ist er ihr Verhalten schon gewohnt. Er schiebt sie einfach zur Seite, packt mich etwas unsanft am Arm und zieht mich hinter sich her hinaus auf den Weg. Xeria ist uns dicht auf den Fersen. Doch als wir das schützende Sonnensegel verlassen, fängt es plötzlich an zu regnen! Kein leichter Sommerregen, oh nein, es schüttet wie aus Eimern! Der Bote fängt an zu grinsen:

„Das hat der General toll hinbekommen. Es regnet hier oben zwar jeden Abend, doch immer erst nachdem es dunkel geworden ist und niemand von uns mehr ins Freie will. Heute ist der Regen viel zu früh dran. Aber so lange es regnet wird Xeria uns nicht folgen. Sie hat Angst um ihre wunderschönen Locken. Du weißt wahrscheinlich schon, dass wir hier oben keinen Strom haben. So muss sie den ganzen Tag mit einer Art Lockenwickler herumlaufen nur um abends für ihren General schön zu sein. Das könnte sie genauso gut aber auch lassen, denn der General interessiert sich nicht für sie. Zumindest soweit ich dass mitbekommen habe."

Während er mir das erklärt, renne ich so schnell ich kann hinter ihm her. Der Weg ist relativ weit und als wir das, natürlich graue Zelt des Grauen Generals erreichen, bin ich nass bis auf die Haut. Etwas entfernt erkenne ich noch zwei weitere Zelte, eines in grün und eines in blau. Warum leben die Generäle in Zelten während wir „normalen" Menschen in einem gemauerten Haus wohnen?

Alos schiebt mich ins Zelt. Auch er ist klatschnass. Wir befinden uns jetzt anscheinend in einer Art Vorraum. Hier steht ein Stuhl und auf dem liegt ein riesiges, natürlich graues Badetuch. Alos deutet auf das Badetuch:
„In das Tuch kannst du dich wickeln, wenn du deine klatschnassen Sachen ausgezogen hast."
Ich vermute er hat recht. Meinen Kaftan kann ich unmöglich anbehalten. Ich bin nass bis auf die Haut und wo ich stehe hat sich bereits eine große Pfütze gebildet. Trotzdem! Ich soll mich jetzt hier vor ihm ausziehen? Während ich noch überlege was ich machen soll, kommt Alos immer näher. Dann, während er mit der rechten Hand versucht die Kordel, die meinen grünen Kittel am Hals verschließt zu öffnen, fummelt er mit seiner linken Hand an meinem Busen herum. Gut, der dünne Stoff meines Kittels liegt wie eine zweite Haut über meinen Brüsten, trotzdem geht mein Busen ihn nichts an. So überlege ich nicht lang und haue ihm eine runter, dass man wahrscheinlich noch morgen den Abdruck meiner Hand auf seiner Wange erkennen kann. Alos brüllt:
„Hey, was bildest du dir ein?"
„Mein Busen geht dich nichts an!"
Er grinst:
„Das sagst du jetzt. Aber glaub mir, sobald der Graue dich total frustriert zurückgeschickt hat, bist du froh wenn ich mich um dich kümmere! Alle sind danach froh wenn einer von uns sie in die Arme nimmt. Bei uns bekommt jede was sie will, nicht nur ein langweiliges, und hier beim Grauen sogar wortloses Abendessen. Bei uns, oder besser bei mir gab es noch nie Klagen. Ich bin nämlich gut, weiß du!"

Wahrscheinlich würde er sich noch länger loben, aber

er kommt nicht mehr dazu. Ich spüre eine Bewegung hinter mir und dann ist er plötzlich da: mein Grauer General und es ist nicht zu verkennen, er ist stinksauer! Nicht auf mich, nein, auf Alos! Aber er sagt nichts, deutet nur zum Ausgang und Alos schleicht davon wie ein begossener Pudel – raus in den Regen!

Jetzt bin ich also alleine mit meinem Grauen General, auch wenn ich mir unser Zusammentreffen ganz anders vorgestellt habe. Er steht direkt neben mir und sieht jetzt, aus der Nähe noch viel besser aus als in meiner Erinnerung. Er ist groß, ich schätze ca. 2 Meter, muskulös und braungebrannt. Das kann ich heute, da er nur ein, natürlich graues, hautenges T-Shirt und eine ebensolche Jogginghosen trägt, noch besser erkennen als damals im Tempel als er seine Uniform anhatte. Ich dagegen sehe leider wahrscheinlich eher wie eine getaufte Maus aus. Aus meinen Haaren läuft immer noch Wasser über mein Gesicht und auf meinem Rücken mischt sich das Wasser das aus meinem dicken, langen Zopf mit dem Wasser aus meinem Kittel. Die Pfütze unter meinen Füßen wird immer größer. Aber der General lächelt. Dann bückt er sich und hebt das große Badetuch auf. Er entfaltet es während er sich auf den Stuhl setzt. Dann hebt er das Tuch mit beiden Händen hoch. Er ist jetzt hinter dem Badetuch nicht mehr zu sehen. Es dauert einen Moment, aber dann begreife ich: wenn ich ihn nicht sehen kann, kann auch er mich nicht sehen. Das will er mir wahrscheinlich mit seiner Aktion zeigen.
Ich kann also meinen grünen Kittel beruhigt ausziehen. Was bleibt mir auch sonst übrig? So klatschnass wie der Kittel ist hole ich mir nur eine Erkältung. Leider ist auch mein Slip so nass dass ich

ihn auswinden könnte. Also muss es ohne gehen. Sogar in meinen Pantoffeln könnte ich schwimmen! Also wickle ich mich einfach in das riesige, hellgraue Badetuch. Ich würde locker zweimal hinein passen. Außerdem ist es so lang, dass es fast hinunter zu meinen Knöcheln reicht.

Erst jetzt steht der General auf. Er lächelt mich freundlich an und deutet auf den jetzt leeren Stuhl. Ich soll mich setzen? Warum redet er nicht mit mir? Ich setze mich also, ebenfalls wortlos, hin. Der General stellt sich hinter den Stuhl und hebt meinen dicken, tropfnassen Haarzopf etwas an. Was hat er vor? Gut, ich weiß natürlich, dass meine langen Haare zusammengeflochten nie trocknen würden. Da spüre ich auch schon, dass er damit beginnt das Gummiband, mit dem ich meinen Zopf zusammenbinde zu öffnen. Dann löst er langsam die einzelnen Strähnen. Irgendwie fühlen meine Haare sich dabei warm an!

Der General lässt sich Zeit mit meinen Haaren und ich finde es nicht unangenehm, vor allem wenn er seine Hände als eine Art Kamm benutzt und irgendwie zärtlich durch die Haare fährt. Leider spricht er auch jetzt kein Wort mit mir.

Wie oft habe ich meinem Vater erklärt, dass ich auch so eine modische Kurzhaarfrisur wie meine Freundinnen haben möchte. Doch natürlich hat er meine Bitte immer abgelehnt. Ein Friseurbesuch war diesem Geizhals einfach zu teuer. Heute bin ich froh darüber. Als der General mit seiner Arbeit fertig ist, fallen meine Haare am Rücken in weichen Wellen fast bis hinunter zu meinem Po und, ich kann es kaum glauben, sie sind trocken!

Der General kommt hinter dem Stuhl hervor. Er

begutachtet sein Werk und ist anscheinend zufrieden damit. Dann bedeutet er mir, dass ich aufstehen soll. Er reicht mir seine Hand und führt mich hinein in das eigentliche Zelt.

Da ich meine klatschnassen Pantoffel nicht anziehen will, folge ich ihm barfuß. Wieder spricht er kein Wort. Was ist mit ihm los? Aber seine Hand ist warm und viel größer als meine. Ich hätte nie zu hoffen gewagt, dass mich einer unserer drei Generäle jemals berühren, geschweige denn meine Hand halten würde. Obwohl, wahrscheinlich kann er jetzt spüren wie sehr ich innerlich zittere! Plötzlich merke ich dass mich sein Daumen streichelt. Spürt er meine Angst und will er mich dadurch beruhigen?

Der Boden im Zelt wurde anscheinend belassen wie er war. Er besteht aus festgetretener Erde und Kieselsteinchen. Mein General führt mich zu einem reich gedeckten Tisch. Vor dem Tisch stehen zwei Stühle – nicht auf jeder Seite einer, nein nebeneinander. Der General schiebt einen Stuhl zurück und bedeutet mir mich zu setzen. Dabei lächelt er mich an. Warum sagt er nichts? Doch allmählich begreife ich: es ist keine Eigenart von ihm, er kann nicht sprechen!

Ich setze mich wortlos hin und er setzt sich auf den Stuhl direkt neben mir. Dann deutet er auf all das Essen auf den Platten vor uns. Ich soll anscheinend zugreifen. Doch mir ist momentan so gar nicht nach essen. Ich muss erst einmal wissen, ob meine Vermutung stimmt:

„Herr General, warum sprechen sie ….."

weiter komme ich nicht, der General hebt seine Hand als wolle er mich stoppen!

Irgendwie kann ich an seiner Mimik erkennen, dass er überlegt wie er mir etwas klar machen kann. Dann

deutet er auf mich und nickt:
Was kann das bedeuten?
„Ich?"
Er nickt, macht mit seinen Fingern das Pluszeichen
„und"
er nickt wieder und deutet auf sich
„Sie"
er schüttelt den Kopf
„Herr General"
wieder Kopfschütteln.
Ich vermute, das wird eine sehr einseitige Unterhaltung!
Er bedeutet mir, dass wir noch einmal ganz von vorne anfangen. Er deutet auf sich:
„Ich?"
Er nickt
„und"
er nickt wieder
dann deutet er auf mich
„du?"
Richtig!
Noch einmal von vorne:
Er deutet auf mich:
„Ich"
„und"
„Sie?"
falsch! (Er sagt das natürlich nicht, sondern schüttelt seinen Kopf, aber ich werde jetzt einfach immer so tun als wären seine Gesten Worte – zumindest wenn ich sie verstehe.)
Allmählich begreife ich: ich soll „Du" zu ihm sagen:
„Du?"
Mein General lächelt. Es stimmt also. Er will, dass ich „Du" zu ihm sage! Es gibt nur diese 3 Generäle hier in Luthien und er ist einer davon. Einer der drei

Vermittler zwischen uns und unserem Gott Ulrom und er will, dass ich ihn duze! Wow!

Er sieht mich fragend an. Ach ja, ich wollte ihn etwas fragen. Was wollte ich eigentlich wissen? Es dauert einen Moment bis es mir wieder einfällt. Doch der General wartet geduldig.

„Du hörst und verstehst was ich sage, kannst aber nicht sprechen?"

Er nickt.

Das Eis zwischen uns ist gebrochen. Wie ich sehe wurde eine große Platte mit Käse und Obst für uns bereit gestellt. Als der General mich nochmals dazu ermuntert mir vom Essen zu nehmen, greife ich gerne zu. Ich habe schließlich seit gestern vor Aufregung kaum etwas gegessen.

Da ich die Stille zwischen uns nicht lange ertrage und ich will, dass der General mehr über mich weiß, erzähle ich:

„Ich glaube, ich sollte dir etwas beichten:"

Der General schaut mich fragend an:

„Seit damals im Tempel .... ich weiß, ich sollte das nicht zugeben, aber ich träume jede Nacht von ...."

Der General unterbricht mich und schiebt eine Mappe zu mir herüber. Als ich sie öffne, blicke ich auf Fotos von mir. Fotos die anscheinend damals im Tempel entstanden sind. Aber es gibt auch Fotos aus der Zeit danach. Alle Fotos zeigen mich und darunter steht mein Name, meine Adresse und mein Geburtsdatum. Ich bin einen Moment sprachlos. Doch dann begreife ich:

„Ich habe seit damals von dir geträumt, war aber immer der Meinung du hättest mich nicht mal bemerkt. Da habe ich mich wohl geirrt."

Ja

Der General greift nach einem Schreibblock und einem Stift und fängt an zu schreiben:
Auch ich konnte dich seit damals nicht vergessen und habe wie du jede Nacht davon geträumt wie es sein würde, wenn wir zusammen wären. Es waren schöne Träume.
Jetzt bin ich es, die kein Wort sagen kann. So nicke diesmal ich.
Der General schreibt weiter:
Ich habe einen der Tempeldiener nach deinem Namen und deiner Adresse gefragt. Er hat für mich diese Mappe angelegt. Wenn ich etwas Zeit übrig hatte, bin ich hin und wieder sogar vor deinem Haus gestanden und habe gehofft, dass ich dich sehen würde. Außerdem musste Johen, der Tempeldiener mir versprechen, dass du zu den Mädchen gehören würdest die in diesem Jahr hoch in die Nebelberge gesandt würden.
Jetzt wird es Zeit, dass ich meinen General unterbreche:
„Dieses Versprechen konnte er aber nicht einhalten, denn mein Vater hat mich freigekauft."
Der General schaut mehr als verwundert drein, als er schreibt:
Was hat dein Vater?
„Er hat mich freigekauft."
Freigekauft? Aber das geht doch gar nicht!
„Oh doch! Natürlich geht das. Es ist sogar ganz normal."
Der General schüttelt ungläubig seinen Kopf!
Da muss ich ihm wohl etwas erklären! Obwohl, eigentlich sollte er das wirklich wissen:
„Das wird jedes Jahr gemacht. Familien, die es sich leisten können, kaufen ihre Töchter frei. So weit ich weiß muss dazu ein größerer Betrag gespendet

werden. Der fließt dann in irgendwelche Stiftungen. So sind es am Ende eigentlich immer nur die Töchter aus relativ armen Familien die hoch in die Nebelberge müssen. Für die Jungs gibt es das, soweit ich weiß, nicht. Deren Eltern sind froh, wenn ihre Söhne nur diese zwei Jahre von daheim weg sind und nicht als Soldaten eingezogen werden."

Der General nickt und schreibt:

Das habe ich wirklich nicht gewusst.

"Diese Regelung gilt schon so lange ich denken kann. Wahrscheinlich schon lange vorher."

Ich muss dringend mit Johen reden. Aber nicht heute Abend. Doch erzähl weiter! Dein Vater hat dich also freigekauft? Aber, du bist doch trotzdem hier, warum? Was ist passiert?

Ich glaube, es wird Zeit, dass ich ihm die ganze Geschichte erzähle, vor allem da ich inzwischen hoffe, dass ich meinem General nicht gleichgültig bin:

"Ich habe mich seit dem Treffen im Tempel wirklich darauf gefreut endlich hierher zu dürfen, doch mein Vater hatte andere Pläne mit mir. Nur deswegen hat er mich freigekauft."

Mein General scheint etwas verwundert.

"Er wollte mich nämlich verheiraten."

Jetzt schaut mein General etwas erschrocken drein.

"Nein, ich hatte mich nicht verliebt, im Gegenteil! Mein Vater ist ein geiziger, egoistischer Mann. Er hatte nicht mein Wohl im Auge sondern nur seinen Gewinn. Er wollte mich an einen seiner Geschäftspartner, einen gewissen Herrn Monsenter verschachern. Dieser Monsenter ist nicht nur noch älter als mein Vater, er ist auch extrem hässlich und dazu auch noch, wie ich leider nur zu deutlich erkennen musste, ein Sadist. Das hat mein Vater wahrscheinlich sogar gewusst, trotzdem hat er ihn eines Tages mit nach Hause gebracht und mir erklärt, dass ich ab jetzt zu tun habe was dieser Monsenter, dieses Monster, von mir verlangt, da wir in ein paar Wochen sowieso heiraten würden. Dann hat er uns alleine gelassen."

Ich schäme mich und mein Gesicht ist wahrscheinlich feuerrot und ich kann meinen General nicht ansehen, als ich, wenn auch stockend, weiter erzähle:

„Bevor Herr Monsenter über mich hergefallen ist hat er mir noch erklärt, dass ich sehr bald begreifen würde, dass es besser für mich wäre, wenn ich jeden seiner Wünsche sofort erfüllen würde, da er sonst mit einer Peitsche nachhelfen müsste. Dann hat mich so brutal vergewaltigt, dass ich tagelang kaum gehen konnte und sogar jetzt noch Beschwerden habe. Bevor er von mir abließ hat er mich auch noch in meinen Busen gebissen und dieser Biss hat sich entzündet. Ich werde also mein Leben lang eine Narbe haben die mich an dieses Monster erinnert.

Seit ich wusste, dass ich nicht mit in die Nebelberge kommen würde, bin ich davon ausgegangen, dass ich von dir, einem unserer Generäle, nur träumen könnte. Aber nachdem mein Vater Herrn Monsenter mit nachhause gebracht hatte und der über mich hergefallen ist, war mir klar, dass ich eine Heirat mit diesem Monster nicht lange überleben würde. So musste ich mir überlegen wohin ich fliehen konnte damit weder mein Vater noch sein „Guter Freund" mich finden würden. Ich war mir sicher, du würdest mir helfen, wenn ich nur einen Weg hoch zu dir finden würde."

Mein General nickt!

Da ich wusste an welchem Tag die Juniorinnen und Junioren ihren Dienst in den Nebelbergen antreten würden und genau an diesem Tag mein Vater nicht in der Stadt war, konnte ich mit Hilfe von Gerla, unserer

Mein ganz persönlicher Dämon

Köchin fliehen und mit Tina, eine meiner Freundinnen tauschen. Tina war eine der Juniorinnen, die hoch in die Nebelberge gemusst hätte, obwohl sie bereits verlobt war. Beinahe wäre meine Flucht gescheitert, denn einer der Tempeldiener, Herr Tablor erkannte mich und wunderte sich, dass mein Name nicht auf der Liste stand. Aber zum Glück kam gerade noch rechtzeitig dieser andere Tempeldiener, ein gewisser Johen vorbei. Der hat dafür gesorgt, dass ich nicht zurückgeschickt wurde. So habe ich es tatsächlich geschafft."

Mein General sieht geschockt aus. Er hat seinen Mund so fest zusammengekniffen, dass er einen weißen Strich bildet. Plötzlich steht er auf und wirft dabei fast seinen Stuhl um. Er packt mich am Arm und bedeutet mir aufzustehen. Dann zieht er mich hinter sich her. Was hat er vor? Schickt er mich zurück? Muss ich die Nebelberge verlassen weil ich eigentlich nicht hier sein sollte? Will er nichts mehr mit mir zu tun haben weil Herr Monsenter über mich hergefallen ist? Ich kann doch nichts dafür dass ich vergewaltigt wurde!

Aber der General zieht mich am Ausgang vorbei. Wohin will er? Er ist viel größer als ich, hat also auch viel längere Beine. Er zieht mich immer noch etwas ungestüm hinter sich her und ich habe zu tun um mit ihm Schritt zu halten. Außerdem scheint die Wunde in meiner Scheide doch noch nicht ganz abgeheilt zu sein, denn jetzt als ich hinter meinem General her hetze merke ich sie nur zu deutlich.
Ich habe immer noch nichts als dieses riesige Badetuch an und auch wenn ich mich fest hinein gewickelt habe habe, halte ich es doch vorsichtshalber mit meiner linken Hand fest, während der General

mich am rechten Arm gepackt hält. Ich bin auch immer noch barfuß und der Boden ist etwas uneben. So strauchle ich und stoße mir dabei meinen großen Zeh an etwas Spitzem. Leider fängt mein Zeh jetzt tatsächlich auch noch zu bluten an!
Mein General merkt natürlich was mit mir los ist. Er bleibt stehen, bückt sich, hebt meinen Fuß etwas an um ihn besser sehen zu können, dann hebt er mich mitsamt meinem Badetuch einfach hoch. Dabei lächelt er mich kurz an. Ich vermute das Lächeln soll mich beruhigen, da marschiert er auch schon wieder los. Seit ich erwachsen bin, wurde ich noch nie von einem Mann getragen, aber ich muss zugeben, ich genieße es – sehr sogar! Damit mein General mich nicht fallen lässt, schlinge ich vorsichtshalber sogar meine Arme um seinen Hals, auch wenn ich jetzt mein Badetuch nicht länger festhalten kann.

Bald erreichen wir eine nicht zu breite Liege. Ist das sein Bett? Hat er denn auf diesem schmalen Ding überhaupt Platz oder fällt er immer wenn er sich umdreht hinunter?
Er lässt mich vorsichtig auf die Liege gleiten. Was hat er vor? Will er jetzt hier einfach so Sex mit mir haben? Nein, oder doch? Ich habe mir das Ganze wirklich etwas romantischer vorgestellt! Da war ja sogar Bandur, mein erster und bisher einziger Liebhaber zärtlicher!

Mein General setzt sich zu mir, allerdings ans Fußende der Liege, hebt meinen verletzten Fuß hoch und legt ihn auf seinen Schoß. Dann deutet er mit seinem rechten Zeigefinger auf mich. Warum macht er das? Doch dann beginnt sein Zeigefinger rötlich zu leuchten. Als sich der General sicher ist, dass ich das

Leuchten gesehen habe, hebt er meinen verletzten Fuß noch etwas mehr an und drückt seinen leuchtenden Zeigefinger auf die kleine Wunde an meinem Zeh. Der fängt an zu kribbeln und der Schmerz ist bald wie weggeblasen. Der General legt meinen Fuß wieder zurück auf die Liege. Dann hebt er seine Hand wieder hoch. Wie ich sehe beginnt jetzt die ganze Hand rötlich zu leuchten. Der General sieht mich fragend an und legt seine Hand über dem Badetuch auf mein Becken. Es dauert etwas, aber dann begreife ich: er will die Verletzung in meiner Scheide heilen und bittet mich um Erlaubnis das Badetuch anzuheben.

Ich bin hier, weil ich mich in den Grauen General verliebt habe und in meinen Träumen hat er mich mehr als einmal nackt gesehen. Warum soll ich mich weigern? Ich nicke und schiebe sogar selbst das Badetuch zur Seite.

Der General legt seine leuchtende Hand direkt auf das blonde Dreieck zwischen meinen Beinen. Seine Hand fühlt sich warm an und nach kurzer Zeit spüre ich ein Kribbeln in meiner Scheide. Dieses Kribbeln ist mir nicht unangenehm. Im Gegenteil, je länger es andauert, um so mehr gefällt es mir. Ja, es gefällt mir nicht nur, es ist unglaublich erregend und, ohne es zu wollen spreize ich meine Beine. Der General hat sehr konzentriert auf seine Hand gestarrt, aber jetzt sieht er hoch zu mir. Doch dann schüttelt er seinen Kopf. Fast gleichzeitig hebt er seine Hand an. Das angenehme Kribbeln zwischen meinen Beinen hört schlagartig auf – leider! Irgendwie bin ich maßlos enttäuscht.

Der General steht auf, aber nur um sich etwas näher zu mir zu setzen. Wie ich sehe, leuchtet seine Hand immer noch, als er mit ihr auf meinen Busen deutet.

Mein ganz persönlicher Dämon

Aber natürlich! Er will auch die eiternde Wunde dort heilen. Warum auch nicht! Es tut schließlich nicht weh, im Gegenteil! Diesmal muss ich nur nicken und schon öffnet sich mein Badetuch wie von selbst.
Die entzündete Bisswunde an meinem linken Busen ist leider nicht zu übersehen. Mein General bittet mich mit Gesten mich etwas zu ihm zu drehen. Diesmal legt er seine Hand aber nicht einfach auf die Wunde, nein seine Hand legt sich irgendwie schützend über meine Brust. Sie passt perfekt in seine Hand. Auch diesmal spüre ich wieder diese Wärme und das Kribbeln. Doch die angenehmen Gefühle wie vorhin kommen nicht auf, denn irgendwoher höre ich ein entsetzliches, alles durchdringendes Knirschen. Es dauert einen Moment bis ich weiß woher diese schreckliche Geräusch kommt, doch dann wird es mir klar: es kommt vom General selbst. Er knirscht mit den Zähnen! Er ist wütend! Auf mich? Nein, warum auch? Doch dann weiß ich was, bzw. wer ihn so wütend gemacht hat: Herr Monsenter!
Ich streiche meinem General beruhigend über den Arm:
„Ich verstehe sehr gut, dass du wütend bist, ich bin es auch. Aber es nützt nichts, wenn du deswegen mit den Zähnen knirscht. Du ruinierst sie nur. Doch, wenn du willst zeige ich dir Herrn Monsenter gerne. Ich habe zwar Angst davor ihm über den Weg zu laufen wenn ich alleine bin, aber wenn du dabei bist, kann mir schließlich nichts passieren, oder?"
Nein
„Gut. Dann kannst du ihm ja sagen, oder zeigen was du von ihm hältst!"
Das Knirschen hat aufgehört und endlich setzt dieses wohlige, kribbelnde Gefühl wieder ein. Es hält sogar noch an, als der General seine Hand weg nimmt, denn

er beugt sich hinunter und küsst mich tatsächlich auf den Busen!

Leider belässt er es aber bei diesem einen, viel zu kurzen Kuss. Dann nimmt er die Enden des Badetuches und verknotet sie. Ich kann gar nicht beschreiben wie enttäuscht ich bin. Vor allem als er dann tatsächlich aufsteht, mich anlächelt und meint:

nein, nein

während er in die Richtung zeigt aus der wir gekommen sind. Dort wartet immer noch das Essen auf uns. Leider steht dort, wie ich weiß, kein breites, bequemes Bett sondern eben nur der Tisch mit den zwei Stühlen.

Was soll das? War das alles? Was will er mir mit seinem Kopfschütteln sagen? Ich werde ihn fragen müssen:

„Was meinst du: Heißt das jetzt:

nein, nein, ich hab dich nur zum Essen eingeladen, zu sonst nichts? Nach dem Essen kannst du sowieso gehen.

Oder bedeutet das:

erst wird gegessen, dann ....?"

Mein General meint ich soll die Frage so stellen, dass er sie mit „ja" oder „nein" beantworten kann!

Das dauert mir zu lange: „1 oder 2?"

2

Na bitte, war doch gar nicht so schwer! Wieder muss ich nicht gehen, mein General hebt mich hoch und trägt mich zurück. Er muss ziemlich stark sein, wenn ihm das nichts ausmacht. Allmählich würde ich gerne wissen, wie mein General heißt, denn ihn ständig, wenn auch nur in Gedanken „General" zu nennen ist albern. Aber wie soll er mir schließlich seinen Namen sagen?

Während ich auf den Armen meines Generals liege,

fällt mein Blick auf das graue Badetuch. Doch es ist nicht länger nur grau und es ist auch kein Badetuch mehr. Das Tuch besteht inzwischen aus weichem, fast durchsichtigem Stoff. Es ist zwar immer noch grau, aber durchwoben mit feinen Gold- und Silberfäden.

Ich habe meine Arme um den Hals meines Generals geschlungen und hin und wieder beugt er seinen Kopf herunter zu mir und küsst mich. Aber leider immer nur sehr kurz! Dann haben wir auch schon den Esstisch erreicht. Diesmal setzt er sich, immer noch mit mir auf seinen Armen nieder. Wenn er denkt, dass ich mich jetzt auf den Stuhl neben ihm setze hat er sich geirrt! Ich mache es mir bequem auf seinem Schoß und es scheint ihm sogar zu gefallen. Er beginnt damit mich zu füttern. Ja, so macht Essen Spaß! Leider nicht lange, denn bald werden wir durch lautes Gekreische und Geschrei gestört:
„Wie oft soll ich dir noch sagen, dass du nicht hinein darfst?"
Erklingt die Stimme von Alos.
„Was du sagst ist mir egal. Ich will zu meinem General!"
Das ist unverkennbar die Stimme von Xeria.
(Alos) „Nein! Er ist nicht alleine und das weißt du ganz genau!"
(Xeria) „Das ist es ja eben. Das muss ein Irrtum sein! Mein General will nur mich bei sich haben."
(Alos) „Du siehst doch, dass das nicht stimmt. Issi ist bei ihm und er will nicht gestört werden!"
(Xeria) „Du lügst!"
Warum besteht Xeria immer noch darauf, dass der General zu ihr gehört? Ich muss das jetzt genau wissen, also frage ich den General direkt:
„Ist Xeria doch deine Geliebte?"

Mein ganz persönlicher Dämon

Er hebt abwehrend seine Hände, schüttelt seinen Kopf und bedeutet mir, dass er Xeria für verrückt hält. Aber, auch wenn Xeria nicht seine Geliebte ist könnte es doch eine andere geben und dann sollte ich wohl besser so schnell wie möglich hier verschwinden:
„Hast du eine Geliebte?"
Ja
Das ist nicht die Antwort auf die ich gehofft habe. Total enttäuscht versuche ich aufzustehen. Doch der General hält mich fest. Er lächelt mich an und deutet auf mich. Ich, er meint mich? Tatsächlich mich?

Währenddessen geht es draußen vor dem Zelt immer noch ziemlich laut zu. Doch mehr höre ich nicht, denn mein General steht, immer noch mit mir auf seinen Armen, so schwungvoll auf, dass diesmal der Stuhl tatsächlich umfällt. Wie ich sehe marschiert er direkt auf die Rückwand des grauen Zeltes zu – und die besteht aus einer massiven Felswand. Was hat er vor? Ich bekomme es mit der Angst zu tun. Will er mich an die Wand drücken? Warum? Ich habe keine Zeit mehr mich zu fragen was er will, wir haben die Felswand erreicht und ich schreie, schreie ..... und plötzlich ist die Felswand hinter uns und der General lässt sich, immer noch mit mir in seinen Armen, auf ein riesiges Bett fallen. Noch im Fall dreht er sich aber so, dass ich auf ihm lande.
Ich bin so wütend, dass ich mit meinen Fäusten auf ihn los gehe, was aber natürlich nicht viel bringt. Er lässt mich daher auch einfach gewähren und lacht nur. Seine Stimme ist tief und sein Lachen melodisch. Ich bin mir sicher wenn er sprechen würde hätte er eine sehr angenehme, tiefe Stimme. Ich liebe tiefe Männerstimmen!
Mein General findet meinen Wutausbruch anscheinend

auch noch komisch. Als meine Wut etwas verraucht ist, will ich wissen:
„Warum hast du mich nicht gewarnt? Ich habe gedacht du zerquetscht mich!"
Der General schaut mich nur fragend an:
Wie?
Natürlich, wie hätte er mir erklären sollen was gleich passiert?"
Ich muss noch viel lernen. Doch nicht jetzt. Mein General liegt immer noch auf mir, auch wenn er sich abstützt um mich nicht zu erdrücken. Er findet diese Stellung anscheinend sehr bequem. Er schaut mir tief in die Augen und dann – endlich – küsst er mich! Oh ja, ich bin voll seiner Meinung. Es wird ein gieriger erster Kuss. Meine Lippen öffnen sich wie von alleine für ihn und schon erkundet seine Zunge meinen Mund. Aber auch meine Zunge ist nicht untätig.

Der Knoten an meinem ehemaligen Badetuch öffnet sich von ganz alleine und ich liege nackt unter meinem, immer noch voll bekleideten General. Seine Hände fangen an mich am ganzen Körper zu streicheln, bevorzugen dabei aber irgendwie meine Brüste. Ich dagegen? Meine Hände berühren überall nur Stoff. Ich protestiere:
„Das ist unfair! Ich bin nackt und du?"
Mein General grinst. Anscheinend ist er der Meinung, dass das durchaus in Ordnung ist! Doch dann, plötzlich verschwindet sein T-Shirt und was er sonst noch trägt und er ist so nackt wie ich. Ein fragender Blick von ihm
besser
„Oh ja!"
Wie ich spüren kann, ist mein General total erregt. Das ist gut so, denn mir geht es nicht anders.

Mein ganz persönlicher Dämon

Normalerweise kann mir ein Vorspiel nicht lange genug dauern, doch heute ist mir alles zu langsam, schließlich warte ich schon seit unserer ersten Begegnung darauf ihn endlich wirklich zu spüren. Gut, ich habe fast jede Nacht von ihm geträumt aber das hat alles eigentlich nur noch schlimmer gemacht.
„General, bitte! Lass mich nicht länger warten!"
Anscheinend ist er meiner Meinung, denn ich muss meine Beine nur etwas weiter öffnen und schon dringt er langsam, Zentimeter für Zentimeter in mich ein. Es geht mir nicht schnell genug und ich helfe etwas nach. Das ist alles was es braucht und schon erlebe ich einen fantastischen Orgasmus. Um nicht laut aufzuschreien, beiße ich in meine Unterlippe. So dringt nur ein heiseres Gurgeln aus meinem Mund. Was aber anscheinend meinem General nicht gefällt, denn er schiebt seinen Finger zwischen meine Lippen. Aber ich bin nicht mehr Herr meiner Sinne und so beiße ich zu – nicht zu fest, aber trotzdem! Damit hat mein General nicht gerechnet und obwohl er anscheinend versucht seinen eigenen Höhepunkt hinauszuschieben ist es in dem Moment mit seiner Selbstbeherrschung vorbei. Er stöhnt laut auf, sein Finger verschwindet aus meinem Mund und wird ersetzt durch seine Lippen. Wir verschlingen uns gegenseitig und dann geschieht es: ich habe den Eindruck ich bin nicht mehr ich selbst, etwas Neues ist entstanden! Mein General und ich sind eine Einheit, ein Wesen. Wir haben vier Arme und vier Beine und ich kann sie alle fühlen. Ich spüre wie mich die Hände streicheln, fühle aber gleichzeitig auch wie ich mich streichle und wie meine Finger sich in den Rücken meines Generals krallen. Aber ich bin auch sein Rücken und spüre wie sich meine Fingernägel leicht in seine Haut krallen. Ich kann aber nicht nur spüren was mein General spürt,

ich kann auch seine Gedanken hören:
„Endlich, endlich habe ich dich gefunden. Ich habe so lange auf dich gewartet!"
„Ich weiß was du fühlst. Mir geht es genauso!"
Als ich mich allmählich an meinen/unseren neuen Körper gewöhnt habe, bemerke ich, dass ich/wir nicht länger auf dem Bett liegen. Wir schweben! Aber nicht oben an der Decke des Zimmers, nein, wir schweben über eine grüne Wiese. Mit meinen Augen kann ich zwar nichts sehen als den breiten, muskulösen Oberkörper meines Generals und etwas blauen Himmel über uns, aber durch seine Augen sehe ich hinunter auf diese Wiese und auf ihr steht tatsächlich eine Badewanne!

Ich weiß nicht, wie lange wir so als Einheit, als neues Wesen dahin schweben, aber plötzlich erlebe ich einen weiteren Orgasmus und der ist so intensiv, dass ich diesmal wirklich laut schreie. Auch mein General kann sich nicht mehr beherrschen und er ist so laut, dass man mich ganz bestimmt nicht hören kann. Als wir wieder etwas zu uns kommen geht gerade die Sonne unter und wir liegen wieder im Bett. Schade!
Ich bin total geschafft und meinem General geht es anscheinend nicht anders. Da er immer noch schwer auf mir liegt, dreht er sich mit mir in seinen Armen zur Seite. So könnten wir jetzt bequem entspannen. Doch leider ist mir klar, dass ich so schnell wie möglich aufstehen und im Bad verschwinden sollte. Wenn nicht, wird das Bett bald etwas feucht, klebrig und ungemütlich sein. Doch mein General hat anscheinend den selben Gedanken, denn plötzlich hat er ein warmes, feuchtes Tuch in der Hand und reinigt uns. Sobald er fertig ist, ist das Tuch auch schon wieder verschwunden. Ich muss ihn unbedingt mal fragen

wie er das macht. Doch nicht jetzt. Jetzt bin ich viel zu müde dazu. Ich schmiege mich so eng wie möglich an meinen General, ihm scheint es zu gefallen und schon schlafe ich ein.

Draußen scheint schon die Sonne, als ich, herrlich entspannt, aufwache. Natürlich bin ich immer noch nackt, aber das macht nichts, denn auch mein General ist nackt und hält mich fest. Er ist schon wach und strahlt mich an. Als er merkt, dass ich wach bin, bekomme ich einen zärtlichen Kuss auf meine Schulter. Oh Mann, was würde ich darum geben jeden Morgen so geweckt zu werden.

Leider muss ich jetzt aber wirklich dringend auf die Toilette. Der General zeigt mir den Weg. Dann, wir sind immer noch nackt, nimmt er mich an der Hand und führt mich hinaus ins Freie. Dort, mitten auf einer Blumenwiese steht eine große Wanne. Er bedeutet mir in die Wanne zu steigen. Wie ich sehe ist sie mit warmem Wasser und vielen Blütenblättern gefüllt. Ich überlege noch, wie ich hineinsteigen soll, als ich einfach hochgehoben und vorsichtig ins Wasser gestellt werde. Dann steigt auch mein General ins Wasser. Er setzt sich und zieht mich mit sich hinunter ins herrlich duftende, angenehm warme Wasser.
Zum Glück fällt mir gerade noch ein, dass man uns ausdrücklich vor den starken Sonnenstrahlen hier oben gewarnt hat:
„Lange sollte ich wahrscheinlich nicht hier in der Sonne sitzen. Man hat uns davor gewarnt. Angeblich bekommen wir normalen Menschen sehr schnell einen ziemlichen Sonnenbrand."
Wie ich aus seinem Mienenspiel erkennen kann, scheint mein General nicht daran gedacht zu haben.

Aber ihm fällt natürlich eine Lösung ein:
Plötzlich sammelt sich über unserer Wanne eine große Wolke. Sie ist bald so groß, dass wir im Schatten sitzen und sie ist rosa! Tatsächlich!
Ich sitze im warmen Wasser auf dem Schoß meines Generals und natürlich kommt es, wie es kommen muss, wir lieben uns! Mein General ist unersättlich und ich finde es herrlich. Wir bleiben in der Wanne bis meine Hände schon leicht schrumpelig werden. Dann marschieren wir zurück. Ich habe den Eindruck, die rosa Wolke folgt uns.

Irgendwie bin ich jetzt sogar wieder in dieses dünne Tuch gewickelt und mein General trägt plötzlich auch wieder T-Shirt und eine Jogginghose.
Zum Glück führt mein General mich zu einem reich gedeckten Frühstückstisch, denn ich muss zugeben, ich bin am Verhungern. Diesmal gibt es frische Brötchen, Honig, Butter, Käse und frisches Obst. Dazu frisch gepressten Obstsaft und Tee. Auch mein General scheint hungrig zu sein. Wir essen ohne ein Wort zu sagen; gut, mein General sagt sowieso nie viel, aber auch ich sage kein Wort.

Als wir satt sind, zeigt mein General auf sein Handgelenk. Unten in Luthien würde er dort mit Sicherheit eine Armbanduhr tragen. Doch hier oben bei uns natürlich nicht. Hier funktioniert höchstens eine Sonnen- oder Sanduhr. Aber ich verstehe trotzdem, dass es ihm um die Zeit geht. Er hebt zwei Finger, dann deutet er nach unten:
„Du willst mir sagen, dass du für etwa 2 Stunden hinunter nach Alting musst?"
Ja
Kein Problem. Sogar ich weiß, dass heute im Tempel

eine große Feier für die ehemaligen Senioren und deren Familien stattfindet. Da erwartet man natürlich, dass du teilnimmst."

Ja

Er deutet auf sein Bett. Auf ihm könnte ich schlafen bis er zurück ist. Das wäre keine schlechte Idee, denn heute Nacht habe ich nicht viel geschlafen. Aber dann fällt mein Blick auf die Felswand:

„Ich vermute, ohne dich kann ich nicht durch diesen blöden Felsen hindurch, oder?"

Nein!

Er grinst tatsächlich während er seinen Kopf schüttelt.

„Dann schlafe ich lieber drüben in meinem Zimmer. Dort kann ich mich wenigstens frei bewegen. Außerdem wird es sowieso Zeit, dass ich mich mal im Haupthaus melde. Ich weiß ja noch nicht mal wo mein Zimmer ist."

Gut

Doch bevor ich hinüber gehe, sollte ich wohl besser wieder meinen grünen Kaftan tragen und nicht dieses herrlich leichte, aber leider fast durchsichtige Tuch:

„So kann ich den Jungs und Mädchen unmöglich unter die Augen treten."

Ich deute auf mein Tuch.

Mein General nickt und schon trage ich wieder einen grünen Kittel. Doch der jetzige ist trotzdem ganz anders. Er ist aus einem weicheren Stoff und vor allem er ist nicht aus dieser Einheitsgröße wie alle anderen. Der hier passt wie angegossen.

„Danke! War es das dann, oder sehen wir uns wieder?"

Mein General verdreht seine Augen, dann presst er mich an sich und ich bekomme einen laaangen Kuss.

„Bis dann also!"

Ja

Als er sich weg von mir dreht, schaue ich zufällig nach oben und ich glaube nicht, was ich sehe: die rosa Wolke!
„Warte! Du hast etwas vergessen!"
Ich deute nach oben. Er folgt meinem Blick und ich warte darauf, dass er die Wolke verschwinden lässt, doch stattdessen schüttelt er nur den Kopf und grinst.
„Heißt das sie bleibt?"
Ja
Er will mich jetzt endgültig verlassen, doch dann fällt auch ihm noch etwas ein:
Der Geste seiner Hände nach ist es Xeria.
Auch ich habe sie natürlich nicht vergessen:
„Ich verstehe was du meinst. Wenn ich keinen Ärger mit ihr will sage ihr besser nicht, wo ich die Nacht verbracht habe, sonst dreht sie durch."
Mein General nickt.
„Ich weiß noch nicht was, aber mir wird spontan schon etwas einfallen."
Mein General hat es jetzt wirklich eilig. Er muss rechtzeitig unten im Tempel sein. Er verlässt mich also, aber was mich nicht verlässt, ist diese alberne rosa Wolke! Hoffentlich bemerkt die niemand!

Leider sitzt, wie nicht anders zu erwarten Xeria direkt am Rand des großen Sonnensegels hinter dem der Eingang zu unserem Wohnhaus liegt und leider gibt es nur diesen einen Eingang. Als Xeria mich sieht, springt sie auf:
„Wo hast du dich die ganze Nacht herumgetrieben?"
Ich hole erst mal tief Luft: „Das geht dich nichts an!"
„So? Wir haben uns schon Sorgen um dich gemacht. Wo warst du also?"
„Ach hör doch auf! Du hast dir keine Sorgen um mich gemacht, du willst nur wissen ob ich die ganze Zeit bei

deinem Liebsten verbracht habe. Aber ich kann dich beruhigen. Bei deinem Grauen General war ich keine 5 Minuten. Er hat nämlich nicht mit mir gesprochen. So habe ich nur eine Kleinigkeit gegessen, dann bin ich unauffällig verschwunden."

„Das hat er mir natürlich schon längst erzählt. Du musst wissen mein General spricht nicht mit jedem – nur mit mir!"

„Aber natürlich!" So eine Lügnerin!

„Ich wollte nur wissen wo du den Rest der Nacht verbracht hast."

„Das geht dich jetzt aber wirklich nichts an, doch bitte, wenn es dich interessiert! Ich habe einen sehr guten Freund von mir getroffen. Er ist schon Senior und so haben wir uns über 1 Jahr nicht gesehen. Da hatten wir uns natürlich viel zu erzählen und nicht nur das. Du verstehst hoffentlich was ich meine! So bin ich über Nacht bei ihm geblieben."

„Er gehört dann wohl zu den Kerlen, die nicht hier bei uns im Haus wohnen weil sie den Transport der Waren von Alting hoch zu uns und natürlich auch hinunter beaufsichtigen."

Aber natürlich! Die meisten Jungs schlafen ja hier im Haus und wenn ich einen von ihnen über Nacht besuche, merken das wahrscheinlich alle. Ich wusste nicht mal, dass es Jungs gibt, die nicht hier bei uns übernachten. Ups, da habe ich ja noch mal die Kurve gekriegt. Ich muss wohl besser aufpassen was ich sage:

„Ja!"

Während ich mich mit Xeria unterhalte kommt einer der Jungs, Garol, ein Junior wie ich, herüber zu uns. Er hält mir ein Glas entgegen:

„Trink! Das wird dir guttun. Hier oben in den Nebelbergen müssen wir sehr viel mehr trinken als unten. Angeblich liegt das an der Nähe zur Sonne. Wenn du zu wenig trinkst trocknest du allmählich aus."

Ich habe tatsächlich Durst und so muss Garol mir das nicht zweimal sagen. Er hat mir einen eisgekühlten Tee gebracht und auch wenn der etwas zu süß ist und sonderbar schmeckt, ich trinke das Glas auf einen Zug leer.

Dann geht alles sehr schnell: mir wird schwindelig und meine Beine tragen mich nicht mehr. Ich vermute, ich falle gleich um. Doch auch wenn ich wirklich falle, ich bekomme davon nichts mehr mit. Um mich herum wird alles schwarz.

Kapitel 4

Als ich wieder zu mir komme, sitze ich auf der Couch im Büro meines Vaters! Wie komme ich hierher? Was ist passiert? Dann wird es mir klar: der Tee! Garol, dieser Mistkerl!

Ich will gerade aufstehen und verschwinden, als ich sehe, dass ich nicht alleine bin. Mein Vater sitzt hinter seinem Schreibtisch und schaut mich böse an:

„Ach die Dame ist endlich aufgewacht! Was hast du dir dabei gedacht einfach zu verschwinden? Du weißt doch ganz genau, dass deine Hochzeit mit Jugor abgemachte Sache ist!"

Ich war noch nie so wütend wie jetzt und so bin ich wirklich etwas laut als ich antworte:

„Du hast das mit Herrn Monsenter ausgemacht, nur du, mich hat keiner gefragt. Aber, soweit ich weiß muss immer noch ich, ich alleine „ja" sagen und das werde ich ganz bestimmt nicht. Dein Jugor ist ein Sadist und obendrein auch viel zu alt für mich. Inzwischen ist mir übrigens klar geworden, dass ich eigentlich nicht mal hätte weglaufen müssen. Für solche Fälle haben wir schließlich die Polizei. Doch als ich weggelaufen bin habe ich daran vor lauter Verzweiflung gar nicht gedacht. Zum Glück! Denn ich habe in den Nebelbergen inzwischen meine große Liebe gefunden und von dir lasse ich mir mein Glück nicht zerstören. Daher muss ich so schnell wie möglich zurück, ganz egal wie!"

„Du heiratest Jugor, basta!"

„Träum weiter!"

„Du bleibst hier! Ich lasse nicht zu, dass du dort oben herumhurst."

„Du hältst mich für eine Hure? Weißt du was, was du von mir denkst ist mir inzwischen total egal.

Außerdem, lieber bin ich in deinen Augen eine Hure aber glücklich, als die ehrenwerte Frau eines uralten Sadisten und mein Leben lang unglücklich, nur damit du ein gutes Geschäft machst. Darum geht es dir doch, nur darum! Ich lasse mich von dir nicht länger bevormunden und schon gar nicht aufhalten."
Mir fällt gerade ein, dass ich keine Ahnung habe wie ich es ganz alleine hoch in die Nebelberge schaffen soll. Doch ich werde schon eine Möglichkeit finden. Vielleicht kann man mir im Tempel helfen. Hoffentlich schaffe ich es hoch zu meinem General bevor der sich eine Neue sucht, weil er denkt ich habe ihn verlassen.
„Du bleibst!"
„Oh nein, ganz sicher nicht! Wenn du, oder dein guter Freund Monsenter versucht mich aufzuhalten schreie ich die ganze Stadt zusammen!"
Die Drohung wirkt zumindest für den Moment, denn ich schaffe es aufzuspringen, zur Tür hinaus und auf die Straße zu rennen. Doch noch bevor ich dort richtig durchstarten kann, schlingen sich zwei Arme um meine Taille und zieht mich zu sich. Gerade bin ich noch alleine auf der Straße, als plötzlich wie aus dem Nichts mein General neben mir steht und mich an sich presst. Er flüstert „schschsch" direkt in mein Ohr. Dann dreht er mich zu sich und wir küssen uns. Oh, wie habe ich ihn vermisst! Leider dauert der Kuss nicht halb so lange wie ich es mir wünsche, denn plötzlich ist er vorbei und mein General schiebt mich etwas unsanft zur Seite als mein Vater an uns vorbei aus dem Haus stürmt. Er ruft ziemlich laut:
„Bleib stehen du dummes Ding!"
Warum brüllt er so, wenn wir doch direkt neben ihm stehen? Ja, während er die Straße entlang läuft ruft er sogar:
„Komm endlich zurück! Was soll das? Du kannst doch

nicht einfach abhauen und dich vor mir verstecken. Dazu habe ich zu viel von meinem Geld investiert!"
Hat er uns nicht gesehen?
Ich wundere mich zwar über meinen Vater, aber noch mehr interessiert es mich wie mein General mich so schnell gefunden hat:
„Du hast mich vermisst?"
Er nickt und strahlt mich an.
„Und du hast nach mir gesucht?"
Wieder nickt er und deutet dabei nach oben – und dort hängt sie, meine rosa Wolke! Als mir einfällt, was ich alles zu meinem Vater gesagt habe, werde ich zwar ziemlich rot, will aber trotzdem wissen:
"Bist du schon lange hier?"
Ja
„Und du hast natürlich alles gehört, was ich gesagt habe?"
Ja
„Alles?"
Ja
„Aber du weißt, dass mein Bekenntnis darüber dass ich dich liebe nicht für deine Ohren bestimmt war!"
Ja
„Auch wenn ich es, zumindest jetzt noch nicht, zugegeben hätte, es stimmt trotzdem. Und es ist mir nicht peinlich, dass du es weißt!"
Mein General strahlt mich an. Er kommt gerade aus dem Tempel und trägt noch seine Galauniform und er sieht einfach umwerfend aus. Er sieht mich an, als würde er auf meine nächste Frage warten und ich weiß auch auf welche. Aber nein, ich werde ihn nicht fragen ob er mich auch liebt!
„Das kannst du vergessen. Ich frage dich nicht. So einfach mache ich es dir nicht. Du würdest dann wahrscheinlich nicken und das wäre es dann auch

schon. Ich kann warten bis du es von dir aus sagst. Ja sagst! Ich bin überzeugt, mit etwas Übung kannst du sprechen! Ein „aah" war schließlich gestern schon möglich und gerade eben ein „schschsch". Außerdem funktioniert deine Zunge perfekt, wie ich mich gestern überzeugen konnte, mehr als perfekt sogar. Wir werden also einfach üben!"

Mein General nickt. Dann lächelt er. Es sieht aus, als wäre ihm gerade etwas eingefallen. Er deutet auf sich, formt mit seinen Händen ein Herz und zeigt auf mich. Gut, so kann man natürlich auch sagen:

Ich liebe dich!

„Du bist süß, auch wenn ich mir sicher bin, dass das schon viele zu dir gesagt haben. Trotzdem werden wir üben bis du mir wirklich laut sagen kannst dass du mich liebst."

Weiter komme ich nicht, denn mein Vater hat anscheinend eingesehen, dass es nichts nützt noch weiter zu laufen. Er dreht um und kommt direkt auf uns zu. Aber noch immer scheint er uns nicht zu sehen, denn er redet mit sich selbst:

„Erst habe ich sie freigekauft damit sie nicht hoch in die Nebelberge muss und jetzt? Es war nicht billig diesen Idioten Garol dazu zu bringen der kleinen Hure das Schlafmittel zu verabreichen und was hat es mir gebracht? Nichts! Außerdem weigert sich Jugor inzwischen mir den vollen Brautpreis zu bezahlen. Eine Braut, die es schon mit wer weiß wie vielen getrieben hat ist in seinen Augen nicht mehr viel wert."

Mein Vater steht jetzt fast direkt neben mir und noch immer bemerkt er mich nicht. Kann es tatsächlich sein, dass uns mein General unsichtbar machen kann! Es scheint so. Wer hätte das gedacht.

Jetzt allerdings drückt mein General mir einen Geldbeutel in die Hand, deutet auf meinen Vater und

lässt mich los. Das genügt anscheinend, ich bin wieder sichtbar. Mein Vater erschrickt, fasst sich aber schnell wieder als ich ihm den Geldbeutel in die Hand drücke:
„Hier Vater, ich will nicht, dass du wegen mir am Hungertuch nagen musst. Ach und übrigens, ich war schon lange keine Jungfrau mehr, als dein guter Freund mich vergewaltigt hat. Das kannst du ihm ruhig sagen, denn anscheinend ist ihm das nicht einmal aufgefallen."
Die Bemerkung hätte ich mir sparen können. Mein Vater sieht nur noch den Beutel mit dem Geld. Dann, erst nachdem er vermutlich schon ziemlich genau weiß wie viel Geld ich ihm da gegeben habe, schaut er mich an:
„Mit wie vielen Männern hast du geschlafen um so viel Geld zusammen zu bekommen?"
Ich bin entsetzt. Ich weiß, dass Vater nicht viel von mir hält, aber dass er das von mir denkt hätte ich ihm nie zugetraut:
„Vater!"
„Ich hätte es mir denken sollen! Du bist ganz wie deine Mutter! Ja, das hättest du nicht von ihr gedacht, oder? Sie war auch eine Hure und hat es mit dem Sohn des Bäckers von nebenan getrieben. Ich Dummkopf habe es nicht einmal bemerkt. Aber dann wurde sie schwanger. Sie hat mir freudestrahlend von der Schwangerschaft erzählt. Sie wusste ja nicht, dass ich keine Kinder zeugen kann. Ich habe sie angebrüllt und geschlagen bis sie am Ende zugegeben hat von wem das Kind war. Ich hätte sie sofort umbringen sollen. Wollte ich auch. Doch dann ist mir eingefallen, dass ich so vielleicht einen männlichen Erben bekommen könnte. Leider hat sie aber nicht mal das geschafft. Daher habe ich sie noch im Kindbett erstickt. Auch dich wollte ich eigentlich mit ihr

zusammen töten, aber Gerla hat dich nicht aus den Augen gelassen. Ich vermute sie hat geahnt was ich mit deiner Mutter gemacht habe. So bliebst du am Leben. Dein wirklicher Vater lebt übrigens auch nicht mehr. Ich habe bei der Polizei behauptet er hätte eine wertvolle Goldkette von mir gestohlen. Als man die Kette dann hinter der Bäckerei unter einem Rosenbusch fand, wurde er zu einer Gefängnisstrafe verurteilt. Er hat sich schon nach ein paar Tagen im Gefängnis erhängt."

Ich glaube, ich stehe einige Zeit mit offenem Mund da bevor ich begreife was mein Vater, nein er ist ja gar nicht mein Vater, mir gerade gesagt hat. Gut, dass mein General mich hält. Endlich finde ich meine Sprache wieder:

„Du hast meine Mutter und auch meinen Vater getötet?"

„Was hätte ich denn sonst machen sollen? Ann, deine Mutter hatte mich schließlich betrogen!"

„Du hättest dich von ihr trennen können!"

„Oh nein, die ganze Stadt hätte über mich gelacht!"

Ich wende mich an meinen General:

„Kannst du ihm wenigstens das Geld wieder abnehmen?"

Er schüttelt den Kopf, nimmt aber meine Hand, legt sie auf seine und zeigt mir, dass ich meinen Zeigefinger ausstrecken soll. Als ich das mache streckt auch er seinen Zeigefinger direkt unter meinem aus. Unsere übereinander gelegten Hände deuten auf mein Elternhaus. Irgendwie schießen plötzlich Flammen aus meinem oder ist es sein Zeigefinger. Sofort fängt das Haus zu brennen an und es dauert nicht lange, da steht das ganze Haus in Flammen.

Erst merkt es mein Vater gar nicht, doch dann fängt

er zu schreien an und alle Nachbarn rennen auf die Straße. Sie rufen natürlich sofort die Feuerwehr. Plötzlich fällt mir Gerla ein:

„Unsere Köchin, Gerla sie hat mich großgezogen und ist fast so was wie eine Mutter für mich! Sie muss noch im Haus sein!"

Mein General schüttelt seinen Kopf und dann sehe ich sie. Sie steht hustend neben dem mittlerweile total in Flammen stehenden Haus. Auf ihren Armen trägt sie Minka, unsere Katze. Ich bin mir sicher gerade war Gerla noch nicht da. Aber das ist eigentlich egal. Sie ist gerettet. Inzwischen ist auch ein Löschzug der Feuerwehr da und schließt Wasserschläuche an. Doch ich bin mir sicher, auch sie können nicht mehr viel retten. Ich hoffe nur, das Feuer greift nicht auf die umliegenden Häuser über. Doch da beruhigt mich mein General. Er deutet auf das Dach des Hauses und wenn man ganz genau hinsieht, kann man dort eine Art Kuppel, die den Funkenflug eindämmt, erkennen. Sie spannt sich um das ganze Haus, so dass es ganz sicher kein einziger Funke heraus und in die angrenzenden Häusern schafft.

Wir gehen hinüber zu Gerla. Sie sieht mich und strahlt über das ganze Gesicht:

„Bin ich froh, dass es dir gut geht."

„Ach Gerla, ich bin ja so glücklich! Darf ich dir meinen Grauen General vorstellen!"

Gerla sieht jetzt nicht mehr ganz so glücklich aus, ja sie schüttelt sogar den Kopf:

„Du und einer der Generäle? Kindchen, was soll das? Gut, ich habe gesagt du sollst dir einen Freund, ja einen Geliebten zulegen, aber doch keinen der Generäle. Das führt einfach zu nichts. Ich dachte eigentlich eher an Bandur. Mit dem warst du doch mal zusammen und wie ich weiß ist er seit einem Jahr oben in den Nebelbergen."

Mein General hört natürlich sehr interessiert zu und ich muss jetzt ganz schnell etwas klar stellen:

„Mit Bandur, das ist lange vorbei. Ich war damals 16 und ich habe mich mit ihm eigentlich nur eingelassen weil all meine Freundinnen schon lange keine Jungfrauen mehr waren und ich mir wie eine Außenseiterin vor kam. Aber ich habe sehr schnell festgestellt, dass Bandur ein ziemlich langweiliger Typ war und sicher immer noch ist. Ich habe damals schon nach etwa 14 Tagen mit ihm Schluss gemacht."

Vor allem um meinen General abzulenken will ich von Gerla wissen:

„Was hast du jetzt vor? Auch dein Zimmer wurde leider ein Raub der Flammen. Wo wirst du heute Nacht schlafen?"

Daran hat Gerla anscheinend noch gar nicht gedacht. Aus ihrem Gesicht weicht sämtliche Farbe, ja sie hat sogar Tränen in den Augen und es dauert bis sie antworten kann:

„Ich habe eine Schwester bei der kann ich hoffentlich unterkommen!"

Dann wird ihr allmählich klar, dass sie alles verloren hat:

„Meine Sachen! Ich habe ja nichts mehr als das was ich am Leib trage! Auch das Bisschen was ich mir erspart habe, alles weg!"

Ich schaue meinen General fragend an:

„Kann sie wenigstens für die nächsten Tage mit uns hoch in die Nebelberge kommen?"

Er schüttelt nur den Kopf. Die ganze Zeit hatte er seinen Arm um meine Taille gelegt. Jetzt greift er mit seiner freien Hand nach Gerla – und schon stehen wir, Gerla, mein General, ich und sogar die Katze in einem sehr großen Raum, anscheinend einem Büro. Zumindest gibt es hier nicht nur eine Sitzgruppe incl. Sofa sondern auch einem riesigen Schreibtisch. Mein General bedeutet Gerla sie soll sich auf die Couch setzen, was sie, wenn auch reichlich überrascht, tut. Die Katze hält sie immer noch fest. Der General selbst setzt sich hinter den Schreibtisch und wie er mir bedeutet soll ich mich auf seinen Schoß setzen, dann drückt er auf eine am Schreibtisch angebrachte Klingel.

Auf dem Schreibtisch liegt jede Menge Schreibpapier und mein General fängt sofort an zu schreiben. Aber er kommt nicht weit, denn schon bald geht die Tür auf und einer der Tempeldiener kommt herein zu uns. Er scheint ziemlich überrascht zu sein, als er Gerla und die Katze auf der Couch und vor allem mich auf dem Schoß des Generals sitzend erkennt. Doch er versucht sich nichts anmerken zu lassen, wenn es ihm auch nicht wirklich gelingt:
„Herr General, Sie haben nach mir geläutet?"
Mein General nickt und bedeutet ihm einen Moment zu warten. Dann nimmt er ein neues Blatt Papier und schreibt:
Wie soll ich dich Johen, dem Tempeldiener gegenüber nennen? Meine Frau, meine Braut, meine Kleine? Mein General schaut mich fragend an.
„Vielleicht meine Kleine?"
Er nickt.
Dann schreibt er weiter auf dem Blatt das er schon vorbereitet hat. Nach einem kurzen Moment gibt er mir das Blatt. Ich lese was da steht:

Johen, die Schönheit hier auf meinem Schoß, meine Frau ist ab heute meine Stimme. Sie wird dir gleich vorlesen was du für mich erledigen musst.

Ich gebe meinem General mit meinem Ellenbogen einen leichten Schubs, von wegen „Frau". Er weiß ganz genau warum, doch er lächelt mich nur an. Also gebe ich das Blatt wortlos weiter an diesen Johen, während mein General bereits wieder schreibt. Natürlich schmeichelt es mir, dass er mich als „Schönheit" bezeichnet hat. Gleichzeitig verwirrt es mich natürlich, dass ich in seinen Augen seine „Frau" bin. Aber, ganz ehrlich, ich habe nicht wirklich etwas dagegen.

Johen mustert mich, allerdings möglichst unauffällig, bleibt aber geduldig stehen bis der General mit seiner schriftlichen Anweisung fertig ist, auch wenn das etwas dauert, denn die ist so lang, dass sie nicht auf ein Blatt passt.
Als der General fertig ist, reicht er mir die Blätter und ich beginne vorzulesen:

„Johen, die Dame mit der Katze auf der Couch hat durch einen Brand alles verloren. Sie wird daher ab sofort hier auf dem Tempelgelände wohnen. Du gibst ihr eine unserer kleinen Gästewohnungen, aber wegen der Katze eine Parterre. Für heute braucht sie nur ein warmes Bett, Kleidung zum Wechseln und etwas zu Essen. Aber morgen gehst du mit ihr Einkaufen, auf Kosten den Tempels natürlich. Sie wird dir sagen was sie benötigt. Ach übrigens Johen, Die Dame heißt Gerla und ist von Beruf Köchin. Soweit ich weiß könntet ihr eine Köchin gut gebrauchen. Vielleicht hat sie ja Lust euch zu helfen, gegen gute Bezahlung selbstverständlich. So, das wäre das Eine. Aber ich habe noch drei weitere Aufgaben für dich:

Und ich muss mich sehr zusammenreißen, dass meine Stimme mich nicht verrät als ich weiter vorlese:

1. Einem gewissen Sundor Oberhauer, er ist der Besitzer des Hauses das gerade abgebrannt ist, ist ab sofort der Zutritt zum Tempel, zu allen Tempeln verwehrt.

Johen, der Tempeldiener hat einen Einwand:

„Aber, Herr General, Herr Oberhauer gehört zu den regelmäßigen Besuchern unseres Tempels und er spendet immer sehr großzügig!"

Ich habe pausiert bis Johen mit seinem Einwand fertig ist, aber da mein General nicht reagiert, lese ich weiter:

Er ist ein Mörder und auch wenn die Polizei heute, nach all den vielen Jahren, keinen Beweis für seine Schuld mehr finden wird, er hat mir den Mord gestanden. Mörder haben keinen Zutritt zum Tempel und nur da wir Generäle uns so wenig wie möglich in alles was das Leben von euch normalen Menschen betrifft einmischen, verzichte ich darauf ihn der hiesigen Polizei zu übergeben.

Ich pausiere kurz, warte auf einen Einwand Johens, aber der sagt nichts. Doch er sieht leicht geschockt aus.

2. Auch Jugor Monsenter wird der Zutritt zum Tempel verwehrt. Sobald er eintreten will, verständigt ihr mich. Bei diesem Typen ist es nicht damit getan, dass er den Tempel nicht mehr betreten darf. Aber das werde ich ihm persönlich sagen. Ihr bittet diesen „Herren" also einfach auf mich zu warten.

Als ich das vorlese, muss ich mich wirklich zusammenreißen. Zu gerne würde ich jetzt sagen was ich denke, aber ich beherrsche mich und lese einfach weiter:

3. Wie ich erfahren habe können Familien ihre Kinder und hier vor allem ihre Töchter vom Dienst in den Nebelbergen freikaufen. So weit ich mich erinnere wurde das so nie mit uns Generälen vereinbart. Wenn ich mich richtig erinnere sollten alle 18jährigen auf einer Liste zusammengefasst werden und aus den dort aufgeführten Jungs und Mädels sollten dann jeweils 10 per Losentscheid ermittelt werden. So weit ich mich erinnere sollten nur 18jährige die einen triftigen Grund hätten automatisch von ihren Verpflichtungen uns gegenüber entbunden und von der Liste gestrichen werden. Das Geld der Eltern ist aber wirklich kein triftiger Grund. Auch wenn das Geld angeblich in irgendwelche Stiftungen fließt ist es Unrecht.

Johen schüttelt den Kopf und ich pausiere um ihm die Möglichkeit zu geben etwas dazu zu sagen:
„Das stimmt so nicht! Soweit ich weiß werden die jeweiligen Junioren tatsächlich per Losentscheid ermittelt."
Mein General schreibt seine Antwort:

So? Warum stand dann eine Tina Brauger auf der Liste obwohl sie verlobt war und bald heiraten wollte? Wie mir gesagt wurde sollte sie hoch in die Nebelberge geschickt werden da ihr Vater arm war und es sich nicht leisten konnte sie freizukaufen. Andererseits fehlte Issi Oberhauer obwohl es dafür eigentlich keinen Grund gab. Wie ihr Vater gestand hat er sie durch eine großzügige Spende freigekauft.

Nachdem ich auch das vorgelesen habe warte ich auf

eine Antwort Johens. Die kommt auch sofort:

„Herr General, sie werden es mir wahrscheinlich nicht glauben, aber davon habe ich bis heute nichts gewusst. Aber mir ist natürlich aufgefallen, dass etwas nicht stimmt, als ich den Namen Issi Oberhauer auf unseren Listen nicht finden konnte, obwohl ihnen doch so sehr daran gelegen war, dass gerade dieses Mädchen bei den Auserwählten sein sollte. Bitte glauben sie mir, dass ich mich sofort darum kümmern werde warum dieses Jahr nicht alles reibungslos funktioniert hat."

Meinem General lag also von Anfang an wirklich etwas an mir! Es ging ihm wie mir! Wunderbar. Aber was hat der Tempeldiener noch gesagt? Dieses Jahr? Ich kann nicht anders, ich muss mich einfach einmischen:

„Das Eltern ihre Töchter freikaufen ist nicht neu. So weit ich zurückdenken kann ist das gang und gäbe. Ich bin mit dem Wissen aufgewachsen, dass die 10 Juniorinnen die am Ende in die Nebelberge geschickt werden immer aus ärmlichen Verhältnissen stammen."

Johen kann nur den Kopf schütteln:

„Ich weiß von solchen Absprachen nichts. Doch für die Auswahl der Junioren und Juniorinnen bin ich auch nicht zuständig. Das gehört zum Arbeitsbereich von Angita, Tartor und Binsar. Doch ich gebe zu, als oberster Tempeldiener sollte ich trotzdem wissen was da vor sich geht. Ich kann nur noch einmal betonen, dass ich von diesen Absprachen nichts wusste. Doch das wird sich noch heute ändern."

Mein General reicht mir bereits ein neues Blatt und ich lese vor:

Johen, du wirst dich vor allem um dieses Problem kümmern. Ich verlasse mich auf dich. Ich will genau

Mein ganz persönlicher Dämon

wissen wer wie viel gespendet hat und vor allem ob das Geld wirklich in irgendwelche Fonds gesteckt wurde. Ich vermute nämlich, dass sich der eine oder andere Tempeldiener/dienerin daran bereichert hat. Das Geld, das in diesem Jahr eingenommen wurde, wandert übrigens in einen ganz besonderen Fond. Nennen wir ihn einfach Tina Brauger. Das arme Mädchen lebte lange Zeit mit der Angst hoch in die Nebelberge zu müssen. Wie ich erfahren habe wird sie bald heiraten. Sie kann das Geld dann wahrscheinlich gut gebrauchen. Außerdem sagst du mir bitte das genaue Datum. Meine Frau und ich wollen ihr dann nämlich gratulieren.
So das ist alles. Danke Johen, ich weiß, du wirst meine Aufträge genauestens erledigen.

Da ist es wieder, dieses Wort „Frau"! Wie das klingt, ich die Frau des Grauen Generals! Doch, wenn ich ehrlich bin muss ich zugeben, es gefällt mir, auch wenn ich es nie zu träumen gewagt hätte.

Johen verbeugt sich, dann winkt er Gerla und sie verschwinden. Ich bin alleine mit meinem General. Er will aufstehen, doch ich schlinge meine Arme um seinen Hals:
„Lass uns doch noch etwas hier bleiben! Wir sind endlich alleine und wenn wirklich jemand zur Tür herein kommen sollte, kannst du uns ja einfach unsichtbar werden lassen."
Ich versuche ihn zu küssen. Aber warum auch immer, er küsst mich zwar, wenn auch nur kurz, doch dann löst er seine Lippen auch schon wieder von meinen.
„Aber warum denn? Wenigstens ganz kurz ......!"
Mein General schüttelt seinen Kopf, dann greift er leider schon wieder nach einem Blatt Papier und

schreibt:

Nein, ich will nicht einfach kurz mit dir Sex haben. Wenn wir uns lieben, dann kann ich nicht genug von dir bekommen. Ich will dich stundenlang lieben und ich bin mir sicher du willst das eigentlich auch. So ein Quicky ist nichts für mich, für uns. Außerdem haben wir es eilig. Wir haben noch etwas vor.

Ich nicke nur und schon sind wir auf den Nebelbergen. Wir stehen im Freien in der Nähe des großen, grauen Zeltes. Warum hier?

Mein General deutet auf die Ausgehuniform die er immer noch trägt. Ich verstehe, er will sich umziehen. Aber warum sind wir dann nicht in seinem Zelt?

„Geh nur, ich warte auf dich!"

Kaum ist mein General verschwunden, kommt mir Bandur entgegen. Der hat mir gerade noch gefehlt! Oder, Moment mal! Hat mein General eventuell dafür gesorgt, dass mir genau der hier und jetzt über den Weg läuft? Kann er das überhaupt? Ist er vielleicht eifersüchtig? Ich habe keine Zeit mehr länger meinen Gedanken nachzuhängen, Bandur hat mich erkannt:

„Issi, bist du das wirklich? Ich habe mir so gewünscht, dass du eine der Juniorinnen bist. Ich bin ja so glücklich, dass mein Wunsch in Erfüllung gegangen ist. Seit du dich damals von mir getrennt hast überlege ich was ich falsch gemacht haben könnte. Doch das ist jetzt auch egal. Du bist hier und ich hoffe, du gibst mir noch eine Chance. Ich konnte dich nämlich bis heute nicht vergessen."

Das hat mir gerade noch gefehlt!

„Ach hör auf Bandur! Du weißt ganz genau, dass wir nicht zusammen passen. Das war damals der Grund warum ich mich von dir getrennt habe und das hat sich bis heute nicht geändert. Außerdem bin ich nicht mehr alleine!"

Mein ganz persönlicher Dämon

Täusche ich mich, oder flimmert dort im Schatten die Luft? Als ich vorhin mit meinem Vater geredet habe und zwar ich mein General sehen konnte, mein Vater ihn aber nicht, hat um den General herum die Luft auch verräterisch geflirrt. Gut, wenn man nicht weiß worauf mach zu achten hat, fällt es einem wahrscheinlich nicht auf, aber ich weiß inzwischen was dieses Flirren bedeutet. Dort im Schatten steht mein General und hört wahrscheinlich sehr interessiert zu was ich Bandur zu sagen habe.

„Aber Issi! Du bist doch erst seit gestern hier? Hast du dich wirklich so schnell verliebt? Nein, das glaube ich nicht! Dazu kenne ich dich zu gut."

„Ich bin nicht erst seit gestern neu verliebt."

„Dann muss der arme Kerl jetzt 2 ganze Jahre auf dich warten. Glaub mir, was auch immer er dir versprochen hat, 2 Jahre sind lang, sehr lang und oft viel zu lang."

„Niemand wartet in Luthien auf mich. Du hast das total falsch verstanden."

Bandur scheint einen Moment zu überlegen:

„Moment! Du hast dich doch nicht wirklich ……. nein, das kann nicht sein! So naiv bist du nicht, nein, du nicht, oder doch? Gut, ich habe schon davon gehört, dass das vorgekommen sein soll, aber du doch nicht! Du bist doch nicht in einen der Generäle verknallt?"

„Doch!"

Bandur klingt jetzt wie mein alter Schullehrer:

„Aber Issi! Das ist doch nur eine Schwärmerei. Man verliebt sich nicht in einen der Generäle! Das bringt nichts! Gut, ich habe tatsächlich schon davon gehört, dass sich eines der Mädchen in einen von ihnen verguckt hat, ja ich habe sogar schon gehört, dass die eine oder andere von den Generälen zum Abendessen eingeladen wurde, aber das wars dann auch schon! Gehörst du auch zu denen die zum Abendessen drüben in einem der Zelte war?"

„Ja!"

Bandur schüttelt den Kopf:

„Issi, vergiss es! Das war alles. Du bekommst keine zweite Einladung. Ganz egal wie sehr es dir bei diesem General gefallen hat und ganz egal wie charmant er war. Er will dich nicht ein zweites Mal sehen. Bitte glaub mir! Er hat dich schon lange wieder vergessen."

„Das stimmt nicht!"

Da bin ich mir ganz sicher. Schließlich steht er nur ein paar Meter entfernt von mir und hört sehr genau zu, was gesagt wird. Außerdem hat er mich doch erst vorhin als seine Frau bezeichnet!

„Doch! Bitte glaub mir! Es würde auch nichts bringen, wenn er dich noch einmal einladen würde. Es ist, zumindest unter uns Jungs allgemein bekannt, dass die Generäle nicht können! Ich meine, du verstehst was ich dir sagen will?"

„Nein!"

Natürlich kann ich mir vorstellen was Bandur mir sagen will, aber vor allem mein General soll es hören.

„Ach Issi, sie sind impotent. Sie können keinen Sex haben. Ulrom hat ihnen die Fähigkeit genommen. Er hat ihnen viele zusätzliche Kräfte gegeben, aber für die 10 Jahre die sie ihm dienen können sie einfach nicht mehr. Wahrscheinlich will Ulrom nicht, dass sie durch Gedanken an irgendwelche Frauen von ihren Pflichten abgelenkt werden. Danach, wieder zurück daheim können sie angeblich auch sexuell wieder ihren Mann stehen."

Eigentlich wollte ich ja zu dem Thema nichts sagen, aber jetzt reicht es mir:

„Du irrst dich! Sie können sehr wohl, oder besser mein General kann – und das die ganze Nacht!"

Ich wundere mich über mich selbst. Normalerweise

würde ich so etwas nie zugeben und heute? Ich werde nicht einmal rot als ich das sage.

Bandur ist einen Moment sprachlos und schnappt nach Luft. Er erinnert mich an einen Fisch den man gerade geangelt hat. Gerade als er sich wieder fängt, legt jemand von hinten seinen Arm um meine Taille und zieht mich zu sich. An Bandurs erschrockenem Gesichtsausdruck erkenne ich, dass mein General beschlossen hat sichtbar zu werden. Er zieht mich nicht nur zu sich, er schiebt sogar meine Haare zur Seite und küsst mich seitlich auf den Hals. Wie ich aus den Augenwinkeln heraus erkennen kann, beobachtet er dabei Bandur sehr genau von oben herab, was bei seiner Größe von über zwei Metern nicht schwer ist.

Bandurs Gesicht ist kreideweiß und obwohl er keine Uniform trägt, steht er kerzengerade da, schlägt die Hacken zusammen als würde er salutieren, flüstert ein „General" dreht sich um und verschwindet so schnell er kann.

Ich weiß natürlich, dass es nicht schön war, was sich mein General gerade geleistet hat, aber irgendwie kann ich ihm einfach nicht böse sein. Er hält mich fest und meine Welt ist einfach in Ordnung. Trotzdem:

„Gib zu, das hat dir Spaß gemacht!"

Ja

„Der arme Kerl hatte jetzt richtig Angst vor dir! Außerdem, du weißt schon, dass jetzt jeder und jede erfährt das das mit diesem Gerücht falsch war. Von wegen nur Abendessen! Wahrscheinlich werden die Mädchen euch jetzt die Zelte einrennen!"

Er lächelt nur und zuckt die Schultern.

„Gib zu, dass du eifersüchtig bist!"

Als Antwort schüttelt mein General sehr energisch den Kopf:

nein

„Doch!"
Jetzt lächelt er und deutet mit Daumen und Zeigefinger an: *aber nur etwas (winzig)*
Gut, er gibt es also zu.
„Ich verstehe ja, dass es gerade für dich nicht einfach ist, denn schließlich kannst du mich ja nicht fragen wie das mit anderen Jungs oder Männern so ist, oder besser war."
Ja
„Du kannst ganz beruhigt sein. Nach Bandur gab es keinen Mann mehr in meinem Leben und wie das mit ihm ausgegangen ist weißt du ja inzwischen. Gut, ich bin hin und wieder mit Freundinnen zum Tanzen gegangen und da waren natürlich auch Jungs, aber es war keiner dabei der mir etwas bedeutet hätte. Zu mehr als hin und wieder einem flüchtigen Kuss ist es nie gekommen. Nachdem ich dich im Tempel gesehen habe bin ich übrigens nicht mal mehr zum Tanzen gegangen. Ich saß lieber alleine in meinem Zimmer und habe von einem gewissen grauen General geträumt, auch wenn ich damals geglaubt habe, dass der immer ein Traum bleiben würde."
Mein General drückt mich an sich. Doch wenn wir schon dabei sind, will ich noch etwas wissen.
Hat Ulrom den drei Generälen, angeblich ganz normalen Männern, die er alle 10 Jahre austauscht, wirklich übernatürliche Kräfte verliehen? Mein General kann unsichtbar werden und uns in Sekundenschnelle von einem Ort zum anderen bringen. Und das sind nur die unglaublichen Fähigkeiten die ich bisher kenne:
„Was seid ihr, bist du eigentlich?"
Mein General schaut mich fragend an und erinnert mich mit einer Handbewegung daran, dass ich eigentlich Fragen stellen soll die er mit ja oder nein beantworten kann.

„Bist du ein ganz normaler Mann, den Ulrom mit zusätzlichen Fähigkeiten ausgestattet hat? Zugegeben mit unglaublichen Fähigkeiten?"
Nein

„Du bist also kein normaler Mann?"
Nein

Was ist er dann? Ich überlege einen Moment:
„Bist du ein Gott wie Ulrom?"
Nein

Kein Mensch, kein Gott, was dann? Mir fällt keine weitere Möglichkeit ein:
„Was bist du dann?"
Gut, das ist keine Frage die er mit ja oder nein beantworten kann, aber trotzdem!

Mein General greift nach meiner Hand, hebt sie hoch und legt sie auf seine Stirn. Erst weiß ich nicht was das soll, doch dann kann ich sie fühlen: Hörner! Klein, und kaum sichtbar, aber deutlich zu spüren! Ich erschrecke furchtbar und flüstere:
„Dämon!"
Mein General nickt!

„Aber ein Dämon? Du bist doch kein Dämon! Dämonen sind böse!"
Mein Dämon, äh General grinst und versucht möglichst böse dreinzuschauen, was ihm aber total missglückt.

„Du bist also ein Dämon, aber nicht böse!"
Ja und nein (er wackelt mit dem Kopf).

„Aber, wenn du ein Dämon bist sind sicher auch die anderen Generäle Dämonen, oder?"
Ja

Aber, dann stimmt es wahrscheinlich gar nicht, dass du noch weitere 5 Jahre als „Grauer General" eingesetzt bist?"
Ja und nein

Das will ich jetzt aber genau wissen:

„Wie lange bist du dann noch ein General?"

Er deutet auf sein graues T-Shirt und hält 5 Finger hoch.

„Dann stimmt das also."

Nicht so ganz! Plötzlich trägt er ein grünes T-Shirt und hält 10 Finger hoch und noch bevor ich etwas sagen kann ändert sich die Farbe seines T-Shirts schon wieder und es ist blau. Auch diesmal hält er 10 Finger hoch. Doch er ist noch nicht fertig, denn jetzt ist sein T-Shirt plötzlich wieder grau und wieder hält er alle 10 Finger hoch.

Allmählich begreife ich:

„Du bist noch 5 Jahre der Graue General, dann bist du 10 Jahre der Grüne- und danach 10 Jahre der Blaue General, bevor du wieder 10 Jahre der Graue General bist."

Ja

„Wahrscheinlich spielt ihr dieses Spielchen schon länger!"

Ja

Jetzt verstehe ich:

„Die Menschen merken wahrscheinlich nicht einmal etwas davon. Deshalb weiß niemand genau wie ihr ausseht. So denken wir normalen Menschen tatsächlich, dass alle 10 Jahre neue Generäle eingesetzt werden."

Ja

„Wenn ihr das schon längere Zeit treibt, obwohl du nicht älter als 25 – 30 Jahre aussiehst, wie alt bist du dann wirklich?"

Mein Dämon hält wieder 5 Finger hoch, malt aber mit der anderen Hand eine Null in die Luft!

„50 Jahre, schon so alt, das hätte ich nicht gedacht. Anscheinend altern Dämonen ziemlich langsam!"

Nein

Er war noch nicht fertig mit seinen Nullen, es kommt noch eine dazu!

„Was? 500 Jahre?"

Ja

Da mir dazu momentan nichts einfällt, schweige ich einfach. Mein General schweigt auch – natürlich! Doch er zieht mich ganz eng an sich und ich denke schon er will mich küssen, das hat er aber diesmal anscheinend nicht vor, denn plötzlich stehen wir neben einem Schreibtisch – wieder! Nur um etwas aufzuschreiben hätten wir eigentlich auch im Büro auf dem Tempelgelände bleiben können.

Doch dann sehe ich aus dem Fenster und weiß wo wir sind: auf einer Wiese in der Sonne steht eine große Badewanne. In der würde ich jetzt gerne wieder mit meinem General liegen! Doch stattdessen setzt mein Dämon sich nieder und zieht mich mit sich hinunter bis ich auf seinem Schoß sitze. Er greift nach einem Stift und fängt wieder an zu schreiben. Ich lese einfach mit:

Issi, ich liebe dich! Ja, auch wenn es in denen Augen zu früh für mich ist dir das zu gestehen. Aber auch wenn wir uns lieben, oder gerade deswegen haben wir ein Problem:

Du kannst zwar zwei Jahre hier oben in den Nebenbergen leben, aber was sind schon zwei Jahre für uns. Ich will dich für immer und nicht nur für zwei Jahre. Doch nach diesen zwei Jahren beginnst du hier oben zu altern und zwar rapide. Du alterst dann zehnmal so schnell wie unten auf der Erde. Das heißt, du bis 20 wenn du beginnst zu altern und 5 Jahre später bist du 70! Du wirst dir natürlich denken, dass wir schließlich auch unten in Alting leben könnten, doch das geht leider auch nicht, denn dort kann ich mich nicht lange aufhalten. Bereits nach wenigen Stunden schwindet meine Kraft und nach 2 bis 3 Tagen bin ich tot. Soweit ich weiß bessert sich das im Laufe der Jahrhunderte. Irgendwann in ferner Zukunft kann auch ich dort unten ganz normal leben. Doch dann wärst du schon lange tot. Außerdem will ich dich nicht nur für deine normalen Menschenjahre, also vielleicht 50, 60 und wenn wir Glück haben 70 Jahre an meiner Seite, ich will dich nie wieder verlieren.

Aber das muss ich nicht, wenn du dieses Gebräu hier trinkst,

Mein General deutet auf einen Becher gefüllt mit einer braunen, dickflüssigen Brühe, die plötzlich auf dem Schreibtisch steht.

dann kannst du zusammen mit mir für immer hier oben leben. Du wirst dann selbst zu einem Dämon – und nein, du wirst damit nicht automatisch böse. Dämonen sind nicht böse. Gut, es gibt natürlich auch böse, aber es gibt schließlich auch böse Menschen.

Doch ich muss dich warnen. Das Zeug schmeckt scheußlich! Richtig ekelig. Trotzdem, du musst es trinken! Bitte, tue es für uns! Halt dir die Nase zu und schlucke es einfach hinunter. Du musst das ganze Glas leer trinken! Bitte, für mich! Ich liebe dich!

Q

Kapitel 5

Natürlich werde ich das! Für wen hält er mich? Wenn
es die einzige Möglichkeit für uns ist weiter zusammen
zu sein würde ich eine ganze Flasche leer trinken ganz
egal wie ekelig das Zeug schmeckt. Doch dann fällt
mein Blick auf die Unterschrift: „Q"
„Du heißt doch nicht Q oder?"

Mein General schreibt die Antwort nieder:
*Nein, aber mein Name gefällt mir nicht. Doch ich
werde von meinen Brüdern und von Vater tatsächlich
Q genannt.*

„Ich wüsste trotzdem gerne deinen Namen. Wenn er
mir nicht gefällt überlege ich mir einfach einen
Spitznamen für dich. Dich ständig General zu nennen
finde ich albern."
Er schreibt wieder:
*Das musst du natürlich nicht! Nenn mich doch einfach
auch Q oder Liebling, oder was immer du willst!*

Mir fällt etwas ein, auch wenn ich weiß das es
Erpressung ist:
„Aber vielleicht trinke ich dieses Gebräu nur, wenn du
mir vorher deinen Namen sagst?"
Mein General verdreht seine Augen, fängt dann aber
an zu schreiben.
Plötzlich will ich das aber nicht mehr. Ja, ich schäme
mich sogar. Daher nehme ich ihm den Stift ab:
„Nein, so nicht! Das wäre Erpressung. Ich weiß noch
nicht wie, aber irgendwie erfahre ich deinen Namen
auch so. Bis dahin nenne ich dich eben Q."

Q lächelt einen kurzen Moment. Dann, als er mir das

Mein ganz persönlicher Dämon

Glas mit der bräunlichen Flüssigkeit reicht, wird er wieder ernst. Alleine schon der Geruch der von dem Gebräu ausgeht ist ekelhaft. Trotzdem führe ich es zu meinem Mund und schlucke das ekelige Zeug hinunter. Nicht mal das Zuhalten meiner Nase hilft! Ich habe noch nie etwas hinunter geschluckt, das so ekelhaft geschmeckt hat. Aber ich setze nicht ab, schlucke den gesamten Inhalt in einem Satz hinunter. Anders würde ich es auch nicht schaffen. Ich weiß genau, sobald ich absetzen würde, wäre es vorbei. Endlich ist das riesige Glas leer. Ich lasse es einfach fallen und gehe mit beiden Fäusten auf Q los! Wie konnte er nur so etwas von mir verlangen? Doch anscheinend hat er mit meiner Reaktion gerechnet. Er wehrt sich nicht, steckt mir aber etwas in den Mund. Ich weiß sofort was es ist: eine Baumbeere! Angeblich die süßeste Frucht die es gibt. Ich wollte schon immer mal eine probieren, doch meinem Vater, ach er ist ja gar nicht mein Vater, na jedenfalls war er viel zu geizig. Baumbeeren sind extrem selten und natürlich teuer! Jetzt habe ich also eine in meinem Mund und ich spüre nichts von der angeblichen Süße. Aber zumindest verschwindet durch sie der ekelhafte Geschmack in meinem Mund.

Aber auf Q bin ich deswegen immer noch stinksauer. Ich stehe von seinem Schoß auf und versuche wieder mit meinen Fäusten auf ihn loszugehen. Doch, ich weiß nicht was mit meinem Körper los ist, alles fühlt sich plötzlich so komisch an und ich kann mich kaum noch auf meinen Beinen halten:

„Was ist los mit mir du Scheusal? Meine Beine?"

Sie tragen mich einfach nicht mehr. Wenn Q mich nicht halten würde, würde ich einfach in mir zusammensacken.

Q steht auf, hebt mich hoch und trägt mich hinüber zu

einer breite Liege. Dort setzt er sich mit mir, wieder auf seinem Schoß, nieder. Ich will meine Arme um ihn schlingen, aber auch sie gehorchen mir nicht mehr.

„Q, hilf mir! Ich habe Angst! Was hast du mir da zu Trinken gegeben? Gift? Muss ich jetzt sterben?"

Q schüttelt seinen Kopf und streichelt zärtlich über meine Wangen, aber auch das kann ich kaum noch spüren. Ich spüre eigentlich meinen ganzen Körper kaum noch!

„Q?"

„Schschsch!"

Q wiegt mich in seinen Armen wie ein kleines Kind und dazu sagt er immerzu „schschsch!"

Jetzt verschlechtert sich auch noch meine Sicht. Es wird immer dunkler um mich herum und am Ende sehe ich gar nichts mehr. Ich spüre meinen Körper nicht mehr und sehe nichts mehr, aber ich kann noch hören und das weiß Q anscheinend, denn er summt. Ich glaube es ist ein Kinderlied, ein Wiegenlied. Eigentlich müsste ich Todesangst haben, aber Qs Lied beruhigt mich. Dann höre ich auch nichts mehr. Aber ich beginne zu träumen. Bin ich jetzt tot, ohnmächtig oder einfach nur eingeschlafen? Irgendwann endet mein Traum, übrigens ein schöner Traum in dem ich mit Q über eine wundervolle Blumenwiese laufe, auf der übrigens eine Badewanne steht. Aber natürlich laufen wir nicht nur!

Als ich zu mir komme bin ich natürlich vor allem froh, dass ich wieder sehen kann und nicht nur das, ich kann spüren, dass Q mich immer noch in seinen Armen wiegt und dabei summt. Hat er mich die ganze Zeit festgehalten? Allmählich bekomme ich auch wieder ein Gefühl in meinen Fingern und so versuche ich Qs Arm zu streicheln. Es ist nur eine leichte

Berührung, aber Q bemerkt sie sofort. Er hört auf zu summen und strahlt mich an. Ich würde ihn so gerne fragen was los ist, aber meine Stimme gehorcht mir nicht, noch nicht! Hoffentlich! Aber ich kann blinzeln. Das genügt anscheinend. Q lässt mich vorsichtig auf die Liege gleiten. Dann lässt er mich los. Das gefällt mir gar nicht. Doch dann spüre ich, wie er sich von der anderen Seite auf die Liege legt und mich zu sich zieht bis mein Rücken seine Brust berührt.

Er weiß hoffentlich ob und wie schnell ich mich nach diesem entsetzlichen Gebräu erholen werde und ich habe den Eindruck er ist zufrieden mit meinem Zustand. Jetzt kann ich entspannen.

Warum bin ich eigentlich so müde? Habe ich nicht genug geschlafen?

Q streicht mit seiner Hand ganz sanft über meine Augen. Will er, dass ich schlafe? Den Gefallen tue ich ihm nur zu gerne. Ich kann meine Augen sowieso kaum noch offen halten. Ich bin schon fast eingeschlafen, als ich ein „Schschschschlaaaf Issi! Schschsch!" höre. Träume ich schon oder hat mein General, Q, mein Dämon tatsächlich gerade gesprochen?

Ich falle in einen ruhigen, langen, entspannenden Schlaf. Als ich wieder aufwache scheint es so um die Mittagszeit herum zu sein. Als ich dieses ekelhafte Zeug trank war es auch mittags. Anscheinend war das vor 24 Stunden? Ich will mich aufrichten, werde aber von muskulösen Armen festgehalten. Ich kann meinen Dämon zwar nicht sehen, aber ich spüre seinen ruhigen Atem direkt an meinem Hals. Q schläft. Hat er die ganze Nacht über mich gewacht? Dann hat er sich seinen Schlaf wirklich redlich verdient. Ich versuche in seinen Armen zu entspannen und selbst noch etwas zu schlafen.

Doch lange halte ich leider nicht mehr durch. Ich muss ins Bad und zwar wirklich dringend! Ich versuche vorsichtig und vor allem ohne Q zu wecken aufzustehen, schaffe es aber nicht. Mein Körper reagiert immer noch nicht so ganz auf meine Wünsche. Gut, ich kann mich bewegen und mich sogar aufsetzen, aber meine Beine reagieren nicht, als ich sie auf den Boden setzen will. Doch natürlich wird Q wach. Er schaut mich fragend an:
„Du willst sicher wissen wie es mir geht?"
Ja
„Bedeutend besser, aber ich bin immer noch nicht fit. Und jetzt müsste ich ganz dringend auf die Toilette!"
Q verdreht die Augen. Ich vermute das heißt:
Kein Problem, denn schon steht er neben mir und hebt mich hoch.
Gerade eben hatte ich noch meinen grünen Kittel an, doch als Q mich auf die Toilette setzt bin ich nackt. Dann lässt er mich aber zum Glück alleine und ich bin stolz auf mich, denn ich kann mich ohne Hilfe auf der Toilettenschüssel halten und purzle nicht einfach hinunter.
Als ich fertig bin, rufe ich nach meinem ganz persönlichen Dämon, denn alleine aufstehen das ist noch nichts für mich, auch wenn ich hoffe, dass sich das bald wieder gibt. So hebt Q mich hoch und trägt mich zu einem reich gedeckten Tisch. Irgendwann auf dem Weg vom Bad hierher hat er anscheinend beschlossen, dass ich etwas zum Anziehen brauche, denn als wir den Tisch erreichen habe ich ein leichtes und natürlich graues Sommerkleidchen an.
Ich könnte wahrscheinlich sogar alleine sitzen, aber Q ist lieber vorsichtig und setzt sich mit mir zusammen

nieder. Dass ich hungrig bin muss ich nicht sagen, mein Magen fängt wie auf Bestellung zu knurren an. Q lacht und beginnt mich mit einem Brei aus Getreide, Milch und Honig zu füttern. Ich will eigentlich protestieren und ihm erklären, dass ich durchaus im Stande bin alleine zu essen, als ich sehr schnell merke, dass das nicht stimmt. Alleine schon das Öffnen und Schließen meines Mundes und vor allem das Schlucken des Breis sind Schwerarbeit für mich.

Nachdem ich Q erklärt habe, dass ich wirklich satt bin, hebt er mich wieder hoch und ... ich habe den Eindruck er hat sich mit mir direkt auf eine Obstwiese gewünscht. Hier liegt schon eine Decke für uns bereit und auf die setzt Q sich, mich immer noch festhaltend. Dann sorgt er dafür, dass ich irgendwie neben ihm sitze, mich aber an ihn lehnen kann.

Unsere Decke liegt direkt unter einem der großen Obstbäume. Ich versuche festzustellen um welche Sorte Baum es sich handelt, muss aber passen. Die Form der Blätter, der Rinde und vor allem der intensive Geruch sagt mir gar nichts. Doch dann streckt Q seinen Arm aus und schon fällt eine Frucht herunter und direkt in seine Hand. Er reicht sie mir und ich kann es nicht fassen! Wir sitzen tatsächlich unter einem Baumbeeren-Baum. Ich weiß ganz genau, dass diese Bäume eigentlich nur in Murialy, einem der 3 anderen Länder auf Atlantea, wachsen und auch dort nur im Frühjahr geerntet werden können. Jetzt ist aber Herbst. Doch eigentlich ist mir das egal. Ich kann endlich eine dieser süßen Früchte genießen und das mache ich dann auch. Sie schmeckt tatsächlich noch süßer und saftiger als ich sie mir vorgestellt habe. Ich verschlinge sie gierig. Mein Dämon freut sich anscheinend, dass es mir schmeckt, denn er holt mir noch eine zweite Frucht vom Baum. Auch die verschlinge ich so gierig, dass mir sogar der Fruchtsaft an meinem Mundwinkel hinunter läuft. Ich muss ihn schnell mit meiner Hand wegwischen, damit ich keine Flecken auf meinem Kleid riskiere.

Als ich auch die zweite Frucht verschlungen habe, möchte ich eigentlich noch eine 3. Doch Q weigert sich. Er deutet auf meinen Bauch. Gut, ich weiß natürlich, dass man beim Verzehr von Baumbeeren vorsichtig sein soll. Nicht umsonst heißen sie auch „Grimmbeeren". Doch es kann doch nicht so schlimm sein, wenn ich noch eine 3. Beere esse!

„Bitte Q, nur noch eine!"

Nein! Wieder deutet er auf meinen Magen.

Da fällt mir ein, dass ich jetzt eigentlich auch ein Dämon bin, wenn ich auch noch nicht weiß was ich machen muss um meine neuen Kräfte einzusetzen. Ich strecke also einfach meine Hand aus und denke angestrengt an eine Baumbeere. Was soll ich sagen, ich schaffe es tatsächlich, eine fällt herab. Allerdings nicht in meine ausgestreckte Hand sondern auf das T-Shirt von Q. Das graue T-Shirt von Q. Natürlich ist es jetzt nicht mehr makellos grau! Ein riesiger roter Fleck in der Farbe von Blut verunziert das Shirt.

„Oh! Das wollte ich wirklich nicht! Bitte sei mir nicht böse!"

Q verdreht nur die Augen.

Ich sammle die Reste der Frucht so weit möglich von seinem T-Shirt. Aber warum soll ich sie vergeuden? Ich stecke sie mir also einfach in den Mund, der Geschmack hat durch die unsanfte Landung ja schließlich nicht gelitten. Nur mein Dämon schaut jetzt gar nicht mehr glücklich drein. Doch dann, es braucht nicht mal eine Handbewegung, ist das T-Shirt wieder makellos rein. Na bitte, eigentlich nichts passiert! Aber da Qs Miene sich immer noch nicht aufhellt, muss ich ihn ablenken:

„Ich habe dir doch versprochen, dass ich versuchen werde dich zum Sprechen zu animieren. Doch das ist eigentlich gar nicht notwendig. Nachdem ich dieses entsetzliche Gebräu getrunken habe und du mich in den Schlaf gewiegt hast, hast du gesprochen."

Nein

„Doch. Du hast gesagt „schlaf Issi". Leise, aber gut zu verstehen.

Q zuckt mit den Schultern.

„Außerdem gibst du hin und wieder Laute von dir. Wenn wir uns lieben zum Beispiel „aaaah" oder bei anderen Gelegenheiten „sssschsch" ich will ihm gerade erklären, dass man soweit ich weiß zum Reden vor allem eine gut funktionierende Zunge braucht und die hat er, wie er mir mehr als einmal bewiesen hat, als ich plötzlich nichts mehr sagen kann. Mein Magen zieht sich schmerzhaft zusammen!

„Au, oh, au!"

Es setzen Krämpfe ein und die sind kaum auszuhalten. Ich glaube, ich habe Tränen in den Augen.

Q weiß anscheinend ganz genau was gerade mit mir passiert. Diesmal braucht es nur einen Blick von ihm und der sagt mehr als Worte:

Was habe ich dir gesagt! Warum glaubst du mir einfach nicht? Ich habe dir erklär, dass du nicht mehr als zwei dieser Baumbeeren essen sollst, aber nein! Usw., usw.

Doch dann legt er seine inzwischen bereits wieder rot leuchtende Hand auf meinen Bauch und die Schmerzen lassen sofort nach. Nach kurzer Zeit sind sie ganz vorbei.

„Danke!"

Ich fühle mich allmählich wieder als wäre nichts gewesen. Oder? Moment mal, ich bin ja jetzt ein Dämon! Sollte ich mich da nicht irgendwie anders fühlen? Aber wahrscheinlich dauert es noch seine Zeit bis ich den Unterschied wirklich bemerke. Gut, dass ich neue Kräfte habe hat sich ja bereits bei dem, zugegeben etwas verunglückten Versuch mit der Baumbeere gezeigt. Ich vermute mal, von einem Ort zum anderen wünschen dauert wahrscheinlich noch etwas. Doch dann schaue ich hoch in den Himmel und da hängt tatsächlich immer noch diese rosa Wolke:

„Q! Die rosa Wolke brauche ich jetzt eigentlich nicht mehr, oder?"

Auch Q schaut jetzt hoch in den Himmel und schüttelt seinen Kopf. Er will anscheinend gerade mit einer Handbewegung die rosa Wolke entfernen, als mich Regentropfen direkt im Gesicht treffen! Regentropfen? Nur im Gesicht! Da stimmt etwas nicht! Ich rufe:

„Stopp Q!"

Q schaut mich fragend an und ich versuche ihm zu erklären, was ich vermute:

„Mich haben gerade ein paar Wassertropfen, oder besser Regentropfen mitten im Gesicht getroffen. Nur im Gesicht. Aber es regnet doch gar nicht! Kann es sein, dass die rosa Wolke weint, weil sie nicht ausgelöscht werden will?"

Q zuckt mit den Schultern und malt ein Fragezeichen in die Luft.

Plötzlich will ich nicht mehr, dass er meine rosa Wolke verschwinden lässt.

„Lass die Wolke einfach bleiben. Auch als Dämon schadet ein bisschen Schatten bei der Hitze hier oben schließlich nicht."

Q nickt und als ich nach oben zu meiner eigenen,

kleinen, rosa Wolke blicke, habe ich den Eindruck sie lächelt!

Nachdem Q sich davon überzeugt hat, dass ich wieder einigermaßen in Form bin, nimmt er mich in seine Arme und schon stehen wir vor seinem Zelt. Ich habe den Eindruck, er will mich hinein bitten, als Alos angerannt kommt:
„Gut, dass ich sie endlich finde! Der Grüne General bräuchte dringend ihre Hilfe."
Wendet er sich an Q.
Ich kann sehen, dass Q nicht gerade begeistert ist, aber was will er schon groß machen? Natürlich wird er dem Grünen General helfen. Q bedeutet mir, dass er bald wieder zurück sein wird.
„Gut, ich warte drüben bei meinen Kolleginnen auf dich. Wahrscheinlich sind sie inzwischen sowieso schon ziemlich sauer auf mich, da ich mich, zumindest in ihren Augen, bisher vor der Arbeit gedrückt habe. Ich werde mir eine gute Ausrede einfallen lassen müssen. Wo ich wirklich war geht sie aber natürlich nichts an. Wenn du zurück bist schick bitte einen der Boten zu mir. In der Zwischenzeit sollte ich wahrscheinlich versuchen endlich mein Zimmer zu finden."
Q nickt und will gerade verschwinden, doch zum Glück fällt mir gerade noch ein:
„Vielleicht sollte ich dort aber in meinem grünen Kittel erscheinen."
Der Meinung ist anscheinend auch Q, denn schon habe ich einen an. Doch natürlich ist auch der jetzige wieder aus einem viel weicheren Stoff und natürlich passt er wie angegossen.

Leider sitzt auch heute wieder Xeria an ihrem üblichen

Platz direkt am Eingang. Ist es schon so spät? Eigentlich habe ich gehofft ich könnte mein Zimmer suchen während die anderen noch arbeiten. Da habe ich mich wohl verschätzt.

Natürlich komme ich nicht an Xeria vorbei:
„Du? Was machst du noch hier? Ich habe gedacht wir sind dich endlich los und du bist zurück bei deinem Vater! Aber nein, so leicht machst du es uns natürlich nicht. Da wird Garol aber sauer sein. Er hat schließlich schon fest mit dem Geld gerechnet."

Weiter kommt sie nicht, denn einer der Boten, diesmal ist es nicht Alos, kommt um die Ecke. Ich kenne ihn nur vom Sehen und weiß seinen Namen nicht:
„Bist du Issi?"
„Ja!"
Der General will dich sehen!"
Das ist aber schnell gegangen. Natürlich folge ich dem Boten so schnell ich kann, doch beim Hinausgehen sehe ich gerade noch, dass Xeria böse grinst. Warum macht sie das? Und vor allem warum will sie nicht einmal wissen zu welchem General ich geführt werde? Irgend etwas stimmt hier nicht.

Leider stellt sich nur zu schnell heraus, dass ich recht habe, denn der Bote führt mich am grauen Zelt vorbei:
„Halt, wohin willst du?"
„Na zum Blauen General!"
„Moment, das stimmt nicht! Ich gehöre zum Grauen General!"
Der Bote stöhnt auf:
„Nicht noch eine! Es genügt schon, dass Xeria total auf den Grauen General fixiert ist! Ich frage mich nur

Mein ganz persönlicher Dämon

warum du dann auf die Tafel des Blauen Generals und, wenn ich mich recht erinnere auch auf die Tafel des Grünen Generals geschrieben hast, dass du sie gerne kennenlernen würdest."

Ich verstehe nicht ganz was er meint:

„Ich habe meinen Namen auf irgendwelche Tafeln geschrieben und behauptet, dass ich sowohl den Grünen- als auch den Blauen General kennenlernen will?"

„Ja!"

„Aber ich weiß nicht mal, wo diese Tafeln hängen! Ich weiß ja noch nicht einmal wo mein Zimmer ist. Ich habe nämlich die letzten Tage beim Grauen General verbracht."

Der Bote schaut mich ungläubig an, doch dann begreifen wir gleichzeitig was los ist:

„Xeria!"

Inzwischen haben wir das Zelt des Blauen Generals erreicht und der Bote bleibt stehen:

„Weißt du was, der Blaue General wartet auf dich. Ich glaube, du solltest trotzdem hinein zu ihm gehen. Erklär ihm einfach was du, was wir vermuten. Er wird es verstehen. Auch er hat natürlich schon von Xeria und ihrer Besessenheit gehört."

Wahrscheinlich hat der Bote recht. Ich lasse mich also von ihm hinein in dieses blaue Zelt führen. Dort steht ein Mann in Größe und Haarfarbe identisch mit Q. Er steht mit dem Rücken zu uns. Aber nachdem der Bote mich angekündigt hat:

„Herr General, das ist Issi!"

dreht er sich um. Der Bote, ich weiß inzwischen, dass er Megas heißt, hat es plötzlich eilig das Zelt zu verlassen. Ich kann ihn nur zu gut verstehen. Am liebsten würde ich ihn begleiten. Doch nein, ich habe eigentlich keinen Grund wegzulaufen. Also stehe ich einen Moment lang nur da und starre den Blauen General an. Er ähnelt nicht nur von hinten meinem General. Auch seine Gesichtsform und seine Figur hat große Ähnlichkeit mit ihm. Auch der General mustert mich bevor er sagt:

„Issi, du wolltest mich kennen lernen?"

Er hat eine angenehme, tiefe Stimme. Vermutlich würde auch Qs Stimme ähnlich klingen. Leider wird es noch etwas dauern bis ich die hören werde. Doch jetzt muss ich erst einmal hier etwas klar stellen:

„Das stimmt eigentlich nicht."

„Aber Megas hat mir gesagt du hast dich auf meiner Tafel eingetragen."

„Das hat er mir auch gesagt. Aber das stimmt nicht. Inzwischen vermuten Megas und ich, dass das Xeria war. Sie hat mich anscheinend nicht nur auf ihrer Tafel eingetragen sondern auch auf der des Blauen Generals. Sie hat mitbekommen, dass ich die letzten zwei Tage mit dem Grauen General verbracht habe ..."

„Du hast was?"

„Ich war mit dem Grauen General zusammen."

Weiter komme ich nicht, denn plötzlich steht das ganze Zelt in Flammen und hinter mir brüllt jemand wie ein wildes Raubtier:

„Grrrrr!"

Ich muss mich nicht umdrehen, ich weiß auch so was, bzw. wer das ist: Mein General hat mich gefunden! Ich weiß nicht welcher General dafür sorgt, dass die Flammen uns nichts anhaben können, aber das ist auch egal. Rund um uns herum brennt das Zelt in Windeseile nieder. Nicht einmal mehr die Zeltstangen halten den Flammen stand. Dann ist alles auch schon wieder vorbei, wir stehen im Freien, mein General steht hinter mir und hält mich fest. Als er mir dann auch noch ein „Issi!" ins Ohr flüstert, bin ich einfach nur noch glücklich.

Der Blaue General dagegen scheint ziemlich sauer zu sein, als er Q anbrüllt:
„Was fällt dir ein? Mein schönes Zelt! Bist du verrückt geworden? Bruder, das Zelt ersetzt du mir!"
Bruder? Aber natürlich, darauf hätte ich auch selbst kommen können. Die Familienähnlichkeit ist eigentlich nicht zu übersehen. Dann ist wahrscheinlich auch der Grüne General Qs Bruder. Ich werde einfach fragen müssen. Doch momentan höre ich wohl besser zu was Q und sein Bruder sich zu sagen haben – oder wohl besser was Qs Bruder zu sagen hat.
Gerade deutet Q nach oben zu meiner rosa Wolke. Jetzt sieht auch der Blaue General die Wolke:
„Ja, jetzt sehe ich sie auch. Aber vorhin, du wirst es nicht glauben, da hatte ich noch ein Zeltdach über meinem Kopf. Doch auch so hat mir dein Mädchen sehr schnell klar gemacht zu wem sie gehört. Du hattest also keinen Grund mein Zelt abzufackeln.
Q macht eine Geste des Bedauerns und irgendwie schafft er es tatsächlich, dass wie aus dem Nichts um uns herum wieder ein Zelt und natürlich ein blaues entsteht.

Da ich hier beim Blauen General eigentlich nichts mehr verloren habe will ich nur noch weg – so schnell wie möglich. Also verkünde ich:
„Leute, ich glaube ich sollte wirklich mal ein ernstes Wort mit Xeria reden. So geht das nicht weiter. Begleitest du mich Q?"
Q nickt und zu meinem Erstaunen erklärt auch der Blaue General:
„Ich komme auch mit. Wer weiß, was dieser dummen Kuh noch alles einfällt, wenn wir sie nicht endlich

bremsen. Sie muss Q und mich ja nicht von Anfang an sehen."
Q ist der gleichen Meinung.
Gut, gehen wir also zu dritt hinüber zu Xeria, auch wenn sie nur mich sehen wird.

Auf unserem Weg bleiben der Blaue General und Q aber noch sichtbar. Das hätten sie besser nicht gemacht, zumindest Q nicht, denn kaum haben wir das inzwischen wieder vollständig vorhandene blaue Zelt verlassen, als leider schon wieder einer der Boten, diesmal ist es wieder Alos auf Q zu läuft.
„Gerade hat mir Johen eine Nachricht für sie geschickt. Er muss sie dringend sprechen. Es geht um irgendwelche Stiftungen. Ich soll ihnen sagen, er weiß jetzt wohin die Gelder geflossen sind."
Auch wenn es mich nicht interessiert wer welche Gelder erhalten hat, verstehe ich natürlich dass Q sehr daran gelegen ist zu erfahren was mit diesen Geldern passiert ist. Das ist natürlich wichtiger als alles was Xeria angestellt hat.
Q schaut mich fragend an. Er überlässt anscheinend mir die Entscheidung ob er gehen soll oder nicht:
„Kümmere du dich um Johen. Das ist wichtig. Mit Xeria werde ich auch alleine fertig. Außerdem ist ja auch noch dein Bruder da."
Q nickt mir zu, dann sieht er seinen Bruder fragend an. Als auch der ihn beruhigt:
„Geh nur, ich pass schon auf dein Mädl auf. Außerdem wird es bestimmt nicht lange dauern und du bist zurück bevor wir mit Xeria fertig sind."
Schon ist Q verschwunden. Ich will eigentlich los marschieren, aber der Blaue General bleibt noch vor seinem jetzt wieder unversehrten, blauen Zelt stehen:
„Issi, ich vermute du hast einige Fragen die alle Q

Mein ganz persönlicher Dämon

betreffen?"

„Oh ja!"

„Das dachte ich mir. Vorab; ich heiße übrigens Nardu. Ich vermute, du willst vor allem wissen warum Q nicht spricht!"

„Natürlich und seinen Namen wüsste ich auch gerne. Q, das ist doch kein Name, obwohl auch du ihn so nennst."

„Das stimmt. Q ist eigentlich kein Name, aber mein Bruder hast etwas gegen seinen Namen und das hängt damit zusammen warum er nicht spricht. Das ist eine lange Geschichte. Ich erzähl dir also am Besten nur die Kurzfassung:

Also, wir sind drei Brüder. Vengor, ich und Q oder besser Quenthor, so heißt er nämlich eigentlich. Vengor war zu der Zeit als der ganze Schlamassel begann 12 und ich 14 Jahre alt. Quenthor war erst 4. Wir lebten auch damals schon hier oben in den Nebelbergen zusammen mit unserem Vater und unsere Mutter. Vengor, Vater und ich beschlossen angeln zu gehen. Damals konnte man nicht einfach in ein Geschäft gehen, man musste sich noch selbst darum kümmern wenn man Fleisch oder Fisch essen wollte. Quenthor war noch zu jung um uns zu begleiten, obwohl er das natürlich nicht so sah. Es dauerte seine Zeit bis er sich beruhigte und bei Mutter blieb. Die hatte an dem Tag jede Menge Wäsche zu waschen und er wollte ihr helfen, na ja, so gut ein Vierjähriger das eben kann.

Du hast bestimmt schon von den Rotaugen gehört?"

„Ja!"

„Die gab es natürlich auch damals schon und sie haben anscheinend nur darauf gewartet dass Vater mit uns das Haus verließ. Sie müssen sich unbemerkt an Mutter heran geschlichen haben. Als sie merkte was los war, war es schon fast zu spät. Mutter konnte Quenthor zwar noch warnen und ihm befehlen sich unter der schmutzigen Wäsche zu verstecken als die vier Rotaugen sich auch schon auf sie stürzten. Mutter hatte keine Chance gegen sie. Ob die Rotaugen vor hatten Mutter zu vergewaltigen oder sie zu verschleppen wissen wir nicht, denn dazu kam es nicht mehr. Damals hatten wir alle eine Pille dabei die wir schlucken konnten, wenn wir gefangen genommen wurden und keinen anderen Ausweg mehr wussten. Diese Pille sorgte dafür, dass man in kürzester Zeit aber absolut schmerzlos starb und nicht gefoltert werden konnte. Mutter schluckte leider diese Pille, rief ein letztes Mal „Quenthor", dann war sie tot.

Ich sagte „sie schluckte die Pille leider", denn Vater hatte seine Lieblingsangel vergessen und wollte ohne sie nicht los. Also sind wir umgekehrt. Wir haben noch gehört dass Mutter „Quenthor" rief als wir sie erreichten. Doch die Pille wirkte schnell und so konnten wir uns von ihr nicht einmal mehr verabschieden. Ich weiß nicht ob sie uns überhaupt noch bemerkte.

Die vier Rotaugen waren zwar alle Söhne von Esral, aber ihre Mütter waren ganz normale Frauen, keine Dämoninnen. Daher waren sie natürlich nicht so stark wie Vater, ja nicht einmal so stark wie mein Bruder und ich. Wir machten kurzen Prozess mit ihnen, doch das brachte uns unsere Mutter auch nicht wieder zurück. Wenn Mutter eine Minute länger gewartet hätte bevor sie diese blöde Pille schluckte würde sie heute noch leben und Quenthor würde noch sprechen. Denn als wir ihn endlich unter all der dreckigen Wäsche gefunden hatten, sagte er kein Wort mehr."

Ich bin erst einmal sprachlos und habe Tränen in den

Augen.

„Diese todbringenden Tabletten wurden übrigens nach Mutters Tod überall auf Atlantea verboten, nur die Rotaugen benutzen sie, soweit ich weiß, in aussichtslosen Situationen weiter."

Nardu schweigt und gibt mir Zeit die Geschichte zu verarbeiten. Als ich mich wieder etwas beruhigt habe, stelle ich mich auf meine Zehenspitzen und gebe ihm einen Kuss auf die Wange. Das hätte ich besser nicht getan, denn noch während ich sage:

„Danke, jetzt ist mir alles klar!"

Schmeißt sich Quenthor plötzlich wie aus dem Nichts wutentbrannt gegen seinen Bruder. Beide gehen zu Boden und Quenthor geht mit seinen Fäusten auf Nardu los! Der versucht Quenthor abzuwehren, schlägt aber nicht zurück.

Ich brülle:

„Aufhören! Quenthor lass deinen Bruder los! Der Kuss bedeutet doch nichts. Ich habe mich mit ihm nur dafür bedankt, dass er mir erzählt hat warum du nicht sprichst und – deinen Namen weiß ich jetzt auch!"

Schon während ich brülle hat Quenthor seinen Bruder nicht weiter angegriffen, allerdings bleibt er einfach auf ihm liegen. Erst als ich fertig bin, steht er auf und hilft sogar seinem Bruder hoch. Der scheint es ihm aber nicht übel zu nehmen, ja, er grinst sogar.

Q legt zärtlich seinen Arm um meine Schultern, gibt mir einen zärtlichen Kuss und flüstert:

„Lieblin!"

Ich bin schon wieder zu Tränen gerührt. Mein Dämon spricht! Gut, es war nur ein „Lieblin", das „g" fehlt, aber für den Anfang!

Kapitel 6

Wir kommen allmählich in Sichtweite des Hauses in dem die derzeitigen Senioren/innen und Junioren/innen wohlen und Quenthor und Nardu werden unsichtbar.

Natürlich ist es wieder Xeria die mich als Erste entdeckt. Sie kommt mir sogar entgegen, obwohl sie dazu hinaus in die pralle Sonne muss und sie keine persönliche Wolke hat die für Schatten sorgt:
„Was hast du jetzt schon wieder angestellt? Warum hast du das Zelt des Blauen Generals abgefackelt?"
Ich öffne zwar den Mund um ihr zu sagen, dass ich das nicht war, komme aber nicht dazu. Xeria erwartet keine Antwort. Sie spricht einfach weiter:
„Es wäre wirklich besser gewesen, wenn du bei deinem Vater geblieben wärest. Erst verärgerst du den Grauen General so sehr, dass er dir ausrichten lässt du sollst dich nie wieder in seiner Nähe sehen lassen, dann will dich dein eigener Vater anscheinend nicht, obwohl er doch für deine Rückkehr bezahlt hat und jetzt fackelst du auch noch das Zelt des Blauen Generals ab. Was müssen wir nur machen um dich endlich los zu werden?"
„Du warst das? Du hast mich betäubt um mich zu meinem Vater zurück schicken zu können?"
„Oh nein, das war ich natürlich nicht, obwohl ich selbstverständlich gewusst habe was Garol vor hatte. Der ist übrigens stinksauer weil er jetzt leider das Geld zurückgeben muss."
Wie ich sehe sitzt Garol ebenfalls direkt am Rand des Sonnensegels und als er seinen Namen hört, kommt er heraus und stellt sich neben Xeria und er ist jetzt tatsächlich stinksauer – auf mich:

„Warum bist du nicht unten bei deinem Vater geblieben Issi? Es war doch alles perfekt abgemacht. Jetzt will dein Vater sein Geld zurück aber ich habe es doch nicht mehr!"

„Du hast mich betäubt und entführt, schon vergessen? Und jetzt bin ich anscheinend auch noch Schuld daran, dass dein Plan, euer Plan schief gelaufen ist. Was interessiert es mich was du mit meinem Vater ausgemacht hast. Außerdem, hier oben kannst du schließlich kein Geld ausgeben. Du müsstest es also eigentlich noch haben."

Garol sieht gar nicht glücklich aus aus er zugibt:

„Ich habe unten in Luthien Spielschulden und außerdem hat Ginea ein Kind bekommen und behauptet ich wäre der Vater, obwohl ich weiß, dass sie auch mit anderen rumgemacht hat. Jetzt muss ich für das Balg zahlen!"

Davon hatte sogar ich schon gehört. Ginea war erst 16 als sie das Kind von Garol bekam. Ich habe mich sowieso gewundert, dass Ginea, ein junges Mädchen aus sehr behütetem Elternhaus sich mit Garol, einem stadtbekannten Taugenichts eingelassen hatte. Soweit ich weiß hat Garol noch keinen einzigen Tag wirklich gearbeitet. Für seinen Lebensunterhalt kamen seine Eltern auf. Außerdem war er in der ganzen Stadt dafür bekannt, dass er zockte.

„Da hättest du wohl besser verhütet!"

„Verhüten? Da vergeht einem ja der ganze Spaß! Aber stell dir vor, jetzt ist schon wieder eine schwanger und behauptet von mir! Wenn ich meine 2 Jahre hier oben abgesessen habe, werde ich auswandern. Was bleibt mir schon übrig!"

„So, wohin denn? Soweit ich weiß wird auch bei unseren Nachbarn das Geld für deine Alimente einbehalten."

„Das ist mir schon klar. Aber ich werde wirklich auswandern nicht hier auf unserem Kontinent von einem Land ins andere ziehen. Und dabei werde ich noch das große Geld machen. Ich habe vor auf einem der großen Überseecontainerschiffe anzuheuern."

„Als Matrose auf einem dieser Schiffe verdient man aber ganz sicher nicht das große Geld!"

„Dir kann ich es ja sagen. Schließlich interessiert meine Geschichte eigentlich nur die drei Generäle und von denen ist ja keiner in der Nähe!"

Wenn er wüsste!

„Was kannst du mir sagen?"

Garol spricht plötzlich so leise, dass die Jungs und Mädels, die es sich inzwischen natürlich alle unter dem Sonnensegel bequem gemacht haben, nicht verstehen können was er sagt:

„Ganz einfach. Ich habe mich lange am Hafen herumgetrieben und die Matrosen immer sehr genau ausgefragt woher sie kamen und wie lange sie unterwegs waren und natürlich wollte ich auch wissen wie schnell ihr Schiff unterwegs war. Daraus konnte ich ziemlich genau ausrechnen wo genau unser Kontinent liegt. Wie du weißt, ist er ja auf keiner Landkarte verzeichnet. Daher habe ich mir eine besorgt und dort meine Berechnungen eingetragen. Ich weiß jetzt ziemlich genau wo Atlantea liegt."

„Und was soll dir das bringen?"

„Ja, verstehst du denn nicht! Wenn ich außerhalb der Reichweite der Generäle bin, werde ich mich bei einem ihrer Tempeldiener melden. Durch den kann ich den Generälen dann erklären, dass ich mein Wissen in Amerika oder wo auch immer Interesse besteht teuer verkaufen werde. Es sei denn, sie würden selbst dafür

bezahlen! Verstehst du jetzt!"
„Aber natürlich, wie dumm von mir!"
„Du willst also tatsächlich die Generäle erpressen?"
„Erpressen würde ich das nicht nennen. Ich werde nur mein Wissen zu Geld machen. Könntest du also bitte deinem Vater sagen, dass er sein Geld ganz bestimmt bekommt, nur etwas später."
„Wenn ich ihn sehe!"
Ich glaube zwar nicht, dass ich demnächst mit meinem Vater reden werde, aber das geht Garol eigentlich nichts an. Außerdem werden sich die Generäle ganz sicher nicht von ihm erpressen lassen, auch wenn sie bisher nichts gesagt haben. Sind sie überhaupt noch hier? Ich sehe mich um und stelle sehr schnell fest, dass die Luft direkt neben mir irgendwie flimmert. Also ja, sie sind definitiv da.

Doch jetzt sollte ich mich vielleicht erst einmal um Xeria kümmern. Sie war an meinem Gespräch mit Garol nicht weiter interessiert und ist zurück auf ihren Stammplatz unter dem Sonnensegel gegangen. Ich überlege gerade, ob ich ihr folgen soll, da sehe ich, wie sich mein zwar grüner, aber maßgeschneiderter Juniorinnenkittel in ein wunderschönes, wenn auch ziemlich kurzes, ärmelloses, graues, mit Silberfäden durchwirktes Kleidchen verwandelt. Auch meine grünen Pantoffel verschwinden und werden ersetzt durch natürlich graue Sandalen mit ziemlich hohem Absatz. Typisch Mann! Dass man hier auf dem unebenen Boden mit hohen Absätzen nur schlecht gehen kann ist anscheinend unwichtig!
Doch das kurze graue Kleidchen verfehlt seine Wirkung nicht! Xeria hat es sofort entdeckt, springt auf und geht schreiend auf mich los. Ich habe den Eindruck sie will mir mein Kleid mit ihren bloßen

Händen vom Körper reißen:
„Nein, das ist mein Kleid! Zieh es sofort aus! Der Graue General hat es nur für mich anfertigen lassen. Aber ich durfte es nur in seinem Zelt tragen und nur wenn wir alleine waren!"
Xeria hat mich fast erreicht und wie es aussieht ist sie nicht an meinem Kleid interessiert, sie versucht mir mit ihren Fingernägeln das Gesicht zu zerkratzen. Doch eine harmlose Bewegung von mir in ihre Richtung und sie fliegt rückwärts und landet zwischen den Jungs und Mädels unter dem Sonnensegel. War tatsächlich ich das? Wow, bin ich stark! Ach ja, ich bin schließlich ein Dämon!
Jetzt stehen plötzlich Quenthor und Nardu sichtbar neben mir. Nardu grinst „gut gemacht!" und Quenthor strahlt mich an. Mir fällt plötzlich etwas ein:
„Q könntest du dich bitte umziehen! Etwas Grünes wäre nicht schlecht!"
Er versteht sofort warum ich das will und schon steht Q, der Grüne General neben mir. Wie ich vermutet habe beachtet Xeria in überhaupt nicht. Sie kommt aber wieder herüber zu mir, denn mein graues Kleid ist ihr immer noch ein Dorn im Auge, auch wenn sie mich nicht mehr angreift.
„Woher hast du das Kleid? Mein Grauer General hat es dir sicher nicht freiwillig gegeben."
Darauf gehe ich nicht weiter ein:
„Wieso denkst du es wäre dein Kleid?"
„Mein General hat es mir geschenkt als wir uns verlobt haben. Das war schon vor vier Jahren. Aber ich musste ihm versprechen, dass ich es nur trage wenn wir alleine sind."
„Vor vier Jahren? Dann stimmt es also! Einige der Seniorinnen haben sich gewundert, dass du immer noch hier bist, obwohl du schon letztes Jahr zu den

Seniorinnen gehört hast."
Xeria zuckt mit den Schultern:
„Was sollte ich denn machen? Mein General hat mich gebeten ihn nicht zu verlassen. Ich musste ihm versprechen, dass ich hier oben bei ihm bleibe bis er in 5 Jahren ausscheidet. Dann wollen wir uns zusammen irgendwo in Luthien ein kleines Häuschen kaufen und heiraten."
Jetzt ist mir klar, warum Xeria anders aussieht als die anderen Seniorinnen. Sie wirkt einfach reifer – älter. Das ist aber kein Kunststück, denn wie ich inzwischen weiß altert sie hier oben rapide. Sie kam mit 18 hierher, wie wir alle und mit 20 hätte sie eigentlich zurück hinunter nach Luthien gedurft. Aber sie blieb. In ihrem 3. Jahr hier oben ist sie um 10 Jahre gealtert. Sie ist jetzt also über 30 Jahre alt und wenn sie wirklich noch 5 Jahre hier oben bleiben sollte, was natürlich nie funktionieren würde, dann wäre sie 80 Jahre alt, wenn sie dann überhaupt noch leben würde!

Ich schaue hinüber zu Quenthor und Nardu. Die Beiden schütteln nur ihre Köpfe.
Als Nardu meint:
„Xeria, du kommst jetzt am Besten mit mir hinunter nach Luthien!"
Denkt Xeria gar nicht daran:
„Nein, ich bleibe hier! Wenn ihr weg seid ruft der Graue General mich wie immer zu sich. Er braucht mich. Ich kann also nicht weg!"
Quenthor schüttelt noch immer seinen Kopf. Er, der wirkliche Graue General, nicht ihre Fantasiefigur, kann ihr nicht helfen. Nardu versucht Xeria mit einem kleinen Trick zu überreden:
„Der Graue General hat mich gebeten dich zu ihm zu bringen. Er ist unten im Tempel und kann dort nicht

weg."
Der Trick wirkt! Jetzt hat es Xeria plötzlich eilig die Nebelberge zu verlassen. Aber Nardu will noch jemanden mitnehmen:
„Garol, du kommst natürlich auch mit!"
Garol hat sehr genau verstanden was Nardu gesagt hat, tut aber so als würde es ihn nichts angehen. Jetzt wird Nardu etwas lauter:
„Es wird dir nicht gefallen, wenn ich dich hole. Also komm endlich!"
jetzt sieht Garol anscheinend ein, dass es keinen Sinn hat sich zu weigern. Er kommt herüber zu Nardu und der will von ihm wissen:
„Wo sagtest du hast du diese blöde Landkarte versteckt?"
Garol bekommt einen feuerroten Kopf, aber mehr sehe ich nicht, denn plötzlich sind Nardu, Garol und Xeria verschwunden.

Q, jetzt wieder ganz in grau gekleidet, nimmt meine Hand und meint:
„Komm!"

Kapitel 7

Es ist, als wäre bei Q ein Damm gebrochen. Plötzlich spricht er und nicht nur das, er entwickelt sich zu einer richtigen Plaudertasche. Manchmal muss ich ihn sogar etwas bremsen. So wird es mir mit Q nie langweilig. Im Gegenteil, ich genieße jeden Tag an seiner Seite, aber natürlich vor allem die Nächte, obwohl, manchmal wenn es Qs Termine zulassen, haben wir auch tagsüber stundenlangen, herrlichen Sex. Nicht immer schweben wir dabei in der Luft, aber es kommt hin und wieder vor. Doch eigentlich muss mich Q nur in seine Arme nehmen und schon bin ich restlos glücklich.

Nardu kenne ich ja bereits, aber Q meint es würde Zeit, dass ich auch Vengor, seinen anderen Bruder kennenlerne. Daher hat er beide zum Grillabend eingeladen.

„Du musst dich um nichts kümmern, das machen alles wir Männer!"

„Schön!"

Q überlegt kurz:

„Obwohl, vielleicht könntest du den einen oder anderen Salat zusammen mischen? Nichts Aufwendiges natürlich!"

„Aber natürlich!"

Dämonen sind doch irgendwie ganz normale Männer, oder?

Ich könnte mir zwar drüben im Haupthaus zwei, drei Salate zubereiten lassen, aber das schaffe ich auch alleine. Gut 1 Stunde bevor wir seine Brüder erwarten bin ich fertig:

„So, jetzt muss ich mich nur noch umziehen. Was trägt man zu einem Grillabend mit deinen Brüdern?"

Q sieht mich leicht verwundert an, dann habe ich auch schon einen Kittel an wie ihn die Juniorinnen drüben im Haupthaus tragen. Nur ist meiner natürlich grau und aus einem herrlich weichen Stoff. Q meint dann tatsächlich auch noch:

„Perfekt!"

Ich bin so ganz und gar nicht seiner Meinung:

„Das kann doch nicht dein Ernst sein!"

„Doch! Deine unglaubliche Figur geht meine Brüder wirklich nichts an. Sie kommen nur zum Grillen herüber. Du würdest sie sonst nur ablenken."

„Wolltest du mich ihnen, oder zumindest Vengor nicht vorstellen und sollte ich bei der Gelegenheit nicht gut aussehen? Als was willst du mich deinen Brüdern eigentlich vorstellen? Als deine Freundin, Geliebte, einfach nur Issi oder was sonst?"

„Wenn dann Frau!"

„Frau? Unten in Luthien schwört ein Paar sich die Treue bei der Hochzeit. Erst danach sind sie Mann und Frau. Aber bei euch Dämonen ist das anscheinend anders."

Q überlegt kurz:

„Bei uns braucht es keine Treueschwüre vor irgendwelchen Tempeldienern. Sie sind für uns Dämonen sowieso nicht zuständig. Wenn schon Trauung, dann müsste die natürlich ein Dämon durchführen. Also, wenn du eine Trauung willst, können wir uns gerne von Nardu oder Vengor trauen lassen. Sie kommen ja sowieso zum Grillen, dann können sie uns bei der Gelegenheit auch gleich trauen."

„Oh nein! Auf keinen Fall während wir grillen! Wir schwören uns die ewige Treue während du und deine Brüder mit einem Auge zum Grillgut schielen, damit eure Steaks auf keinen Fall zu dunkel werden? Nein!

Mein ganz persönlicher Dämon

Wenn, dann will ich eine feierliche Trauung im Brautkleid und allem was dazu gehört. Aber es eilt nicht. Wir kennen uns ja erst kurze Zeit."
Ich habe immer noch diesen grauen Kittel an und Q denkt wahrscheinlich wirklich, ich würde so seine Brüder empfangen. Da täuscht er sich aber gewaltig:
„Q, in diesem Kittel werde ich deine Brüder ganz sicher nicht begrüßen!"
„Aber warum denn nicht? Sie kommen nur zum Grillen herüber."
„Ja und um deine Frau kennenzulernen. Ich will einen guten Eindruck machen."
„Das wirst du, glaub mir! Bei dem Kittel werden sie wenigstens nicht durch deine unglaublichen Brüste und deinen wundervollen Po abgelenkt."
„Ach hör auf!"
Zum Glück fällt mir grade noch rechtzeitig ein, dass ich jetzt selbst ein Dämon bin und das mit den Fabrizieren eines neuen Kleides eigentlich auch hinbekommen müsste. Ich stelle mir also ein leichtes Sommerkleidchen, natürlich in grau, vor, achte selbstverständlich darauf, dass es auf keinen Fall zu kurz ist und tatsächlich, es klappt, ich habe es plötzlich an! Es passt sogar. Auch als ich an leichte, flache Sandalen denke, habe ich die plötzlich an.
Quenthor hat mir leicht verwundert zugesehen, aber seinem Grinsen nach gefällt ihm was ich inzwischen ganz alleine kann.
Er nimmt mich in seine Arme und flüstert mir ins Ohr:
„Liebling! Genau das wollte ich vermeiden! Du bist viel zu schön. Wenn dich meine Brüder so sehen, wollen sie dich für sich selbst. Aber ich werde nicht teilen und dann kommt es zum Streit."
„Ach hör auf! Du übertreibst doch!"
„Möglich, aber die Gefahr besteht!"

„Du bist eifersüchtig?"

„Irgendwie schon! Außerdem, finde ich plötzlich so einen Grillabend gar nicht mehr interessant. Was hältst du davon, wenn wir es uns zu zweit gemütlich machen, vielleicht im Bett?"

„Das geht doch nicht! Deine Brüder kommen schließlich gleich."

„Wir sagen einfach du hättest plötzlich furchtbare Migräne bekommen!"

„Nein, das werden wir nicht. Du spielst den perfekten Gastgeber und sorgst für die Getränke."

Aber, ich schmiege mich ganz eng an meinen eifersüchtigen Dämon:

„Vielleicht müssen wir den Grillabend ja abbrechen wenn es zu regnen beginnt. Den Regen können wir dann zusammengekuschelt in unserem Bett abwarten."

Als dann Q meint:

„Soll ich den Regen heute früher einsetzen lassen? Du weißt, ich kann das!" bin ich zwar eigentlich dafür, aber natürlich geht das nicht. Seine Brüder wissen nur zu gut wann normalerweise der Regen einsetzt und wer schuld ist, wenn es heute früher regnet.

Dann ist es so weit, Vengor ist da. Ich bin schon sehr neugierig, wie er aussieht. Auch bei ihm ist die Verwandtschaft zu Quenthor nicht zu übersehen. Die Brüder sind fast gleich groß. Auch Vengor hat eine tolle, athletische Figur und beide haben die gleichen dunklen Haare. Als Vengor mir die Hand gibt lächelt er und auch dieses Lächeln ähnelt dem Quenthors. Doch natürlich sieht in meinen Augen Q trotzdem besser aus. Eigentlich müsste ich das gar nicht erwähnen: Vengor trägt Grün! Jogginghose und eng anliegendes T-Shirt in dem gleichen dunklen Grün. Kurz nach ihm ist auch Nardu da und es kann los gehen. Während die Männer (Dämonen) grillen, wird Nardu immer wieder aufgezogen:

„Wir sollten uns beeilen, schließlich hat Nardu noch etwas vor!" oder

„Nardu, was machst du wenn wir mit dem Grillen nicht rechtzeitig fertig werden? Verlässt du uns dann trotzdem sobald der Regen einsetzt?"

So uns so ähnlich geht es die ganze Zeit, bis es Nardu zu dumm wird:

„Hört endlich auf! Ich habe heute nichts mehr vor, ganz egal wann es zu Regnen anfängt."

Das verwundert nicht nur Quenthor:

„Aber du hast doch jeden Abend pünktlich mit Regenbeginn ein Rendezvous!"

„Heute nicht!"

Ich verstehe nicht um was es geht, auch wenn ich es mir irgendwie vorstellen kann. Ich nehme mir fest vor Q auszufragen sobald seine Brüder weg sind. Doch dann ist das nicht mehr notwendig, Nardu erklärt mir von sich aus was los ist:

„Ich kenne da eine Frau aus Alting. Sie war vor einiger Zeit hier oben. Was soll ich sagen, sie wollte mich kennen lernen und mir war langweilig. Aber ich habe ihr von Anfang an gesagt, dass ich nicht in sie verliebt bin. Sie wurde trotzdem meine Geliebte. Als sie hier oben in den Nebelbergen lebte war die ganze Geschichte eigentlich sehr unterhaltsam. Doch jetzt ist sie schon längere Zeit wieder unten in Alting und ich besuche sie täglich sobald es bei uns hier oben zu regnen beginnt. Da wir uns nicht lange unten auf der Erde aufhalten können, verschwinde ich nach ein, zwei Stunden wieder. Was soll ich sagen, die ganze Geschichte wird allmählich langweilig. Ich werde ihr bald sagen müssen, dass ich sie nicht mehr besuchen

möchte."
Q und Vengor haben natürlich sehr interessiert zugehört, sagen aber nichts dazu. Doch die Sticheleien hören auf.

Nachdem wir gegessen haben, unterhalten wir uns noch sehr angeregt, auch als der Regen einsetzt und sogar noch als er wieder aufgehört hat. Meist geht es um die Jugendstreiche der drei. Was mir dabei auffällt ist, ihr Vater kommt in all den Geschichten nicht vor. Ich will natürlich wissen warum:
„Ihr seid doch bei eurem Vater aufgewachsen. Hat er denn nie etwas mit euch unternommen?"
Plötzlich herrscht eisiges Schweigen. Quenthor hat anscheinend seine Sprache wieder verloren und Nardu interessiert sich plötzlich sehr stark für seine Schuhspitzen. Auch Vengor schweigt. Er scheint darauf zu warten, dass seine Brüder etwas sagen, doch als das nicht passiert, räuspert er sich bevor er erzählt:
„Du wunderst dich sicher über uns, aber über unseren Vater gibt es nicht viel zu sagen. Gut, wir sind in einer ziemlich normalen Familie aufgewachsen bis unsere Mutter starb. Danach änderte sich alles. Wahrscheinlich kam unser Vater mit dem Tod unserer Mutter noch weniger klar als wir, auch wenn er mit uns nie darüber gesprochen hat. Mutter war seine große Liebe!
Kurz nach Mutters Tod bemühte er sich noch uns ein guter Vater zu sein. Doch dann ließ er uns immer mehr alleine. Zuerst verschwand er nur für ein paar Stunden, dann einen ganzen Tag. Später für mehrere Tage am Stück an denen wir nicht wussten wo er war. Nardu war bei Mutters Tod 14 und ich 12 Jahre alt. Wir mussten uns bald nicht nur um uns selbst

kümmern, da war auch noch Quenthor, der stumme Quenthor und der war erst 4! Vater besorgte uns einen Koch und eine Erzieherin die sich um uns kümmern mussten. Doch das war natürlich kein Ersatz. Außerdem waren das natürlich ganz normale Menschen und die konnten schließlich nie länger als zwei Jahre hier oben bei uns leben. Dann wurden sie durch neue ersetzt. Eine tiefe Bindung, wie vor allem Quenthor sie gebraucht hätte, war da nicht möglich. Nardu und ich waren zu der Zeit gerade in der Pubertät. Wir kamen besser mit dem ständigen Wechsel zurecht. Vater selbst ließ uns bald wochen-, ja monatelang alleine und dann, irgendwann war er eigentlich nur noch sporadisch hier oben bei uns. Das letzte Mal gesehen haben wir ihn vor gut 100 Jahren.

Aber von Zeit zu Zeit hören wir trotzdem durch irgendwen vom ihm. So haben wir erfahren, dass er lange Zeit in Monte Carlo gelebt hat. So weit wir wissen hat er Monte Carlo inzwischen aber wieder verlassen und lebt jetzt in Las Vegas. Ja, er ist ein Spieler. Gut, als Dämon hat er da sicher den einen oder anderen Vorteil, doch da es natürlich auffallen würde wenn er ständig gewinnt, darf er nicht zu sehr tricksen. Mehr kann ich dir über ihn leider nicht erzählen, ich weiß sonst nichts und, ganz ehrlich der Typ ist mir inzwischen total egal."
„Das verstehe ich. Aber, er ist doch ein Dämon wie ihr und ihr könnt nur einige Stunden unten in Luthien bleiben bevor eure Kräfte schwinden."
„Ja, das stimmt. Doch je älter wir werden um so länger können wir unten auf der Erde bleiben. Wenn wir erst mal so alt wie unser Vater sind, gibt es diesbezüglich keine Probleme mehr. Er kann sich inzwischen weltweit wünschen wohin und wie lange er

will. Zum Glück hast du dieses Problem ja nicht. Du bist schließlich unten in Luthien geboren und nicht wie wir hier oben in den Nebelbergen."

Ich habe den Eindruck ich habe die gute Stimmung mit meiner Frage nach ihrem Vater ziemlich gedrückt. Deswegen überlege ich verzweifelt mit welcher Frage ich die Brüder etwas aufheitern könnte:

„Ihr drei seid doch die Generäle von Ulrom, unserem Gott. Kennt ihr ihn eigentlich persönlich, oder wie teilt er euch seine Wünsche mit?"

Nicht nur Q zuckt bei meiner Frage zusammen, auch seinen Brüdern scheint sie mehr als unangenehm zu sein. Es ist dann natürlich Q, der sich meiner erbarmt: „Ach Issi, heute ist es schon ziemlich spät. Die Geschichte von Ulrom und uns ist nicht einfach. Ich erzähl dir von ihm und wie es dazu gekommen ist, dass wir drei seine Generäle wurden ein anderes Mal. Unser Verhältnis zu ihm war nicht immer einfach. Also lass es für heute. Was hältst du eigentlich von einem Eis zum Nachtisch?"

Es ist inzwischen schon weit nach Mitternacht als sich Vengor und Nardu von uns verabschieden. Beim Abschied lädt Vengor uns für nächste Woche zu sich ein. Ich freue mich schon darauf und weiß schon ganz genau, was ich zu der Gelegenheit anziehen werde.

Kapitel 8

Ich lebe jetzt schon zwei Monate mit meinem Dämon zusammen und wir sind sehr, sehr glücklich. Gut, Q hat nicht immer Zeit für mich, er kann schließlich seine Aufgaben unten in Luthien und dort natürlich vor allem in Alting nicht vernachlässigen, aber hin und wieder bittet er seine Brüder für ihn einzuspringen und dann unternehmen wir lange Spaziergänge durch die Wiesen und riesigen Wälder hier oben in den Nebelbergen. Auch heute wieder.

Wir haben uns etwas verspätet, denn natürlich konnten wir unsere Finger nicht voneinander lassen. Auch diesmal schwebten wir, als wir uns liebten, wieder über der kleinen Lichtung. Leider ist es wie immer mit dem Schweben vorbei, sobald wir zusammen einen, wenn auch unglaublichen Orgasmus erleben. Zum Glück stürzen wir danach aber nicht ab sondern schweben langsam zurück auf unser Mooslager. Dort schlafen wir erschöpft aber glücklich eng aneinander geschmiegt kurz ein. Die Dämmerung hat bereits begonnen, als wir aufwachen. Natürlich könnten wir uns jetzt einfach zurück in Qenthors Zelt wünschen, aber er will mir noch schnell eine, wie er findet, sehr imposante Höhle in der Nähe zeigen. Leider ist es dann aber doch schon zu dunkel um die Höhle zu erkunden. Wir verschieben es also auf einen anderen Tag und bleiben einfach nur einen kurzen Moment im Eingangsbereich der Höhle stehen. Gerade wollen wir verschwinden, als wir ein Geräusch hören. Ohne ein Wort zu wechseln, werden wir sofort unsichtbar. Nicht einen Augenblick zu früh, denn aus den Geräuschen werden Stimmen und die unterhalten sich laut. Eine einwandfrei männliche

Stimme sagt:
„Nein, wir werden auch heute natürlich auf Niemanden treffen. Die wenigen Menschen, die hier oben leben haben die Felder schon längst verlassen. Um diese Zeit sitzen sie bereits beim Abendessen und genießen all das herrliche Gemüse."
„Aber die Dämonen?"
Das will jetzt eine weibliche Stimme wissen.
„Die interessieren sich nicht für die Obstbäume und Gemüsefelder."
„Aber!"
„Maringa, sei endlich still!"
„Aber!"
„Glaubst du wirklich Dordongo hätte seine einzige Schwester, das Nesthäkchen unserer Familie mit uns hoch geschickt um Obst und Gemüse zu hamstern, wenn es gefährlich wäre?"
„Nein, natürlich nicht. Aber man kann ja nie wissen."
„Deshalb sollten wir jetzt wirklich leise sein. Vielleicht treibt sich ja einer der Menschen noch hier draußen rum!"

Das sieht das Mädchen, Maringa anscheinend ein, denn sie sagt nichts mehr.

Jetzt können wir die Fremden sogar sehen. Es sind drei Männer und ein junges Mädchen. Das ist dann wohl diese Maringa. Q und ich warten, bis sie sich so weit entfernt haben, dass sie uns nicht mehr hören oder sehen können, dann werden wir wieder sichtbar. Ich schaue Q nur fragend an, denn ich weiß nicht was ich von den Fremden halten soll. Q weiß das anscheinend durchaus und da er inzwischen keine Probleme mehr mit dem Sprechen hat, erklärt er mir:
„Rotaugen! Das sind Rotaugen! Ich glaube es nicht!

Kommen die doch anscheinend tatsächlich immer wieder hoch zu uns um zu stehlen! Vor allem die Seniorinnen haben sich bei uns immer wieder darüber beschwert, dass ganze Obst- und Gemüsesteigen verschwunden wären. Doch wir haben diese Beschwerden leider nie so richtig ernst genommen – das war anscheinend ein Fehler. Gut, ich verstehe die Rotaugen sogar: dort unten wo sie hausen gibt es wahrscheinlich kein Gemüse, von Obst ganz zu schweigen. Ich will gar nicht wissen was die essen! Trotzdem, es geht einfach nicht, dass sie uns bestehlen."

„Was willst du machen?"

„Die Rotaugen müssen sich irgendwie hoch bis zu uns durchgebuddelt haben. Das war ganz bestimmt nicht einfach und hat lange gedauert. Wir sorgen jetzt erst einmal dafür, dass sie nicht mehr zurück können und vor allem, dass uns nie mehr irgendwelche Rotaugen bestehlen können – zumindest nicht auf diesem Weg."

Wir stehen immer noch im Eingangsbereich der Höhle. Q schiebt mich jetzt nach draußen.

„Bleib hier stehen!"

Er selbst geht zwei, drei Schritte näher in den Höhleneingang hinein, dann scheint er sich zu konzentrieren und schon höre ich Geräusche, als würden jede Menge Steine herabfallen. Ich habe den Eindruck, der Boden unter meinen Füßen vibriert leicht. Es dauert aber nicht lange.

Q dreht sich zu mir um:

„So, jetzt holen wir meine Brüder!"

„Ich könnte ja den Rotaugen vorsichtig, natürlich unsichtbar, folgen während du deine Brüder holst. Dann wissen wir wenigstens, wohin sie wollen."

„Auf keinen Fall! Du kommst mit mir! Diese Rotaugen sind zwar, soweit ich weiß nur Halbdämonen, aber sie

sind trotzdem stärker als normale Menschen und du, auch wenn du inzwischen ein richtiger Dämon bist, ein wirklich süßer übrigens, weißt noch nicht so ganz genau was du mit deinen Kräften machen kannst. Ich werde nicht riskieren, dass dir etwas passiert. Ich liebe dich, aber das weißt du ja."
Mir ist klar, wenn es keinen Sinn macht mit Q zu argumentieren, also lasse ich es. Außerdem ist es ja süß von ihm sich um mich zu sorgen.

Nardu und Vengor sind in ihren Zelten. Erst wünschen wir uns zu Nardu. Q muss nur „Rotaugen sind hier oben bei uns" sagen und schon hat er seine volle Aufmerksamkeit. Genauso ist es bei Vengor. Gemeinsam machen wir uns auf die Suche nach den Eindringlingen. Da uns ihr Ziel ziemlich klar ist, ist es nicht schwer sie zu finden. Zumindest die Männer. Sie sind gerade dabei Gemüse in mitgebrachte Säcke zu füllen, als sie uns sehen. Sie lassen die Säcke sofort fallen und greifen in ihre Jackentaschen. Was verbergen sie dort? Waffen? Doch ihre Hände bleiben leer. Einer der Männer schreit:
„Maringa, schnell, verschwinde! Lauf zurück zur Höhle und sag unseren Leuten was los ist. Du weißt, was du tun musst, wenn du es nicht schaffst!"
Erst jetzt fällt mir auf, dass das Mädchen fehlt. Dann sehe ich, wie die Fremden etwas in ihren Mund stecken.
Nardu, Vengor und Q rufen, nein schreien fast gleichzeitig:
„Nein!"
Doch es ist zu spät. Die Rotaugen müssen etwas geschluckt haben was ihnen ihre Kräfte raubt. Sie beginnen zu schwanken und dann fallen sie einfach um.

Mein ganz persönlicher Dämon

Vengor, Nardu und Q versuchen noch sie zu stützen, aber sie kommen zu spät. Sie können sich nur noch über die am Boden liegenden Fremden beugen. Quenthor schluchzt:
„Warum habt ihr diese blöden Tabletten geschluckt. Wir hätten euch doch nichts getan."
Auch Vengor kann seine Tränen nicht länger zurückhalten. Beide Männer stützen die Rotaugen, doch die scheinen das Bewusstsein bereits verloren zu haben. Ich stehe nur hilflos da und weiß nicht was ich machen soll. Inzwischen ist sogar mir klar, was passiert ist. Die Rotaugen haben je eine Tablette wie die, die Qenthors Mutter getötet hat, geschluckt. Es gibt keine Hoffnung mehr für sie. Sie werden in wenigen Minuten tot sein.
Nur Nardu kann anscheinend noch klar denken:
„Das Mädchen! Ich werde versuchen sie zu finden."

Kapitel 9

(Maringa)

Ich habe Hunger und mein Magen knurrt. Daher versuche ich gerade eine riesige, leckere Mohrrübe aus der Erde zu ziehen, als ich aus den Augenwinkeln heraus bemerke, dass meine Brüder nicht mehr alleine sind. Da ruft Genol mir auch schon zu:

„Maringa, schnell, verschwinde! Lauf zurück zur Höhle und erkläre unseren Leuten was los ist. Du weißt, was du tun musst, wenn du es nicht schaffst!"

Oh ja, das weiß ich natürlich! Für diesen sehr unwahrscheinlichen Fall hat jeder von uns eine Tablette dabei. Wenn wir wirklich keine andere Chance haben, schlucken wir diese Tablette und schon ist alles vorbei. Unsere Feinde können uns dann nicht foltern oder langsam töten. Es wird ein schneller, absolut schmerzloser Tod.

Ich renne also so schnell ich kann zurück zu der Felsgrotte in der es einen Gang gibt, der hinunter in die Höhlen führt in denen wir leben. Ich erschrecke furchtbar, als ich feststellen muss, dass dieser Gang nicht mehr existiert. Irgendwie wurde er in der kurzen Zeit seit wir ihn verlassen haben, zugeschüttet. Was mache ich jetzt? Soweit ich weiß war dieser Gang der einzige hinunter in unsere Höhlen. Ich muss ganz dringend nachdenken.

Dazu marschiere ich total in Gedanken versunken wieder hinaus aus der Grotte und setze mich vor ihr auf den Boden. Ich sitze einfach in der Sonne und überlege. Soll ich jetzt wirklich diese blöde Tablette schlucken wie es mir Gerol geraten hat? Dann bin ich in ein paar Minuten tot. Angeblich ist so ein Tod absolut schmerzlos. Ich will aber nicht sterben. Ich bin schließlich erst 20 und habe noch so viel vor! Aber was kann ich schon machen? Ich vermute ich habe nicht mehr viel Zeit bis mich einer unserer Todfeinde suchen und natürlich auch finden wird. Wird man mich dann wirklich foltern, vielleicht sogar vergewaltigen und am Ende töten? Vorsichtshalber nehme ich die todbringende Tablette schon mal in die Hand. Muss ich sie wirklich schlucken?

Vielleicht kann ich ja wenigstens noch ein paar Minuten den Sonnenschein auf meiner Haut genießen. Wenn ich ehrlich bin muss ich zugeben, dass es mir hier oben bedeutend besser gefällt als in den dunklen, immer feuchten Höhlen unter der Erde bei meinen Brüdern. Vor allem die Sonne und die Weite hier oben! Ich kann mich gar nicht satt sehen an all den Farben und der Helligkeit, auch wenn sie mich zwingt meine Augen zusammen zu kneifen. Ich werde einfach die kurze Zeit die mir noch bleibt genießen. Doch leider ist sie in diesem Augenblick auch schon vorbei. Jemand materialisiert direkt neben mir. Ich kann mich zwar noch schnell unsichtbar machen, eine der wenigen Fähigkeiten die ich auch als Halbdämonin habe, aber ich vermute es ist zu spät. Der Fremde hat mich sicher schon entdeckt. Ich habe recht, denn auch wenn er mich natürlich nicht sehen kann, erklärt der Fremde mir in aller Ruhe:

„Ach lass das doch! Warum versuchst du dich zu verstecken? Das hat doch keinen Sinn. Was hast du vor? Weglaufen bringt übrigens nichts. Gut, du kannst dich natürlich ein, zwei Tage verstecken, aber auch du musst irgendwann essen und hier oben gibt es nur unsere meist gut bewachten Gemüsegärten. Also, warum ergibst du dich nicht einfach? Es passiert dir doch nichts. Ich und auch meine Brüder tun dir nichts. Wir wollen nur mit dir reden."

Nur reden? Ha! Meine Brüder haben mir genau erzählt wie dieses „reden" abläuft. Aber der Fremde hat natürlich recht. Es bringt nichts länger unsichtbar zu bleiben, vor allem da ich genau weiß, dass ich spätestens in 5 Minuten wieder sichtbar werde, ob ich will oder nicht. Meine Kraft reicht leider nicht für länger. Ich setze mich also, immer noch unsichtbar direkt neben dem Fremden auf den Boden. Vielleicht sollte ich mir doch anhören was er zu sagen hat, bevor ich diese blöde Tablette schlucke. Dann werde ich sichtbar.

„Na bitte, geht doch!"

Erst jetzt komme ich dazu mir den Fremden genauer anzusehen. Ich sitze auf dem Boden und muss sehr, sehr weit hoch schauen, wenn ich auch sein Gesicht sehen will. Wow! Das hätte ich nicht erwartet. Er sieht nicht nur gut aus, sondern fantastisch! Wenn ich ehrlich bin, muss ich zugeben, er sieht genau aus wie mein Traumprinz.

Das sollte ich vielleicht erklären: Ich lebe in Höhlen unter der Erde. Dort ist es nicht nur immer feucht und dunkel, dort lebt kein einziger Mann den ich bewundern oder gar anhimmeln könnte - nur meine Brüder. Aber ich bin schon 20! Da hat man schließlich irgendwelche Bedürfnisse. Doch die kann ich nur in meinen Träumen stillen. Meine Brüder sorgen dafür dass mir kein fremder Mann zu nahe kommt. Sie selbst finden sich zwar hin und wieder Mädchen für eine Nacht oder auch etwas länger, aber ich? Hin und wieder bringen sie sogar eines der Mädchen mit hinunter in unsere Höhlen, aber auch das kommt nur sehr, sehr selten vor – kein Wunder! Wer lebt schon gerne freiwillig in diesen dunklen Höhlen? Da ich kaum einmal hoch auf die Erde komme und wenn, dann in Begleitung, habe ich nur Kontakt zu meinen Brüdern. Daher bleibt es nicht aus, dass ich zumindest in meinen Träumen meinem tristen Alltag zu entkommen versuche.

Ich habe mir daher schon vor ein, zwei Jahren einen Traummann zusammenfantasiert. Er ist groß, etwa zwei Meter, hat dunkle Haare und blaue Augen. Er ist schlank aber trotzdem muskulös und hat, und das ist mir sehr wichtig, volle, weiche Lippen. Genau dieser Traummann steht jetzt vor mir! Gut, er hat sich sicher einige Tage nicht rasiert, aber auch diese Bartstoppel ändern nichts daran wie er auf mich wirkt, ich Gegenteil!

Allerdings dauert es leider nur einen winzigen Moment, bis mir klar wird, dass der Kerl da vor mir nicht mein Traumprinz ist, sondern einer unserer Todfeinde.

Ich habe Tränen in den Augen, als mir klar wird, dass es Zeit wird für diese blöde Tablette. Ich führe sie zu meinem Mund, schaffe es aber einfach nicht sie zu schlucken. Statt dessen schluchze ich:

„Ich will doch noch nicht sterben! Ich bin schließlich erst 20 und hier oben in der Sonne ist es so wunderschön!"

Der Fremde brüllt:

„Nein! Bitte nicht!"

Und schon kauert er neben mir:

„Bitte, nimm sie nicht!"

Ich kann nur schluchzen:

„Aber was bleibt mir schon übrig? Ich will schließlich nicht von dir, von euch gefoltert und vergewaltigt werden nur um am Ende dann doch qualvoll zu sterben."

Der Fremde schüttelt den Kopf:

„Wer hat dir den diesen Blödsinn erzählt? Wir foltern oder vergewaltigen niemanden."

„Doch, das stimmt! Meine Brüder haben mir das immer und immer wieder erzählt und ich glaube ihnen. Vor allem Dordongo besteht darauf, dass wir diese Tabletten immer dabei haben, wenn wir unsere Höhlen verlassen. Wie er behauptet kann nur sie uns am Ende vor euch schützen."

„Dordongo, dass ist dieser eine wirkliche Dämon bei euch?"

Ich antworte nicht. Ich werde keine einzige seiner Fragen beantworten. Aber der Fremde scheint das gar nicht von mir zu erwarten:

„Dieser Dordongo irrt sich. Die Tablette schützt euch nicht. Im Gegenteil! Glaub mir, ich weiß wovon ich rede. Meine Mutter starb durch eine dieser Tabletten. Auch sie dachte es gäbe keine andere Lösung für sie. Sie hatte sich geirrt. Sie war ganz alleine als sie von Feinden angegriffen wurde. Sie sah keinen Ausweg mehr und schluckte die Tablette. Genau in diesem Augenblick kehrte mein Vater mit mir und meinem Bruder zurück. Wir machten kurzen Prozess mit den Angreifern unserer Mutter, trotzdem konnten wir ihr dann nur noch beim Sterben beistehen. Eine einzige Minute länger wenn sie mit dieser blöden Tablette gewartet hätte würde sie heute noch leben."

Hat der Fremde recht? Sollte ich vielleicht wirklich warten und mir gut überlegen was für Möglichkeiten es außer dem Tod für mich gibt?

„Diese Feinde, das waren meine Brüder?"

„Ja, aber es ist 500 Jahre her und es waren nur Halbdämonen die damals meine Mutter angegriffen haben. Dein Dordongo war nicht dabei. Ich habe dir das alles auch nur erzählt um dir zu zeigen, dass der Tod keine Lösung ist. Bitte glaub mir wenn ich dir sage, dass wir dir vielleicht ein paar Fragen stellen werden, dich aber ganz egal ob du unsere Fragen beantwortest oder nicht ganz sicher nicht foltern werden. Ich glaube sowieso nicht, dass du uns viele Geheimnisse verraten könntest. Wir sind sehr gut über deine Brüder, die Rotaugen, informiert."

„Rotaugen?"

„So nennen wir euch."

Ich nicke:

„Wegen unseren roten Augen."

„Ja!" Der Fremde überlegt einen Augenblick:

„Ich heiße übrigens Nardu. Wie heißt du?"

Ich antworte nicht – natürlich nicht! Vor allem Dordongo hat uns immer und immer wieder eingebläut, dass wir keine der Fragen unserer Feinde beantworten dürfen.

Der Fremde, Nardu wartet einen Moment auf meine Antwort, dann grinst er:

„Wie du willst. Dann nenne ich dich eben Rotauge."

Das gefällt mir ganz und gar nicht.

„Nein, bitte nicht!"

„Der Name gefällt dir nicht? Gut, wie gefällt dir Prinzessin?"

Ich kann nicht anders, ich strahle Nardu an, sage aber nichts.

„Prinzessin ist es also. Gut, Prinzessin, was hältst du davon, du gibst mir diese blöde Tablette damit du sie nicht am Ende doch noch schluckst?"

Ich schüttle den Kopf und halte sie ganz fest.

„Prinzessin, du bist wirklich stur! Ich wollte dich gerade zum Abendessen einladen. Du bist so entsetzlich dünn, du hast doch sicher Hunger?"

Hunger? Oh ja, ich habe Hunger! Meine Brüder und ich haben eigentlich immer Hunger. Wir haben nie genug zu Essen. Deshalb haben wir auch versucht etwas von dem Gemüse hier oben für uns abzuzweigen. Ich muss nur daran denken wie hungrig ich bin, da fängt mein Magen wie zur Bestätigung an zu knurren.

„Na bitte, bei mir kannst du essen so viel du willst. Aber zuerst gibst du mir die Tablette!"

Ich bin so hungrig und, wenn ich mich wirklich umbringen will brauche ich dazu eigentlich keine Tablette. Es gibt andere Möglichkeiten. Nardu ist bereits aufgestanden und streckt mir seine Hand entgegen. Ich lege die Tablette hinein und stehe selbst auf, aber natürlich ohne seine Hand zu berühren.

„Wir könnten den langen Weg zu meinem Zelt gehen, aber, so unterernährt und hungrig wie du aussiehst dauert dir so ein Spaziergang wahrscheinlich zu lang. Also gib mir einfach deine Hand, dann wünsch ich uns direkt neben den Tisch auf dem das Abendessen schon auf uns wartet.

Abendessen! Was für ein verführerisches Wort! Ich bin so hungrig! Da muss er mich nicht lange überreden, ich gebe Nardu jetzt nur zu gerne meine Hand.

Doch was dann passiert hätte weder er noch ich erwartet: es ist, als ob ein Blitz in mich fährt. Er schüttelt meinen ganzen Körper durch. Ich brenne! Von den Zehen angefangen bis in die Fingerspitzen spüre ich dieses Feuer. Andererseits fühle ich mich plötzlich wunderbar und ich weiß sofort, was das bedeutet: dieser Fremde, Nardu ist mein perfekter Partner! Das sollte ich vielleicht genauer erklären:

Dämonen und sogar Halbdämonen wie ich spüren es sofort, so wurde mir zumindest immer und immer wieder erzählt, wenn sie ihrem idealen Partner begegnen. Gut, angeblich gibt es nicht nur einen perfekten Partner für jeden von uns, doch trotzdem ist es nicht einfach ihn zu finden. Vor allem für mich, denn dort in die Höhlen in denen ich mit meinen Brüdern bis heute lebte verirrte sich praktisch nie ein Fremder und wenn dann sorgten meine Brüder dafür, dass er mir nicht zu nahe kam.

Auch Nardu spürt natürlich was mit uns passiert und auch er weiß ganz genau was das bedeutet:
„Wow Prinzessin! Wer hätte das gedacht. Da suche ich seit fast 400 Jahren nach der idealen Frau für mich und wo finde ich sie? In den Höhlen unter der Erde bei euch Rotaugen! Dort hätte ich dich wahrscheinlich normalerweise nie gefunden."
Nardu lässt meine Hand nicht los:
„Doch wie wichtig diese Entdeckung für uns auch ist. Ich weiß, du bist jetzt vor allem hungrig. Also komm, ich werde erst einmal dafür sorgen, dass du etwas Fleisch auf deine Knochen bekommst. Du bist viel zu dürr! Außerdem solltest du dich erst einmal an das Leben hier oben bei uns gewöhnen bevor wir unsere Beziehung – na sagen wir mal ‚vertiefen'."

Mir wird kurz schwarz vor Augen, aber das kenne ich schon von Dordongo. Manchmal, wenn er sich stark genug fühlte, hat er sich mit mir gewünscht wohin ich wollte. Doch das war leider nicht oft der Fall, denn meistens musste er mit seinen Kräften haushalten.
Wie versprochen stehen wir jetzt plötzlich in einem Zelt, neben einem Tisch. Aber leider einem leeren Tisch! Von wegen: *„auf dem das Abendessen schon auf uns wartet"*.
Nardu bittet mich Platz zu nehmen. Dann pfeift er kurz und schon erscheint ein junger Mann:
„Hallo Megas. Wie du siehst habe ich heute einen Gast

mitgebracht und mein Gast ist ziemlich hungrig."
Dann wendet er sich an mich:
„Prinzessin hast du irgendwelche Vorlieben? Oder gibt
es etwas was du nicht magst?"
Da muss ich nicht lange überlegen:
„Ich mag keine Ratten! Also kein Fleisch!"
„Ratten? Ihr esst Ratten?!"
„Natürlich! An Mäusen ist schließlich nichts dran!"
Nardu schaut mich groß an, dann erklärt er diesem
Megas, der mich ebenfalls mit offenem Mund anstarrt:
„Bring einfach ne große Portion Suppe und sonst nur
Obst und Gemüse. Ich vermute mein Gast hat auch
keine Erfahrung mit Käse. Also nur Obst und
Gemüse."
„Was ist Käse?"
Megas verschwindet wortlos.
„Käse wird aus Milch hergestellt. Aber genau kann ich
dir das nicht erklären. Du kannst gerne jederzeit Käse
probieren. Aber er ist nicht jedermanns Geschmack.
Also gehen wir es heute einfach mal langsam an.
Fleisch gibt es übrigens hier oben bei uns sehr selten.
Das liegt vor allem daran, dass es durch die Nähe zur
Sonne bei uns immer sehr warm ist und Fleisch sehr
schnell verdirbt. Kühlschränke und alle anderen
technischen Geräte funktionieren hier oben leider
nicht."
„Was sind Kühlschränke?"
„Oh Prinzessin! Ich glaube ich muss dir sehr, sehr viel
erklären. Aber das verschieben wir auf später. Für
jetzt nur so viel: in Kühlschränken ist es bedeutend
kälter als hier bei uns. Daher bleibt darin das Essen
länger frisch. Aber, wie gesagt, hier oben bei uns
würden sie nicht funktionieren."
„Warum?"
„Dir das ausführlich zu erklären würde Stunden

dauern."

Während wir darauf warten, dass Megas das Essen bringt, haben wir etwas Zeit und die nutzt Nardu um für mich eine, wie er sagt „etwas passendere Kleidung" alleine durch seine Gedanken entstehen zu lassen. Ich muss mich nicht einmal umziehen, ich habe sie plötzlich einfach an. Auch Dordongo hat das hin und wieder versucht, doch bei ihm hat das eigentlich fast nie geklappt. Er musste vorher immer ein, zwei Stunden irgendwo Sonne tanken bevor er es auch nur versuchen konnte. Das Kleid, das Nardu für mich kreiert ist zwar blau und ich liebe blau, aber sonst ist es eigentlich nicht nach meinem Geschmack, auch wenn es sich sehr angenehm trägt. Anscheinend sieht Nardu mir das an, denn er meint:

„Die Sonne hier oben ist viel zu stark für dich. Sie ist sogar zu stark für die jungen Frauen und Männer die hier mit uns leben. Auch sie müssen diese bodenlangen Kaftane tragen. Nur durch die langen Ärmel, die fast vor bis zu den Fingerspitzen reichen und die Kapuze sind sie gut genug geschützt. Ihre Kaftane sind aber nicht so weich wie deiner und sie sind gelb bzw. grün und nicht blau wie deiner. Aber blau ist meine Farbe und wenn ich mir eine Prinzessin vorstelle, trägt die immer blau."

Ich habe wirklich Hunger und es dauert mir viel zu lang bis Megas endlich zurück kommt. Er trägt ein Tablett und das scheint schwer zu sein. Außerdem riecht es sehr, sehr verführerisch. Doch, als Megas eine große, bis zum Rand gefüllte Schüssel vor mich hinstellt bin ich entsetzt:

„Das ist euer Gemüse? Wir nennen das Blutsuppe mit Ameiseneiern! Bei uns gibt es die nur, wenn wir sonst gar nichts finden können!"

Megas ist plötzlich kreidebleich und sieht aus, als würde er sich jeden Moment übergeben und Nardu starrt mich mit offenem Mund an. Es dauert bis er sagen kann:
„Das ist Tomatensuppe mit Reis."
Jetzt bin ich fast sprachlos.Tomatensuppe?
„Aber, warum macht ihr Suppe aus diesen tollen Früchten? Wir essen sie einfach so! Außerdem Tomaten sind doch viel röter, oder! Obwohl, ich muss zugeben, seit ich hier oben bin habe ich Probleme mit den Farben. Es ist alles irgendwie viel zu grell!"
Nardu hält plötzlich eine Sonnenbrille in den Händen:
„Ich hätte daran denken müssen, dass die Sonne zu intensiv für dich ist. Setz die Brille die erste Zeit auch hier drinnen auf. So haben deine Augen Zeit sich an das grelle Licht hier oben bei uns zu gewöhnen."
Ich bin wirklich hungrig und da ich mir jetzt sicher bin, dass das vor mir keine Blutsuppe ist, stürze ich mich mit Feuereifer auf sie. Sie schmeckt herrlich! Aber, als ich schon fast die halbe Schüssel leer gelöffelt habe, muss ich fragen:
„Reis, diese weißen Körner sind Reis? Was ist das?"
„Reis ist eine Art Getreide. Hier bei uns wächst allerdings kein Reis. Doch die Schiffe bringen uns soviel wir brauchen."
Nachdem ich die Suppenschüssel bis auf den letzten Tropfen geleert habe, stürze ich mich auf das Obst. Einiges davon kenne ich, gut eigentlich nur weil es meine Brüder wahrscheinlich hier oben organisiert haben, aber das ist egal. Allerdings, als Nardu eine längliche, gelbe Frucht für mich schält, weiß ich nicht was das ist. Aber Nardu erklärt es mir:
„Das ist eine Banane. Auch die wächst nicht hier bei uns."
Die Banane schmeckt unglaublich und ich bin

irgendwie traurig, dass ich nicht mehr als zwei davon essen kann, denn ich bin satt! Wirklich satt! Ich kann mich nicht erinnern, wann ich jemals so satt war.

Nach dem Essen unterhalte ich mich noch etwas mit Nardu. Er erzählt mir vor allem von seinem Leben hier oben und von den 10 jungen Frauen und Männern die hier jeweils für 2 Jahre zusammen mit ihm und seinen zwei Brüdern leben.

Doch irgendwann kann ich ein Gähnen nicht mehr unterdrücken. Natürlich bemerkt Nardu das.
„Du bist sicher hundemüde. Es war aber auch ein anstrengender Tag für dich. Du kannst mein Bett haben."
Mit Nardu in einem Bett? Ich weiß ja, er ist mein Idealpartner, daher sollte ich wirklich keine Angst vor ihm haben, trotzdem kommt das etwas zu schnell:
„Aber!"
„Keine Angst, Prinzessin. Ich werde auf der Liege hier draußen schlafen."
Er deutet auf eine ziemlich schmale Liege an Rande des Zimmers.
„Doch wenn du etwas brauchst musst du nur rufen. Ich höre dich."
Bevor er mich in sein Schlafzimmer bringt und mich alleine lässt, zeigt er mir noch wie die Dusche in seinem Badezimmer funktioniert. Wow! Luxus pur. Wenn ich bisher geduscht habe, dann unter dem eiskalten Wasserstrahl eines kleinen Wasserfalls.
Nardu sorgt noch dafür, dass plötzlich auf dem Stuhl neben mir ein Nachthemd liegt, obwohl eigentlich könnte ich auch den Kaftan, den ich momentan trage, anbehalten, denn dieses „Nachthemd" ist nichts anderes als ein anderer blauer Kaftan, allerdings ohne

Kapuze und etwas dünner.

Dann bin ich plötzlich alleine und lege mich, wenn auch zögernd, in das riesige, weiche Bett und decke mich mit einer warmen, flauschigen Decke zu. Es ist alles einfach perfekt: doch trotzdem kann ich nicht schlafen. Mir fehlen einfach meine Brüder! In unserer Schlafhöhle lagen wir zwar nur auf Strohsäcken, aber da auch in der Schlafhöhle die Wände immer feucht waren und es nie richtig warm wurde, schmiegten wir uns zum Schlafen immer eng aneinander. Ich als die Kleinste lag dabei sogar immer in der Mitte, gut beschützt von allen Seiten!

So ganz alleine kann ich einfach nicht schlafen. Erst wälze ich mich von einer Seite auf die andere, dann fange ich an zu Schluchzen. Ich versuche zwar möglichst leise zu sein, aber anscheinend hat Nardu es trotzdem gehört, denn plötzlich beugt er sich über mich:

„Was ist denn Maringa? Meine Prinzessin, kannst du nicht schlafen?"

Maringa, er hat mich gerade Maringa genannt:

„Du weißt meinen Namen? Woher?"

„Issi hat gehört wie einer deiner Brüder dich so nannte."

Meine Brüder! Seit ich hier bin habe ich die Gedanken an sie verdrängt. Ich wollte einfach nicht daran denken was mit ihnen passiert sein könnte. Natürlich ist mir irgendwie klar, dass sie wahrscheinlich diese schrecklichen Tabletten geschluckt haben, nur um nicht in Gefangenschaft zu geraten. Aber so lange ich nicht daran gedacht habe, konnte ich mir einreden, dass alles in Ordnung mit ihnen ist. Das ist jetzt vorbei. Obwohl ich die Antwort eigentlich schon weiß, frage ich:

Mein ganz persönlicher Dämon

„Meine Brüder, was ist mit Gerol, Antonan und Warge? Habt ihr sie gefangen genommen?"

Hoffentlich sagt er ja! Bitte, bitte sag ja!

Nardu schaut zu Boden, schüttelt den Kopf und flüstert:

„Nein, Maringa. Auch deine Brüder hatten diese furchtbaren Pillen dabei und sie haben sie geschluckt noch bevor wir sie erreichen konnten. Glaub mir, wir hätten ihnen wirklich nichts getan, im Gegenteil, wenn sie uns einfach gesagt hätten, dass sie uns nur bestehlen weil sie hungrig sind, hätten wir ihnen das Obst und Gemüse natürlich geschenkt und nicht nur das! Warum hat nur keiner deiner Brüder je mit uns geredet! Ich vermute es sind nicht mehr viele deiner Brüder am Leben. Sagst du mir wie viele?"

Ich weiß natürlich, dass ich das eigentlich nicht sagen darf, aber das ist mir inzwischen egal. Ich glaube Nardu:

"Außer Dordongo sind da leider nur noch Harthor und Menzes. Dordongo ist der einzige Dämon. Harthor und Menzes sind Halbdämonen wie ich."

Ich fange an zu schluchzen und kann nicht mehr aufhören. Nardu sagt kein Wort, aber er hält mich einfach fest und wiegt mich wie ein Baby in seinen Armen. Ich glaube, er hält mich fest bis ich einschlafe. Am nächsten Morgen, als ich aufwache, liege ich neben ihm, oder besser an ihn geschmiegt in seinem Bett und ich habe tief und fest geschlafen.

Als ich aufwache weiß ich jetzt zwar, dass meine Brüder nicht mehr am Leben sind, aber Dordongo hat uns alle schon als Kinder darauf vorbereitet, dass es irgendwann dazu kommen könnte, dass der eine oder andere von uns in unserem Kampf gegen unsere Feinde stirbt. Unsere Feinde! Dabei war das anscheinend alles nur ein großer Irrtum. Warum hat Dordongo nie versucht mit einem der Generäle zu sprechen? Ich muss unbedingt versuchen Dordongo davon zu überzeugen, dass Nardu und die anderen Dämonen nicht unsere Feinde sind. Ja, das werde ich. Antonan und Warge werden die letzten meiner Brüder sein, die so sinnlos sterben mussten.

Nardu schläft noch. Wahrscheinlich hat er heute Nacht nicht viel Schlaf abbekommen und das lag an mir! Ich kann mich nicht daran erinnern wann ich eingeschlafen bin und das Nardu mich in sein Bett gelegt hat, habe ich auch nicht mitbekommen. Wahrscheinlich hat er mit recht vermutet, dass ich alleine nicht lange schlafen würde und so hat er sich, übrigens voll angezogen, abgesehen von den Schuhen natürlich, zu mir gelegt.
Jetzt, da er schläft, habe ich Zeit ihn genauer zu mustern. Oh ja, er entspricht ziemlich genau dem Typ Mann für den ich immer schon geschwärmt habe: Groß und muskulös, dunkle, etwas zu lange Haare, weiche, volle Lippen und, wenn ich mich recht erinnere hat er sogar strahlend blaue Augen. Die kann ich jetzt natürlich nicht bewundern, da sie geschlossen sind. Doch noch während ich Nardu von Kopf bis Fuß mustere, geht eines dieser Augen auf. Tatsächlich strahlend blau! Nardus Mund verzieht sich zu einem Lächeln:
„Gefällt dir was du siehst?"
Warum soll ich lügen?
„Ja!"
„Komm, Prinzessin, leg dich wieder neben mich. Es ist noch viel zu früh um aufzustehen. Ich hoffe, du hast noch keinen Hunger, denn die Küche ist noch nicht besetzt."

Hunger, nein, ich bin immer noch ziemlich satt und das ist ein herrliches Gefühl. Ich kann mich nicht erinnern, ob und wann ich bisher jemals wirklich satt war. Gut, da war die Zeit, als ich noch bei meiner Mutter lebte, ja da hatte ich immer genügend zu essen, aber später, bei meinen Brüdern, da hatten wir eigentlich nie genug und waren immer hungrig. Meine Brüder! Ich muss irgendwie versuchen sie zu erreichen um ihnen zu sagen, dass sie keine Angst vor Nardu und seinen Brüdern haben müssen, im Gegenteil! Aber wie soll ich ihnen das erklären. Vielleicht weiß mir Nardu einen Rat:

„Nardu, meine Brüder! Meinst du, wir könnten ihnen irgendwie sagen, dass sie keine Angst vor euch haben müssen?"

Nardu schweigt lange. Überlegt er?

„Wir wussten nicht, dass nur noch so wenige übrig sind. Ich würde ihnen gerne selbst sagen dass sie keine Angst mehr vor uns haben müssen, aber dazu müsstest du mir aber sagen wie ich sie erreichen kann. Wahrscheinlich sind sie ja unten in den Höhlen."

„Du wirst es mir wahrscheinlich nicht glauben, aber ich weiß nicht wie man hinunter in die Höhlen kommt."

„Aber, du musst das doch wissen"

„Nein. Ich kann mir gut vorstellen, dass das für dich unglaublich klingt, aber ich kannte nur diesen einen Weg hoch zu euch und den gibt es ja jetzt nicht mehr. Damit du mir glaubst sollte ich dir wahrscheinlich erzählen warum ich das nicht weiß."

„Ja, das wäre nicht schlecht."

„Dazu muss ich ganz vorne anfangen. Mein Vater Esral hatte vor langer, langer Zeit seine große Liebe Anan gefunden. Mit ihr bekam er Dordongo. Leider blieb das ihr einziges Kind. Kurz nach Dordongos Geburt starb

Anan."

„Wahrscheinlich im Kampf mit uns!"

„Wahrscheinlich. Esral war am Boden zerstört. Er lebte nur noch für seine Rache. Daher begann er so viele Nachkommen zu zeugen wie ihm möglich war."

„Aber alle mit normalen Frauen, also nur Halbdämonen."

„Ja. Jedes Jahr bekam er so drei oder vier Kinder. Alles Söhne. Er kümmerte sich sogar um seine Söhne und deren Mütter, aber vor allem machte er den Müttern klar, dass die Söhne sobald sie die Pubertät erreichten stärker und natürlich gefährlicher als normale Jungs wären. Daher würde er sich ab diesem Zeitpunkt alleine um seine Söhne kümmern. Dann brachte er sie in die unterirdischen Höhlen. Sollte er einmal keine Zeit haben sie selbst hinunter zu bringen könnten die Mütter ihre Söhne auch bei einem Ehepaar mit dem er gut bekannt war, abgeben. Die Namen dieser Ehepaare wechselten natürlich im Laufe der Jahrzehnte, oder Jahrhunderte. Zu meiner Zeit hießen sie Strowens. Dann kam ich auf die Welt!"

„Und du warst kein Junge!"

„Stimmt! Angeblich kümmerte Esral sich die ersten zwei Jahre trotzdem noch hin und wieder um mich. Doch dann kam er plötzlich gar nicht mehr. Ich kann mich nicht einmal daran erinnern wie er aussieht. Meine Mutter verliebte sie bald in einen anderen Mann und sie heirateten. Ab diesem Zeitpunkt war ich nur noch im Weg. Ich war so um die 5 Jahre alt, als meine Mutter mich daher zu diesen Strowens brachte. Die haben sich natürlich gewundert, aber sie brachten mich trotzdem hinunter in die unterirdischen Höhlen. Dort lebten damals noch bedeutend mehr von meinen Brüdern und sie kümmerten sich rührend um mich. Vor allem Dordongo tat alles, was er konnte um mir das Leben so angenehm wie möglich zu gestalten. Meine Brüder brachten mir übrigens auch Lesen, Schreiben und Rechnen bei. Nur genug zu Essen hatten wir eigentlich nie."

Nardu drückt mich fest an sich.

„Diese Strowens, weißt du noch wo das Haus von denen steht?"

„Das Haus gibt es nicht mehr. Wie mir meine Brüder erzählt haben wurde der Tunnel hinunter zu uns irgendwann zugeschüttet und das Haus abgerissen. Die Strowens waren angeblich sogar einmal bei uns um sich zu erkundigen wer ihre Aufgabe übernehmen würde, da sie selbst aus Altersgründen gerne wegziehen würden. Doch Esral hatte keine Nachfolger eingesetzt. Es wurden auch keine gebraucht, denn er hatte keine weiteren Kinder."

„Aber es muss doch noch andere Eingänge zu diesen Höhlen geben!"

„Sicher, aber ich weiß nicht wo. Ich durfte nie mit, wenn meine Brüder loszogen. Nur und das auch nur ganz selten hoch in die Nebelberge nahmen sie mich mit. Darauf freute ich mich immer schon Tage vorher. Vor allem die Sonne und dann das frische Obst! Mmh!"

„Dann werden wir wohl warten müssen bis uns deine Brüder irgendwann über den Weg laufen."

Hoffentlich können wir ihnen dann schnell genug erklären, dass sie diese verdammten Pillen nicht nehmen sollen. Aber das sage ich nicht laut. Nardu weiß das sowieso. Ich lege mich wortlos neben ihn. Aber irgendwie können wir nicht wieder einschlafen. Ich versuche zumindest meine Augen geschlossen zu halten, aber das schaffe ich irgendwie nicht, denn ich spüre Nardus Blick. Dann bewegt er sich und sein Zeigefinger streicht zärtlich über meine Wange, eigentlich eine harmlose, unschuldige Bewegung, aber sie löst in mir wieder dieses unglaublich angenehme Gefühl aus, das ich schon gestern gespürt habe, als Nardu mich das erste Mal berührt hat. Nardu spürt das auch. Wir starren uns an und dann beugt Nardu sich über mich und küsst mich. Wow! Ich bin zwar noch nie von einem Mann geküsst worden, bin mir aber trotzdem sicher, dass das was ich, oder besser wohl wir spüren, kein normaler Kuss ist. Dieser Kuss ist mehr, intensiver und so unglaublich, dass ich mir wünsche er würde ewig dauern. Mein ganzer Körper ist in Aufruhr und diese fantastischen Gefühle nehmen immer noch zu, vor allem zwischen meinen Beinen. Auch Nardu kann anscheinend nicht genug von diesem Kuss bekommen, denn um mir noch näher zu sein, schiebt er seinen ganzen Körper über meinen und ich kann spüren, wie erregt er ist. Ja, ich bin diesbezüglich nicht ganz so naiv wie man annehmen könnte, schließlich bin ich unter lauter Brüdern aufgewachsen und die haben wirklich auf alles gewettet. Dabei ging es auch um die Größe und Dicke ihrer Glieder und es war ihnen egal ob sie dabei Zuschauer hatten oder nicht.

Wie automatisch öffnen sich unsere Lippen und auch unsere Zungen sind eifrig bei der Sache.

Doch es bleibt nicht nur bei diesen unglaublichen Gefühlen. Es ist, als wären Nardu und ich irgendwie eine einzige Person. Ich kann seine Hände auf meinem Körper spüren, aber ich weiß plötzlich auch was er fühlt, ja ich kann sogar seine Gedanken hören, oder besser irgendwie fühlen und ich bin mir sicher, er kann auch meine Gedanken spüren. Er denkt gerade daran, wie unglaublich dieses Gefühl ist und wie glücklich er ist, dass er mich endlich gefunden hat und wie wunderschön ich, seine Prinzessin, bin. Er will

gerade dafür sorgen, dass dieses, wie sogar er findet, alberne Nachthemd verschwindet, als plötzlich alles aus ist. Ich habe das Gefühl ich renne gegen eine massive, schwarze Wand. Nardu wälzt sich so abrupt auf die Seite, dass er beinahe aus dem Bett fällt und lässt mich gleichzeitig los. Dann steht er wortlos auf und dreht mir den Rücken zu. Ich bin frustriert, weiß nicht, was los ist und kämpfe mit meinen Tränen. Es dauert einen Moment, bis ich ihn fragen kann:
„Was ist los? Habe ich etwas falsch gemacht?"
Erst jetzt dreht Nardu sich zu mir um:
„Nein, Prinzessin, es liegt nicht an dir. Aber mir ist gerade eingefallen, dass ich dir versprochen habe dir mehr Zeit zu geben. Du solltest dich erst hier oben bei uns einleben bevor ich ……, bevor wir……!"
Er lügt! Ich weiß, dass er mir nicht die Wahrheit sagt:
„Das stimmt nicht. Wenn du das wirklich gedacht hättest, hätte ich es gespürt. Aber das habe ich nicht. Da war nur plötzlich diese schwarze Wand und das Gefühl, dass du etwas vor mir verbergen willst."
„Ach Prinzessin! Ja, ich gebe es zu, ich wollte nicht, dass du meine Gedanken kennst. Ich weiß nicht warum, aber ich musste plötzlich an deine Brüder denken. All deine Brüder. Du weißt, ich bin über 500 Jahre alt und in dieser langen Zeit waren meine Brüder und ich oft in Kämpfe mit deinen Brüdern verwickelt. Ich weiß nicht, wie viele deiner Brüder bei diesen Kämpfen ums Leben kamen."
„Das war der Grund für diese schwarze Wand?"
„Ja!"
Oh, wie süß von ihm!
„Aber, ich habe doch von Anfang an gewusst, dass du eigentlich unser, mein Feind bist. Trotzdem bin ich hier bei dir und ich habe mir fest vorgenommen diesen langen Krieg zwischen meinen Brüdern und

euch endlich zu beenden. Wahrscheinlich weiß keiner von euch mehr warum es überhaupt geht. Mir zumindest konnte keiner meiner Brüder sagen was der Grund für eure Feindschaft ist."
Nardu nickt:
„Dabei helfe ich dir nur zu gerne. Doch jetzt frühstücken wir erst einmal. Danach stelle ich dir Alisia vor. Sie ist eine der Seniorinnen hier oben."
„Seniorin?"
„Wahrscheinlich weißt du gar nicht, dass jedes Jahr 10 Jungs und 10 Mädels hoch zu uns in die Nebelberge kommen. Hier oben gibt es sehr viel zu tun und meine Brüder und ich schaffen die Arbeit alleine einfach nicht. So übernehmen sie die verschiedensten Aufgaben. Ein Teil arbeitet übrigens als Gärtner in den Gemüsebeeten oder dem Obstgarten denn, wie ich dir schon gesagt habe, leben wir hier oben fast ausschließlich von Obst und Gemüse. Alle bleiben jeweils für 2 Jahre. Das erste Jahr nennen wir sie Junioren/innen, im zweiten Jahr werden sie zu Senioren/innen. Du erkennst wer wer ist an der Farbe ihrer Kaftane. Die der Junioren ist gelb, die der Senioren grün. Alisia ist, wie schon gesagt inzwischen Seniorin und hilft uns mit der Organisation.
Da ich hinunter nach Alting muss werde ich sie bitten dich den Jungs und Mädchen vorzustellen und dir alles hier oben zu zeigen. Ich hoffe, du hast nichts dagegen."
Es gefällt mir natürlich nicht, dass Nardu mich verlassen will, aber es ist nun mal nicht zu ändern. Ich bin mir sicher, auch er würde lieber bei mir bleiben.
„Nein, natürlich nicht. Bleibst du lange in Alting?"
„Ich weiß nicht wie lange es dauern wird, aber ich versuche spätestens zum Abendessen zurück zu sein.

Mein ganz persönlicher Dämon

Wie lange ich weg bin hängt vor allem von unseren Tempeldienern ab und was für Bitten an sie herangetragen wurden. Bitte sei mir nicht böse."

„Geh nur! Aber vorher frühstückst du sicher noch mit mir."

„Sicher, aber mir fällt gerade noch etwas ein: Du musst dich an so viel Neues gewöhnen. Daher sollten wir uns Zeit lassen bevor wir unsere Beziehung" er räuspert sich „intimer gestalten. Leb dich erst einmal ein. Aber du als Halbdämonin hast sicher schon von dem Trank gehört, der dich zu einem richtigen Dämon macht."

„Natürlich! Doch den darf nur der Halbdämon oder der Mensch trinken, der seinen idealen Partner, natürlich einen Dämonen, gefunden hat, denn der Trank wirkt nur wenn ein paar Tropfen frisches Blut genau dieses Dämons eingerührt werden. Für jeden, abgesehen von eben diesem idealen Partner ist dieser Trank daher tödlich."

„Dann muss ich dir ja nichts mehr erklären. Wir wissen schließlich beide, dass du mein perfektes Gegenstück bist. Daher sollten wir nicht länger warten. Ich werde für dich also diesen Trank zusammen mischen lassen."

„Warum schon heute? Du hast doch gerade gesagt dass es nicht eilt?"

„Hier oben vergeht die Zeit anders als unten auf der Erde. Du bist schon 20 und genau ab diesem Zeitpunkt alterst du in jedem Jahr hier oben um 10 Jahre. Die jungen Leute hier in den Nebelbergen kommen daher immer kurz nach ihrem 18. Geburtstag zu uns."

„Oh!"

„Du kannst es dir ja noch überlegen bis ich zurück bin. Übrigens, du musst keine Angst davor haben dieses

Gebräu zu trinken. Du bist schließlich schon ein Halbdämon! Für normale Menschen sind die Auswirkungen zwar ziemlich unangenehm, zumindest hat mir das Issi, die Frau meines Bruders Quenthor erzählt. Sie war übrigens wirklich ein ganz normaler Mensch. Aber auch sie hat alles gut überstanden, auch wenn es bei ihr fast 2 Tage gedauert hat bis sie endlich ein ganzer Dämon und damit unsterblich war. Doch jetzt frühstücken wir erst einmal zusammen."

Ich trinke zum ersten Mal in meinem Leben warme Schokolade – köstlich! Dazu esse ich frische Brötchen mit Butter und Marmelade. Leider bin ich aber schon nach 3 Brötchen total satt. Danach bittet Nardu Alisia herüber zu uns. Er stellt sie mir vor und damit auch Alisia weiß wer ich bin erklärt er ihr:
„Das ist Maringa. Sie gehört zu mir. Aber ich habe mir gedacht, es würde nicht schaden, wenn du sie allen hier oben bei uns vorstellen könntest. Maringa interessiert sich vor allem für unsere Gärten. Vielleicht kannst du sie ja etwas herumführen."
„Gerne Herr General!"
Nardu küsst mich leicht auf die Stirn, drückt meine Hand und dann, mit einem:
„Spätestens bei Sonnenuntergang bin ich zurück!"
Verschwindet er.
Er lässt mich einfach stehen! Gut, Alisia ist natürlich da und sie kümmert sich rührend um mich. Den Vormittag verbringen wir im Obstgarten und zwischen den Gemüsebeeten und ganz egal, welche Fragen ich habe, sie erklärt mir geduldig alles. Aber ich muss zugeben, so ganz wohl fühle ich mich trotzdem nicht. Wahrscheinlich liegt es daran, dass ich einfach so viele Menschen um mich herum nicht gewohnt bin. Aber ich versuche mir nichts anmerken zu lassen und

allmählich lässt diese Gefühl auch langsam nach.

Das Mittagessen nehmen wir zusammen mit all den anderen Bewohnern der Nebelberge ein, allen mit Ausnahme der drei Generäle natürlich. Aber wie ich erfahre ist das ganz normal. Die Generäle essen immer alleine. Wie man mir erklärt gibt es hier oben in den Nebelbergen kaum Fleisch. Da hier oben keine technischen Geräte, also auch keine Kühlschränke (was auch immer das ist) funktionieren würde Fleisch ziemlich schnell verderben. Das hat mir zwar Nardu auch schon erklärt, aber das muss ich ja nicht sagen. Außerdem, mir ist es nur recht dass es kaum Fleisch gibt. Ich esse sowieso lieber Gemüse und vor allem Obst.

Am Nachmittag lerne ich Issi kennen. Sie ist die Frau von Quenthor, einem von Nardus Brüdern. Natürlich interessiert es mich sehr wie es war, als Quenthor sie in einen Dämon verwandelt hat. Sie erklärt mir gerne, wie es war nachdem sie dieses, wie sie behauptet „unglaublich ekelige Gebräu" trank. Sie, als ganz normaler Mensch hatte fast zwei Tage zu leiden bis sie endlich verwandelt war. Ich hoffe, bei mir, dem Halbdämon wird es nicht so schlimm! Denn natürlich werde auch ich mich von Nardu, meinem blauen General verwandeln lassen. Ich kenne ihn zwar erst seit gestern, aber ich kann mir jetzt schon vorstellen, dass ich mein ganzes Leben mit ihm verbringen will.

Er ist so ganz anders als meine Brüder. Er sieht, mit seinen dunklen Haaren und trotzdem blauen Augen nicht nur ganz anders aus als sie, er ist auch so zärtlich und verständnisvoll wie es meine Brüder nie wären. Bisher haben wir uns zwar nur geküsst, doch bereits diese Küsse waren unglaublich. Drunten in unseren Erdlöchern hatte ich zwar keine Gelegenheit

Erfahrungen beim Küssen zu sammeln, dort lebten außer mir schließlich nur meine Brüder, aber ich kann mir nicht vorstellen, dass alle Männer so küssen können! Alleine der Gedanke daran und ich muss einfach über meine Unterlippe lecken.

Weiter als zu diesen heißen Küssen ist es aber leider nicht gekommen, was nicht an mir lag! Nardu wollte mir Zeit geben mich an mein neues Leben zu gewöhnen. Doch ich weiß ganz genau was ich will und mehr Zeit brauche ich ganz sicher nicht. Dank dieser Küsse musste schließlich auch Nardu zugeben, dass wir perfekt zueinander passen. Ich habe, wie gesagt, keine Ahnung was Küsse angeht, aber sogar ich kann mir nicht vorstellen, dass man bei jedem Kuss die Gedanken des jeweiligen Partners hören kann. Wahrscheinlich würde das nur zu größeren Problemen führen. Issi hat mir übrigens erzählt, dass sie die Gedanken von Quenthor nur sehr selten hören kann. Aber auch sie und Quenthor haben gespürt, dass sie füreinander bestimmt waren. Nur wie, das wollte sie mir nicht sagen: „später einmal, vielleicht!" Aber sie wurde alleine schon bei dem Gedanken daran feuerrot!

Nardu war leider nur kurz zum Abendessen hier, dann musste er noch einmal hinunter nach Alting. Er ist schließlich einer der drei Generäle und hat Aufgaben zu erfüllen! Doch sobald er wieder zurück ist, werde ich ihm sagen dass ich keine Bedenkzeit mehr brauche.
Es regnet in Strömen und es wird auch die nächsten zwei Stunden nicht aufhören. Angeblich ist das hier oben jeden Abend so. Damit es mir nicht zu langweilig wird, habe ich mich den Jungs und Mädchen

angeschlossen, die damit beschäftigt sind das schmutzige Geschirr abzuspülen. Neben mir steht ein Mädchen, sie heißt Angila. Wir trocknen die frisch gespülten Gläser ab. Geschirrspülen ist geistig nicht gerade anspruchsvoll, so haben wir genügend Zeit uns zu unterhalten. Irgendwann kommt Angila auf Nardu zu sprechen:

„Du und Nardu also!"

„Ja, wir kennen uns zwar noch nicht lange, aber zwischen uns hat es gefunkt – gewaltig!"

„So? Ich dachte eigentlich er wäre mit Solvana zusammen."

„Davon weiß ich nichts."

Muss ich zugeben. Aber natürlich bin ich jetzt schon eifersüchtig und will alle Details wissen. Angila ist es sichtlich peinlich, dass sie mit dem Thema angefangen hat.

„Oh, ich dachte der General hätte dir von Solvana erzählt. Da hätte ich wohl besser meinen dummen Mund gehalten. Außerdem stammt mein Wissen aus der Zeit als ich noch unten in Luthien gewohnt habe und das ist jetzt schon über einen Monat her. Wenn der General jetzt mit dir zusammen ist, hat er sich sicher inzwischen von Solvana getrennt."

„Woher weißt du das mit dieser Solvana eigentlich?"

„Könnten wir nicht einfach das Thema wechseln? Mir ist es peinlich genug, dass ich damit angefangen habe."

„Jetzt hast du mich neugierig gemacht, auch wenn ich sicher bin, dass der General sich inzwischen von dieser Solvana getrennt hat. Trotzdem, erzähl mir bitte, bitte alles."

„Na gut. Das Haus meiner Eltern steht direkt neben dem der Brawings; das sind Solvanas Eltern. Anfangs hat dort Solvana zusammen mit ihnen gelebt, doch die sind inzwischen schon lange tot. So lebt jetzt Solvana ganz alleine in dem Haus. Solvana ist etwas älter als ich und so haben wir als Kinder nicht miteinander gespielt und auch in der Schule hatten wir nicht viel miteinander zu tun. Aber natürlich kannten wir uns und haben uns auch gegrüßt.

Schon als Kind habe ich mich, wenn mir langweilig war, oft auf die Bank vor unserem Haus gesetzt und die Leute beobachtet. Das habe ich beibehalten, auch als ich älter wurde.

Bitte glaub mir, ich wollte wirklich niemanden ausspionieren, aber von meiner Bank aus sah ich genau den Eingang vom Haus der Brawings. Natürlich wusste ich, dass Solvana für zwei Jahre hoch in die Nebelberge musste. In der Zeit stand das Haus der Brawings leer. Doch dann war sie zurück und ich konnte von meiner Bank aus, ob ich wollte oder nicht sehen, dass der General Solvana fast jeden Abend besuchte.

Anfangs war mir nur klar, dass er einer der 3 Generäle sein musste. Seinen Namen erfuhr ich erst später von Solvana selbst. Der General kam immer zur gleichen Zeit. Jetzt, nachdem ich hier oben lebe weiß ich, dass das immer um die Zeit war wenn es hier oben zu regnen anfängt. Solvana wartete immer schon an der Haustür auf ihn. Sie verschwanden dann immer sehr schnell im Haus. Doch nach etwa 2 Stunden verabschiedete der General sich dann auch schon wieder.

Ich habe mich mit Solvana hin und wieder sogar über den General unterhalten. Sie machte kein Geheimnis aus ihrer Beziehung zu ihm. Wie sie mir erzählte kannte sie ihn schon aus ihrer eigenen Zeit hier oben in den Nebelbergen. Damals verbrachten sie viel Zeit zusammen. Doch dann musste sie die Nebelberge

wieder verlassen. Von ihr weiß ich auch, dass ihr Blauer General, ja alle Generäle nicht lange unten in Luthien bleiben können. Angeblich schwinden dann ihre Kräfte. Zumindest behauptete Solvana das. So blieb der General eben immer nur diese 2 Stunden bei ihr. Aber, wahrscheinlich um sein schlechtes Gewissen zu beruhigen hat er sie mit Geschenken überhäuft."
Irgendetwas ziemlich Lustiges fällt Angila ein und sie muss laut lachen.
„Entschuldige, aber mir ist gerade eingefallen, dass der General Solvana einmal eine riesige und sehr teure Flasche Parfüm geschenkt hat. Vielleicht kennst du es sogar, es heißt Nebelträume."
Oh ja, natürlich kenne ich es. Meine Brüder sind ganz verrückt nach dem Duft und schenken es gerne ihren jeweiligen Geliebten.
„Nicht mein Geschmack! Mir ist es zu blumig und viel zu süßlich."
Angila kichert in sich hinein:
„Solvana fand das auch. Aber was sollte sie machen! Ihr General liebte den Geruch. Daher benutzte sie es natürlich und sie war dabei so verschwenderisch, dass alles danach roch. Wahrscheinlich hoffte sie, dass die Flasche dann früher leer würde."
Es hört gerade zu regnen auf, als wir mit dem Geschirr fertig sind. Ich gehe also wieder hinüber in das Zelt von Nardu und habe es mir gerade bequem gemacht, als er auch endlich zurück ist. Er strahlt mich an, beugt sich herunter zu mir und gibt mir einen zärtlichen, aber sehr kurzen Kuss. Warum küsst er mich nicht intensiver? Ich habe ihn vermisst! Will er nicht, dass ich seinen Gedanken lauschen kann? Er denkt doch sicher momentan an mich, oder? Doch dann rieche ich es: Nebelträume!
„Puh, nach was riechst du denn?"

„Ach das! Ich war in Gedanken schon zurück bei dir und habe nicht auf den Weg geachtet. Da bin ich voll in einen Rosenstock gerannt!"
Was soll das? Rosen? Ich kann den Geruch von Rosen durchaus von diesem stinkenden Parfüm unterscheiden! Warum lügt er mich an? Irgendwie passt plötzlich alles zusammen: der Duft nach Rosen, oder besser der Gestank nach diesem Parfüm, seine Angst mich zu küssen, der abgebrochene Kuss heute morgen, bei dem es mit Sicherheit nicht um meine Brüder ging, sondern um diese Solvana. Außerdem kommt er wahrscheinlich jetzt, nach dem Regen gerade zurück von seiner Geliebten. Gut, vielleicht war er heute nur ein letztes Mal bei ihr um ihr zu beichten, dass er inzwischen seine perfekte Partnerin gefunden hat. Aber das könnte er eigentlich ruhig zugeben, oder? Vielleicht hat er ja noch gar nicht Schluss mit ihr gemacht?`Dann kann er mich natürlich jetzt nicht küssen. Heute früh, bei unserem Kuss konnte ich seine Gedanken hören. Gut, nicht alle, denn einige hatte er absichtlich blockiert. Soll ich Nardu sagen was ich denke? Nein! Er will nicht, dass ich von dieser Solvana weiß. Warum auch immer. Ich werde ihn irgendwann nach ihr fragen. Aber nicht heute!

Seit unserem Kuss besteht kein Zweifel mehr daran dass wir perfekt zueinander passen. Daran kann auch diese Solvana nichts ändern. Eigentlich könnte er mir also ruhig von ihr erzählen? Warum macht er das nicht? Täuscht Angila sich? Ist es zwischen Solvana und Nardu gar nicht aus? Aber warum behauptet Nardu dann ich wäre seine perfekte Partnerin? Außerdem ist da dieser unbeschreibliche Kuss!

Schon als kleines Mädchen hat man mir erzählt, dass

ich es sofort spüren werde, sobald ich meinen idealen Partner treffe. Angeblich können das nur für Dämonen und Halbdämonen spüren. Normale Menschen haben diese Fähigkeit nicht. Sie brauchen das auch nicht, schließlich leben sie nicht mal 100 Jahre. Aber ein Dämon! Für den gibt es keine Altersgrenze. Dämonen sind eigentlich unsterblich. Gut, sie können getötet werden aber sie sterben nicht an Altersschwäche oder irgendwelchen Krankheiten. Bei der Aussicht auf ein unendlich langes Leben ist es wichtig jemanden an seiner Seite zu haben der einen perfekt ergänzt. Ich bin zwar „nur" ein Halbdämon, aber auch für mich besteht die Möglichkeit unendlich alt zu werden, wenn mein Traummann ein richtiger Dämon ist. Er kann mich dann schließlich in einen richtigen Dämon verwandeln. So habe ich schon sehr früh angefangen von meinem Traummann bzw. Traumdämon zu fantasieren. Als ich Nardu sah, wusste ich sofort, dass er das war. Doch anscheinend hat mein Traummann kleine Fehler. Gut, Nardu hätte sicher auch nicht gedacht, dass seine ideale Partnerin ausgerechnet ein „Rotauge" sein würde.

Nardu hat eine kleine, verschlossene Flasche in der Hand. Die zeigt er mir jetzt:
„Ich habe dir diesen Trank mitgebracht. Du weißt schon, den, der dafür sorgt, dass du zu einem richtigen Dämon wirst, nicht nur die „Lightversion". Ich finde, es wird Zeit, dass du ihn trinkst. Du alterst schließlich hier oben viel zu schnell. Aber du musst keine Angst haben. Ich weiß zwar von Issi, dass es ihr nicht gerade gut ging nachdem sie das Gebräu getrunken hat, aber sie war ein ganz normaler Mensch und kein halber Dämon wie du. Ich bin mir sicher, du wirst keine größeren Probleme bekommen. Außerdem

bin ich ja bei dir. Ich lasse dich keinen Moment aus den Augen. Also, komm, gehen wir hinüber in mein Schlafzimmer. Dort kannst du entspannen und vielleicht sogar schlafen nachdem du das Zeug getrunken hast."

Eigentlich wollte ich dieses Gebräu wirklich heute Nacht trinken, aber momentan ist mir so gar nicht danach. Ich muss erst etwas klären, also versuche ich Zeit zu schinden:

„Ganz ehrlich, Nardu, ich finde es eilt wirklich nicht. Ich sollte mich erst einmal hier oben besser eingewöhnen. Das wolltest du doch auch. Ein, zwei Tage mehr machen schließlich nichts aus. So schnell altere ich dann auch wieder nicht. Außerdem, hast du etwas gegen reifere Frauen?"

Nardu sieht mich zwar ziemlich erstaunt an, meint aber:

„Wie du willst! Dann werde ich das Gebräu nur noch schnell in der Küche wegschütten bevor noch jemand auf die Idee kommt es zu trinken. Wie du weißt, ist es für jeden außer dir tödlich."

„Das kann ich machen wenn ich hinüber in mein Zimmer gehe."

„Aber wolltest du nicht hier bei mir schlafen?"

Nardu klingt sichtlich enttäuscht. Doch ich will eigentlich nur noch alleine sein und nachdenken. Mir muss ganz schnell eine Ausrede einfallen:

„Ich habe den Mädels versprochen ihnen morgen bei der Obsternte zu helfen und die beginnt schon um 5.00 Uhr."

„Kein Problem, ich wecke dich rechtzeitig!"

„Danke, aber Angila will mich wecken und wie sieht das aus, wenn ich dann nicht in meinem Zimmer bin. Ach und nur damit du es weißt, am Tag drauf ist der Gemüsegarten dran. Dieses Jahr sind schließlich zwei

Mädchen zu wenig da und sie brauchen jede Hand."

„2 Mädchen?"

„Eine davon ist Issi und die lebt, wie du sicher weißt, bei ihrem Grauen General, deinem Bruder und Xeria wurde wie man mir erzählte in irgend einem Heim untergebracht. Eigentlich hat ja auch noch einer der Jungs gefehlt, aber der konnte schnell ersetzt werden. Daher sind drüben im Haupthaus momentan sogar zwei Zimmer frei. Da ich dich so früh nicht wecken will, hat Alisia mir eines der Zimmer gegeben."

In dieses Zimmer ziehe ich mich jetzt zurück – alleine! Dass ich eigentlich die kleine Flasche mit dem ominösen Trank in der Küche wegschütten wollte, habe ich ganz vergessen. Ich habe sie immer noch in der Hand. Soll ich jetzt wirklich zurück in die Küche gehen? Ich könnte den Inhalt der Flasche ja auch einfach in meine Toilette kippen, oder? Andererseits bin ich mir immer noch sicher, dass ich die perfekte Partnerin von Nardu bin, Solvana hin oder her. Was spricht also dagegen, dass ich das Zeug trinke?

Ich weiß natürlich, dass es Issi über 24 Stunden wirklich schlecht ging nachdem sie den Trank intus hatte. Aber ich bin ein Halbdämon und sie war ein ganz normaler Mensch! Ich werde nicht so leiden müssen wie sie! Zumindest hoffe ich das, denn inzwischen habe ich mich dazu entschieden das Zeug jetzt sofort zu trinken, ohne Nardu!

Ich brauche ihn nicht! Gut, wenn da nicht diese Solvana wäre würde ich jetzt in seinen Armen liegen und er würde über mich wachen, aber es geht auch ohne ihn. Ja, mir ist klar, dass der Inhalt des Fläschchens mich tötet, wenn ich nicht wirklich die perfekte Gefährtin Nardus bin, aber ich bin mir absolut sicher, dass ich das bin. Außerdem, wollte ich nicht schon damals sterben als ich plötzlich ganz alleine in den Nebelbergen war?

Kapitel 10

Ich denke nicht lange nach, öffne das Fläschchen und schlucke den Inhalt hinunter. Warum hat mir niemand gesagt wie scheußlich das Zeug schmeckt? Ich renne zum Waschbecken und schlucke mindestens 1 Liter Wasser direkt aus dem Hahn bevor der ekelige Geschmack endlich vergeht. Dann will ich zurück zu meinem Bett, denn wenn die Verwandlung einsetzt sollte wahrscheinlich ich besser liegen.

Leider schaffe ich es aber nicht mehr ganz zurück – zumindest glaube ich das. Plötzlich wollen meine Beine nicht mehr so wie ich und auch meine Arme reagieren nicht mehr, ja mein ganzer Körper tut nicht mehr was er soll und nach wenigen Minuten spüre ich ihn nicht mal mehr. Ich kann zwar noch sehen, aber das ist auch schon alles. Wie gerne hätte ich jetzt Nardu hier bei mir! Doch ich kann ja nicht mal mehr nach ihm rufen.

Wie es aussieht habe ich es noch fast zu meinem Bett geschafft, denn zumindest mein Kopf scheint auf der Matratze zu liegen, wenn auch irgendwie schräg. Doch daran lässt sich jetzt nichts mehr ändern. Wäre Nardu hier, würde er mich jetzt sicher ganz vorsichtig aufs Bett legen und mich zudecken. Das habe ich davon, dass ich den blöden Saft getrunken habe ohne ihm etwas davon zu sagen. Ich kann jetzt nur hoffen, dass er mich wirklich liebt, denn wenn nicht, sterbe ich heute ganz alleine, ohne dass es jemand bemerkt. Wann wird man mich finden? Wird es Nardu sein oder jemand von den Juniorinnen? Zum Glück kann ich meine düsteren Gedanken nicht weiter spinnen, ich werde ohnmächtig!

Als ich wieder zu mir komme, scheint es, zumindest dem Sonnenstand nach, später Vormittag zu sein. Inzwischen liegt nicht mal mehr mein Kopf auf der Matratze, auch er liegt, zusammen mit dem Rest von mir ausgestreckt auf dem Boden vor dem Bett. Anfangs tue ich mich schwer damit meine Arme und Beine zu bewegen, aber es wird immer besser und bald kann ich sogar aufstehen, wenn ich dabei auch noch etwas schwanke. Jetzt brauche ich erst einmal eine lange, warme Dusche und dann etwas zum Essen. Unten, bei meinen Brüdern, hätte ich das Ziehen in meinem Magen einfach ignoriert, aber inzwischen habe ich mich schon viel zu sehr an das gute Essen hier oben gewöhnt.

Ich will gerade hinüber in die Dusche gehen, als mir einfällt, dass ich mich ja jetzt, als echter Dämon, eigentlich wünschen kann wohin ich will. Ich ziehe mich also aus und dann wünsche ich mich direkt in die Dusche – es funktioniert!

Anfangs bin ich noch etwas wackelig auf den Beinen, aber ich fühle mich von Minute zu Minute besser und nach einer herrlichen, langen Dusche habe ich Hunger. Ich wünsche mich in die Küche. Die ist um diese Zeit fast leer. Nur zwei der Jungs schnippeln irgendwelches Gemüse. Zum Glück stehen sie mit dem Rücken zu mir und haben nicht bemerkt dass ich wie aus dem Nichts plötzlich erschienen bin. Ich schnappe mir zwei Äpfel und ein paar Karotten, dann schlendere ich betont lässig hinaus ins Freie. Wie mir Nardu gesagt hat, sollen die Menschen hier oben nicht erfahren, dass wir Dämonen unsichtbar werden und uns wünschen können wohin wir wollen. Erst als ich sicher bin, dass mich niemand sieht, wünsche ich mich dorthin, wo Nardu mich gefunden hat. Hier setze ich mich erst einmal hin und verputze meine Schätze. Dann erkunde ich die Gegend hier oben.

Jetzt, als Dämon kann mir die grelle Sonne eigentlich nichts mehr anhaben, ich lasse aber trotzdem vorsichtshalber die Sonnenbrille auf.
Bei meinem Spaziergang entdecke ich einen Felsen in dessen Schatten ich mich ausruhen kann. Von hier wo ich sitze überblicke ich eine weite Ebene. Direkt vor mir liegt eine riesige Blumenwiese. Auf ihr schwirren Insekten herum und ich kann mich gar nicht satt sehen. Blumenwiese, Insekten, Sonne, all das gab es bisher nicht in meinem Leben. So bleibe ich einfach im Schatten sitzen und genieße den Anblick. Irgendwann scheine ich dabei eingeschlafen zu sein, denn als ich wieder aufwache, wird es schon dunkel. Ich kann nicht länger bleiben, schließlich habe ich noch etwas vor! Ja, ich will zum Haus dieser Solvana.
Ohne lange zu überlegen wünsche ich mich hinunter nach Alting. Doch zuvor ändere ich noch meine Kleidung. In Alting läuft schließlich niemand in einem bodenlangen Kaftan herum, ganz egal ob der gelb, grün, oder wie in meinem Fall blau ist. Doch als Dämon habe ich kein Problem damit. Ich stelle mir ein leichtes Sommerkleid vor und schon habe ich es an.

Ich weiß zwar nicht genau wohin ich muss, aber so groß ist Alting nicht und ich kenne schließlich den Nachnamen dieser Solvana: Brawing!
Ich muss nicht lange herum fragen. Die Brawings oder besser Solvana Brawing ist bekannt. So finde ich schnell ihr Haus. Das Haus daneben, mit der Gartenbank davor ist dann wohl das von Angila. Laut ihr kann man den Eingang zu Solvanas Haus von

dieser Gartenbank aus bequem beobachten. Das habe ich jetzt auch vor – natürlich unsichtbar!
Lange Zeit tut sich gar nichts und ich werde allmählich ungeduldig. Habe ich Nardu Unrecht getan? Hat er sich gestern wirklich nur von Solvana verabschiedet? Ich will mich gerade wieder hoch in die Nebelberge wünschen, als er, leider, doch noch erscheint – der Mistkerl!

Solvana scheint hinter der Tür schon auf ihn gewartet zu haben, denn Nardu muss nicht läuten. Kaum steht er vor der Tür, öffnet die sich und Solvana, wohlgemerkt eine sehr nackte Solvana schlingt ihre Arme um meinen Traummann! Als ich das sehe wird mir schlecht, sehr schlecht. Ich wünsche mich schnell hinters Haus. Ich schaffe es gerade noch bevor ich mich übergebe. Als ich mich zurück auf die Gartenbank wünsche ist von Nardu und seiner Solvana natürlich nichts mehr zu sehen. Eigentlich habe ich ja auch genug gesehen, doch dann geht in einem der Fenster Parterre das Licht an und vor genau diesem Fenster stehen Mülltonnen!
Ja, ich gebe es zu, ich bin neugierig! Wer an meiner Stelle wäre das nicht? Zumal die Vorhänge an dem Fenster, wie ich sogar von der Gartenbank aus sehen kann, nicht geschlossen sind. Ich wünsche mich also, selbstverständlich unsichtbar auf eine der Mülltonnen. Von hier kann ich fast das ganze Zimmer, es ist übrigens das Schlafzimmer, überblicken. Warum nur bin ich sooo neugierig? Jetzt werde ich das Bild, das sich mir bietet sicher nie mehr vergessen können! Es hat sich in mein Gedächtnis eingebrannt: Solvana räkelt sich nackt auf dem breiten Bett und Nardu hat bereits sein T-Shirt ausgezogen und ist gerade dabei seine Hose fallen zu lassen!

Doch plötzlich gibt es einen lauten Knall: der Deckel der Mülltonne hält meinem Gewicht nicht stand. Ich kann mich gerade noch rechtzeitig auf den Boden daneben wünschen, als sich das Schlafzimmerfenster auch schon öffnet und Nardu sich (mit nacktem Oberkörper) heraus beugt:
„Der Deckel von einer der Aschentonnen ist zerbrochen und liegt jetzt neben der Tonne."
Jetzt erscheint auch Solvana natürlich nackt am Fenster:
„Diese schrecklichen Katzen! Wahrscheinlich haben sie den Deckel hinunter geworfen und dabei ist er zersprungen!"
Ich habe genug und wünsche mich zurück in mein kleines Zimmer auf den Nebelbergen.

Ich weiß nicht, wie lange ich dort auf meinem Bett sitze und heule. Immer wieder sehe ich Nardu vor mir wie er gerade seine Hose auszieht und Solvana, wie sie sich nackt vor ihm räkelt. Irgendwann habe ich keine Tränen mehr und kann allmählich auch wieder etwas klarer denken. Ich will nicht, dass Nardu mich findet. Er wird natürlich davon ausgehen, dass ich heute in meinem kleinen Zimmer schlafen werde. Was ist, wenn er sich nach seinem Ausflug zu seiner Solvana hierher wünscht? Obwohl, warum sollte er? Allerdings gestern ist er auch zurück gekommen. Angila hat was davon gesagt, dass er nicht lange unten in Alting bleiben kann. Wenn das stimmt, muss er ja zurück in die Nebelberge kommen. Was ist, wenn er mich dann sucht? Ich werde also nicht hier bleiben können. Aber wo kann ich dann schlafen? Obwohl schlafen, schlafen werde ich sicher nicht. Mir fehlen meine Brüder! Ohne lange zu überlegen wünsche ich mich zurück zum Eingang der Höhle aus der heraus wir losziehen wollten um uns etwas Gemüse zu holen. Zum Glück hat es inzwischen bereits aufgehört zu regnen.

Ja, ich weiß natürlich, dass nur noch der Eingang zur Höhle existiert und der Rest der Höhle zugeschüttet wurde um den Gang hinunter zu meinen Brüdern unpassierbar zu machen. Trotzdem zieht es mich hierher. Ich kenne mich in den Nebelbergen noch nicht wirklich gut aus und ich bin mir sicher, dass dieser Eingangsbereich zumindest trocken ist. Außerdem, soweit ich mich erinnere musste man von hier lange gehen um die Gärten zu erreichen. Ich werde dort also vermutlich ziemlich ungestört sein. Einen Moment lang überlege ich sogar, ob ich mich nicht einfach hinunter zu meinen Brüdern wünschen soll. Doch ich verwerfe den Gedanken sofort wieder. Ich weiß nicht genau, wo unsere Höhlen sind, weder wie tief in der Erde, noch in welcher Richtung. Gut, ich könnte es natürlich auf gut Glück versuchen, aber die Chancen, dass ich die Höhlen verfehle und irgendwo mitten in den undurchdringlichen Felsen stecken bleibe ist einfach zu groß.

Im Eingangsbereich der Höhle wird mich wahrscheinlich niemand suchen.

Da es hier drinnen so dunkel ist, dass ich nicht mal die Hand vor meinen Augen sehen kann wünsche ich mir als Erstes eine brennende Kerze. In ihrem Schein suche ich mir ein möglichst ebenes Stückchen Erde, was nicht so einfach ist, da durch die Explosion die den Eingang hinunter zu meinen Brüdern verschüttet hat überall kleinere oder größere Felsbrocken herumliegen. Ich muss ein paar davon wegräumen. Dann kreiere ich eine Decke und ein weiches Kissen für mich.

Ich habe schon schlechter geschlafen. Gut, ich hatte natürlich Alpträume.

Am nächsten Morgen warte ich, bis sich wahrscheinlich kaum noch jemand im Haupthaus aufhält, bevor ich mich dorthin wünsche. Ich könnte auch einfach so in den Speisesaal gehen, keiner würde sich darüber wundern, aber ich will einfach auf niemanden treffen und mit niemandem reden.
Gestern Abend war mir der Appetit restlos vergangen, aber obwohl ich auch heute noch immer Nardu und die nackte Solvana vor mir sehe, habe ich Hunger. Wie ich richtig vermutet habe ist der Speisesaal menschenleer. Doch das Essen wurde noch nicht komplett weggeräumt.
Da ich niemanden treffen will, schnappe ich mir einfach etwas Brot, ein Glas Marmelade und ein Messer und wünsche mich zurück zur Höhle. Leider habe ich nichts zu Trinken mitgenommen. Da ich aber bald Durst bekomme, überlege ich, ob ich mich noch einmal ins Haupthaus wünschen soll. Doch inzwischen sind sicher einige der Bewohner zurück. Gut, ich könnte mich natürlich unsichtbar machen, das würde aber nur funktionieren solange mich niemand berührt.

Vielleicht finde ich ja irgendwo eine Quelle oder einen kleinen Bach aus dem ich trinken kann. Wenn nicht, bleibt mir immer noch der Speisesaal.

Ich finde tatsächlich einen kleinen Bach aus dem ich trinken kann. Das Wasser ist glasklar und eiskalt. Trotzdem ziehe ich meine Schuhe aus und halte meine Füße hinein. Erst muss ich die Luft anhalten, so kalt ist da Wasser, aber je länger meine Füße im Wasser bleiben, um so angenehmer wird es. Ich überlege sogar, ob ich mich nicht ausziehen und ein kurzes Bad nehmen sollte, doch dann höre ich hinter mir plötzlich ein:

„Da bist du ja! Ich habe dich überall gesucht!"

Nardu! Er hat mich also doch gefunden. Erst erschrecke ich furchtbar, doch dann fällt mir ein, dass ich eigentlich keinen Grund dazu habe. Schließlich habe ich ja nichts zu verbergen.

Ich antworte nicht. Was soll ich auch sagen? Nardu erwartet aber anscheinend auch gar keine Antwort von mir, denn er redet einfach weiter:

„Ich suche dich schon seit gestern. Du hast gesagt du würdest im Obstgarten oder bei den Gemüsebeeten helfen. Aber dort warst du nicht und niemand wusste wo du sein könntest. Warum hast du mich angelogen?"

Ich glaub's nicht! Ich habe ihn angelogen? Verdreht er da nicht die Tatsachen etwas?

Jetzt erst drehe ich mich um zu ihm:

„Ich habe gelogen?"

„Wie soll ich das sonst nennen? Du hast gesagt du hilfst im Gemüsegarten und bei den Obstbäumen!"

„Ja, da habe ich dann wohl gelogen."

„Allerdings!"

Versucht er jetzt tatsächlich mir ein schlechtes Gewissen einzureden? Das wird er nicht schaffen, ich bin schließlich unter lauter Brüdern aufgewachsen und auch die waren der Meinung: Angriff ist die beste Verteidigung! Nardus Stimme wird allmählich immer lauter. Aber, wie gesagt, ich kenne auch das – von meinen Brüdern!

„Ich dachte du und ich, zwischen uns gäbe es keine Lügen!"

Warum lügt er mich dann an? Und vor allem, warum betrügt er mich?

„Es gibt Lügen, es gibt Lügen und es gibt Lügen!"

„Was soll der Blödsinn?"

Jetzt klingt er nicht nur laut, er wird auch allmählich ungeduldig. Auch das kenne ich von meinen Brüdern.

„Du erinnerst mich immer mehr an meine Brüder. Sie waren auch der Meinung wer am lautesten Brüllen kann hat recht!"

„Ich brülle nicht!" Brüllt er!

„Doch! Aber weißt du was, brüll du einfach so lange und so laut wie du willst. Dazu brauchst du mich ja nicht. Wenn du dich dann wieder beruhigt hast, können wir uns ja in aller Ruhe über deine Geliebte unterhalten."

Nardu zuckt tatsächlich zusammen. Er ist plötzlich ziemlich leise:

„Du weißt von ihr?"

„Ja!"

„Bitte, lass mich erklären: ich musste doch noch einmal zu ihr um ihr zu sagen, dass jetzt du die wichtigste Person in meinem Leben bist."

Jetzt lügt er doch tatsächlich schon wieder!

„Aber natürlich! Dazu musstet ihr unbedingt im Schlafzimmer verschwinden – nackt!"

Jetzt hat Nardu endlich begriffen und einen feuerroten Kopf:

„Du warst das auf den Aschentonnen?"

„Ja! Ihr hättet wenigstens die Vorhänge zuziehen können!"

Ich habe genug von seinen Lügen und warte nicht

mehr auf seine Antwort. Stattdessen wünsche ich mich in mein kleines Zimmer im Haupthaus. Dort schmeiße ich mich auf mein Bett und heule, heule, heule. Ich habe keinen Hunger, keinen Durst und keine Lust zu irgendetwas. In Gedanken sehe ich immer nur Nardu vor mir wie er gerade seine Hose auszieht, oder höre wie er versucht mich immer und immer wieder anzulügen. Irgendwann, die Sonne ist schon lange untergegangen, schlafe ich ein, aber auch im Traum sehe ich Nardu weiter mit heruntergelassener Hose vor mir und, noch schlimmer, Solvana lacht mich schallend aus.

Am nächsten Morgen wache ich auf und fühle mich immer noch miserabel. Doch ich habe wenigstens Hunger. Also marschiere ich nach einer kalten Dusche, gekleidet in einen blauen Kaftan, hinüber in den Aufenthaltsraum. Dort sind zwar schon alle Senioren/innen bzw. Junioren/innen beim Frühstücken und sämtliche Tische besetzt bis auf einen für zwei Personen, ganz hinten in der Ecke. Ich habe Angst davor den voll besetzten Speisesaal zu betreten, denn unten in den Höhlen waren immer nur meine Brüder und ich. Aber ich nehme all meinen Mut zusammen und durchschreite den Saal so schnell wie möglich. Da ich sowieso keine Lust auf Unterhaltung habe ist mir der Tisch ganz hinten gerade recht.

Nach dem Frühstück geht es mir etwas besser. Daher frage ich Alisia ob ich irgendwo helfen kann. Natürlich findet sie Arbeit für mich – im Gemüsegarten. Zum Glück arbeitet man dort immer in kleinen Gruppen und außerdem sind dort alle ziemlich beschäftigt und niemand hat Lust sich mit mir zu unterhalten. Das ändert sich aber leider beim Mittagessen. Doch nachdem ich zu erkennen gebe, dass mir heute nicht nach Unterhaltung ist, werde ich in Ruhe gelassen.

Spätabends kehre ich, todmüde, zurück in mein Zimmer. Dort steht mitten auf dem Tisch ein riesiger Blumenstrauß. Die Blumen verströmen einen so intensiven Duft, dass ich hier sicher nicht schlafen kann. Also packe ich den Strauß und trage ihn hinüber in den Aufenthaltsraum. Aber, ich muss zugeben, meine Laune hat sich bei seiner Ansicht etwas gebessert und ich kann ohne Alpträume die Nacht durchschlafen.

Zum Frühstück setze ich mich wieder an den Tisch ganz hinten, obwohl Alisia meint, ich könnte mich gerne als 5. Person zu ihnen an den Tisch setzen. Ich lehne dankend ab. Ich bin nicht an Gesellschaft interessiert.

Ich habe gerade mein erstes Brötchen verputzt, als plötzlich alle Gespräche verstummen und alle Augen in Richtung Eingang starren:
Nardu!
Was will er hier? Frühstücken? Wohl kaum!
Auch ich, am anderen Ende des Frühstücksaales starre ihn an! Ich kann nicht anders. Und mir gefällt was ich sehe – sehr sogar. Er ist aber auch ein sehenswertes Exemplar von einem Mann! Groß, Muskeln an den genau richtigen Stellen, braungebrannt, schmale Taille und erst sein Gesicht! Die Augen hell und strahlend und erst der Mund! Nein, ich muss mich beherrschen und ganz schnell an ihn im Schlafzimmer zusammen mit Solvana denken!
Ja, das hilft!
Nardu hat sich inzwischen im Saal umgesehen und

dabei wahrscheinlich auch mich entdeckt, aber er kommt nicht zu mir. Er bleibt einfach in der Nähe der Tür stehen. Dort stehen de großen Kaffeekannen. Er schenkt sich eine Tasse ein und trinkt sie langsam und genüsslich aus. Dann lächelt er mich an, nickt mir zu und verschwindet wieder. Einfach so, ohne ein Wort zu sagen.

Leider ist dafür aber das Mädchen am Tisch vor mir, ich weiß nicht wie sie heißt, nicht zu überhören:

„Hast du das gesehen?"

„Was denn?" Will eine der drei anderen am Tisch wissen.

„Der General! Er hatte nur Augen für mich!"

„Ach hör doch auf!"

„Doch und er hat mir zugenickt!"

„Aber, das galt doch nicht dir! Weißt du denn nicht, dass das am Tisch genau hinter dir seine Freundin ist?"

„Seine Freundin? Der Blaue General hat keine Freundin, das wüsste ich!"

Die Fremde, sie ist mir auf Anhieb unsympathisch, dreht sich zu mir um und mustert mich von Kopf bis Fuß:

„Nein, das ist nicht seine Freundin. Sonst würde sie nicht hier mit uns frühstücken. Sie ist nur eine von uns."

„Warum glaubst du ist ihr Kaftan dann blau und nicht gelb oder grün wie der von uns?"

„Ganz einfach, weil sie eine Nachzüglerin ist. Du kannst dich doch sicher noch daran erinnern, dass Issi uns verlassen hat weil sie zu diesem Grauen General gezogen ist und dann war da auch noch die verrückte Xeria. Uns fehlen also zwei Arbeitskräfte und die Arbeit wurde leider nicht weniger. Da wurde es Zeit, dass wir Ersatz bekamen."

Nach dem Frühstück und auch noch nach dem Mittagessen helfe ich im Gemüsegarten. Zum Glück treffe ich dort nicht auf diese unangenehme Juniorin vom Frühstück. Als ich abends, todmüde in mein Zimmer gehe, liegt dort auf dem Bett eine einzelne, langstielige rote Rose.
Irgendwie kann ich die ganze Nacht durchschlafen und habe wundervolle Träume, in denen immer wieder den Duft von Rosen, echten Rosen eine beruhigende Wirkung haben.

Zum Frühstück setze ich mich wieder an den Tisch ganz hinten im Raum, obwohl heute noch andere Tische frei wären. Aber ich bin lieber für mich und an das Zusammensein mit all den anderen jungen Männern und Frauen muss ich mich, nach all den Jahren ganz alleine mit meinen Brüdern unten in den dunklen Höhlen, erst noch gewöhnen. Ich hoffe nur, dass ich mit meinem Frühstück bereits fertig bin, wenn diese unangenehme Frau von gestern auftaucht, oder dass sie sich wenigstens an einen anderen Tisch setzt. Leider habe ich aber kein Glück. Kaum sitze ich, erscheint auch sie und mit ihr die anderen drei Frauen. Anscheinend sind das ihre Freundinnen. Sie setzt sich natürlich wieder auf den selben Platz wie gestern, mit ihrem Rücken zu mir. Jetzt hoffe ich nur, dass Nardu seinen Kaffee heute drüben in seinem Zelt trinkt. Doch auch dieser Wunsch geht nicht in Erfüllung. Wie gestern füllt er sich eine Tasse mit Kaffee, setzt sich aber an keinen der Tische, wo man sicher sofort für ihn Platz gemacht hätte. Während er sie trinkt suchen seine Augen nach mir. Natürlich braucht er nicht lange bis er mich entdeckt. Er lächelt mich an. Dann, als er seinen Kaffee getrunken hat, nickt er mir zu, dreht sich um und verschwindet wieder. Ich bleibe, leicht verwirrt zurück, muss aber zugeben, dass ich sein Verhalten irgendwie süß finde. Doch leider, ebenfalls wie gestern fängt jetzt dieses entsetzliche Weib vom Nebentisch an zu nerven:

„Habt ihr das heute auch wieder nicht gesehen? Er hatte nur Augen für mich, oder? Was sagt ihr?"

„Ach Tarja, wie oft müssen wir dir das noch sagen? Er meint nicht dich, sondern seine Freundin am Tisch genau hinter dir. Ich glaube, sie heißt Maringa. Zumindest hat Alisia sie uns so vorgestellt. Sie hat uns sogar gebeten uns um Maringa zu kümmern so lange der Blaue General keine Zeit für sie hat. Das musst du doch auch wissen, oder?"

„Ich? Alisia habe ich schon länger nicht gesehen. Wann soll das gewesen sein?"

„Vor ein paar Tagen."

„Das war dann wohl an dem Tag als ich Seven half die Wäsche einzusammeln."

„Möglich. Trotzdem, auch wenn du das nicht mitbekommen hast, Maringa ist die Freundin vom Blauen General."

„Du meinst wohl sie **war** seine Freundin! Wie gesagt war! Oder glaubst du wirklich sie würde hier mit uns frühstücken, wenn sie noch mit dem General zusammen wäre?"

„Ach Tarja!"

„Es ist mir egal, ob ihr mir glaubt, oder nicht. Ich weiß, der Blaue General hat mich und nur mich angelächelt und mir zugenickt."

Ich würde mir am liebsten die Ohren zuhalten, aber das würde wahrscheinlich nur ziemlich albern aussehen und ich würde trotzdem alles hören, denn leise spricht diese Tarja wirklich nicht. Wahrscheinlich weil sie will, dass ich höre was sie zu sagen hat. Obwohl ich Marmeladenbrötchen liebe ist mir der Appetit vergangen. Ich möchte nur noch weg. Aber dazu müsste ich direkt an dieser blöden Tarja vorbei! Gut, ich könnte mich natürlich einfach nach draußen wünschen, doch es würde auffallen, wenn ich plötzlich verschwunden wäre. Also bleibe ich sitzen und warte, bis die Vier vom Tisch direkt vor mir endlich mit ihrem Frühstück fertig sind und verschwinden.

Heute hilft auch Issi im Gemüsegarten. Eigentlich freue ich mich sie zu sehen, andererseits habe ich Angst davor dass sie mich nach Nardu fragt. Leider passiert aber genau das. Schon nach ein paar belanglosen Worten will sie wissen:
„Sag mal Maringa weißt du, was mit Nardu los ist? Er spricht kaum und wenn man ihn fragt was mit ihm ist presst er nur seine Lippen zusammen, sagt aber nichts. Quenthor und Vengor machen sich schon richtig Sorgen um ihn."
„Ach Issi, ich würde lieber nicht darüber sprechen."
„Ihr habt gestritten?"
„Eigentlich nicht. Aber wir haben Probleme."
„Jetzt erzähl schon. Es wird dir gut tun darüber zu reden."
„Nein, das glaube ich nicht."
„Bitte!"
Ich muss einfach mit jemandem reden:
„Er hat eine Geliebte."
„Das gibt's doch nicht! Es geht also tatsächlich immer noch um diese Solvana?"
„Ja!"
„Aber er wollte doch schon lange mit ihr Schluss machen. Zumindest hat er das behauptet und das war bevor er dich kannte."

„So? Ja, dann hat er es sich offensichtlich anders überlegt. Er hat sie definitiv noch getroffen nachdem er mit kennengelernt hat."
„Vielleicht täuscht du dich ja!"
„Oh nein, ganz sicher nicht. Ich habe sie gesehen!"
Erst schaut Issi mich nur ungläubig an, aber als ich nicke meint sie: „Mist!"
„Du sagst es. Doch Issi, bitte reden wir von etwas anderem."
„Aber natürlich. ..... Hast du eigentlich schon mal eine dieser Baumbeeren probiert?"
„Baumbeeren? Nein!"
„Dann komm, ich weiß wo ein Baumbeerenbaum steht. Du musst unbedingt mal eine kosten."
Gesagt, getan. Die Baumbeeren schmecken so köstlich, dass ich einen kurzen Augenblick lang sogar Nardu vergesse.

Irgendwie vergeht auch dieser Tag, obwohl ich zugeben muss, dass ich immer öfter an Nardu denke und es kaum noch hilft, dass ich ihn mir in den Armen von Solvana vorstelle. Immer öfter ertappe ich mich bei dem Gedanken wie es wäre, wenn ich das in seinen Armen wäre.

Als ich total erschöpft und müde endlich mein Zimmer öffne, erwarte ich eigentlich wieder eine rote Rose auf meinem Bett zu finden, doch statt dessen steht dort eine riesige Flasche Parfüm. Leider erkenne ich aber auch sofort um welches Parfüm es sich handelt: „Nebelträume"!
Meine Müdigkeit ist schlagartig verflogen und ich bin nur noch wütend: Was bildet sich dieser verrückte Kerl, nein Dämon ein? Will er tatsächlich dass ich genau so rieche wie seine Geliebte? Ode denkt er

sogar dass ich dann nicht mehr feststellen kann ob er sie gerade wieder besucht hat? Ich werde ihm zeigen was ich von seinem Geschenk halte! Ich schnappe mir die Flasche und wünsche mich, innerlich vor Wut schäumend, direkt hinüber ins Zelt von Nardu. Obwohl es bereits zu Regnen angefangen hat ist er zuhause. Er ist also zumindest nicht bei seiner Geliebten! Ich weiß nicht, was ich gemacht hätte wäre er nicht da und stattdessen unten bei seiner Solvana. Aber zum Glück, oder zu seinem Pech ist er ja hier! Als ich ihn sehe schleudere ich die Parfümflasche mit einem:
„Was bildest du dir ein? Soll ich vielleicht genau so stinken wie deine Geliebte?"
gegen den Felsen der die hintere Wand seines Zeltes bildet. Die Flasche zerbricht in tausend Scherben und der intensive Gestank von „Nebelträume" breitet sich aus. Nardu ist momentan sprachlos und, bevor er sich so weit fängt, dass er antworten kann, bin ich schon wieder verschwunden und zurück in meinem Zimmer. Dort werfe ich mich laut heulend auf mein Bett.

Erst nach etwa einer Stunde habe ich mich wieder so weit gefasst, dass ich mich aufrapple um zu duschen. Nach der Dusche geht es mir wieder richtig gut. Meine Wut ist verflogen und ich kann sogar über das dumme Gesicht Nardus lachen als er begriff was ich vorhatte.
Ich überlege gerade ob ich zum Schlafen eines meiner T-Shirts anziehen oder mir ein leichtes, sexy Nachthemd kreieren soll, als es an der Tür klopft. Immer noch nur in mein Badetuch gewickelt öffne ich und Nardu, mit einem Kopfkissen unter seinem Arm steht vor mir:
Mit einem: „Ich bitte um Asyl!" tritt er ein.
Noch bevor ich antworten kann meint er:
„Mein Zelt ist momentan unbewohnbar. Es stinkt

entsetzlich nach diesem Duftwasser. Ich verstehe jetzt nur zu gut, dass du es nicht magst. Bitte lass mich hier bleiben. Schmeiß mich nicht raus!"
Er sieht so süß und unschuldig aus und seine sanften, blauen Augen flehen mich an. Was soll ich da schon sagen außer:
„Natürlich kannst du bleiben. Aber" ich deute auf mein wirklich schmales Bett „du wirst auf dem Boden schlafen müssen!"
Nardu lächelt nur und schon verschwindet mein schmales Bett, der kleine Tisch sowie der Stuhl davor und stattdessen steht da plötzlich ein riesiges Bett das die ganze Breite meines kleinen Zimmers einnimmt. Dann nimmt er mich in seine Arme und küsst mich und ich finde es wunderbar. Ich denke nur noch an Nardu und diese wundervollen Gefühle die er in mir auslöst. Als er dann, viel zu früh, seine Lippen von meinen löst und meint:
„Entschuldige, aber ich konnte nicht widerstehen. Doch natürlich ist mir klar, dass ich dir viele Fragen beantworten muss, bis ich dich wirklich in meine Arme nehmen darf."
Fragen? Ich? Was meint er? Warum? Ich will einfach nur, dass er mich weiter küsst und an sich drückt. Ich muss mich zwingen daran zu denken was er meinen könnte, als es mir wieder einfällt:
„Nein, momentan interessiert mich nur ob du so gut bist wie ich hoffe. Sicher, da ist dieses Gefühl das zwischen Dämonen entsteht die gut zusammen passen, aber das heißt ja nicht, dass wir in jeder Beziehung, also auch ....., ach du weißt schon ......!"
Es ist mir peinlich es auszusprechen.
„Du meinst im Bett? Du meinst ob ich deinen sexuellen Ansprüchen genüge?"
„Ja, ich glaube genau das meine ich. Ich habe zwar

diesbezüglich keine Erfahrungen, aber meine Brüder waren nicht gerade prüde wenn sie von ihren Abenteuern erzählten. Hin und wieder war auch die eine oder andere ihrer Gespielinnen bei uns und die schwärmten von meinen Brüdern. Angeblich sind aber nicht alle Männer gleich gut."

„Oh Prinzessin!, ich glaube, du wirst keine Klagen haben. Schon diese kleinen Küsse auf deinen Mund sind unglaublich. Ich träume schon seit Tagen davon, wie es dann erst sein wird, wenn ich dich am ganzen Körper mit meinem Mund und meiner Zunge küsse."

„Mmh! Überall?"

Ich kann seinen Mund irgendwie schon jetzt zwischen meinen Brüsten spüren.

„Ja und an manchen Stellen mehr als an anderen."

Ich bringe keinen Ton mehr heraus, beiße statt dessen nur leicht in meine Unterlippe.

„Glaub mir, du wirst es lieben! Ich verspreche dir, du wirst alleine von meinen Küssen schon deinen ersten Orgasmus erleben und wenn wir uns dann lieben werden wir nicht genug voneinander bekommen können. Wir werden nur pausieren wenn du vor Erschöpfung in meinen Armen einschläfst."

Natürlich glaube ich ihm jedes Wort, aber ich kann's nicht lassen, ich muss Nardu noch mehr anstacheln:

„Wir werden sehen!"

„Kleines Biest!"

Irgendwie liegen wir plötzlich auf diesem riesigen, herrlich weichen Bett und sind beide nackt.

Was soll ich sagen, er hat nicht übertrieben, im Gegenteil! Ich weiß nicht, wie oft ich in seinen Armen einen Orgasmus erlebe – einer herrlicher als der andere. Hin und wieder schlafen wir aber tatsächlich auch total erschöpft ein, nur um bald wieder

Mein ganz persönlicher Dämon

aufzuwachen und festzustellen, dass wir immer noch nicht genug von einander haben. Ich konnte die ganze Nacht spüren wie sehr Nardu mich begehrte. Er ließ mich die ganze Nacht seine Gedanken hören - alle. Natürlich konnte auch er ständig meine Gedanken spüren und wusste daher immer was mir besonders gut tat und was nicht.

Als ich am Morgen aufwache hat sich die ganze Welt verändert, oder bin das ich? Ich habe mich noch nie so unglaublich gut gefühlt. Irgendwie von innen heraus komplett. Mein Kopf liegt auf Nardus Brust und das ist genau der Platz wo er hin gehört. Nardu schläft noch und ich bewege mich nicht um ihn nicht zu wecken. Er hat sich seinen Schlaf aber auch wirklich redlich verdient. Doch dann, nach wenigen Augenblicken fängt seine Hand an mich zu streicheln. Ich hebe meinen Kopf um ihm in die Augen schauen zu können.
„Guten Morgen!"
Wir küssen uns und sofort kann ich wieder spüren wie sehr Nardu mich liebt. Es ist als wäre ich in einen Kokon aus Liebe gewickelt.

Noch vor dem Frühstück muss Nardu leider hinunter nach Alting. Da wir vermuten, dass sein Zelt noch immer nicht bewohnbar ist, werde ich alleine hinüber in den Speisesaal gehen und dort auf ihn warten. Er verspricht mir nicht lange in Alting zu bleiben. Ich weiß inzwischen, dass er für sämtliche Bauvorhaben in Luthien zuständig ist und da gibt es selbstverständlich immer viel zu tun:
„Prinzessin, ich muss nur ganz kurz mit meinen Architekten und den Baufirmen reden damit sie wissen was heute so ansteht. Dann komme ich sofort zurück

zu dir und nehme mir den ganzen Tag für dich frei."
„Bitte beeile dich!"

Ich könnte mir natürlich jedes Outfit kreieren das mir einfällt, aber ich bleibe bei meinem blauen Kaftan. Dann marschiere ich hinüber in den Frühstücksraum. Wieder hoffe ich vergeblich, dass diese unangenehme Tarja bereits gefrühstückt oder vielleicht wenigstens verschlafen hat. Aber natürlich sitzt sie zusammen mit ihren drei Freundinnen, ebenfalls Seniorinnen wie sie, schon an ihrem Tisch als ich den Saal betrete. Aber wenigstens sagt sie nichts, starrt mich nur böse an, als ich an ihr vorbei muss um meinen Stammplatz ganz hinten zu erreichen.
Wie versprochen dauert es nicht lange bis Nardu endlich erscheint. Er hat wieder nur Augen für mich, als er den Saal durchquert. Dass ihn alle anstarren bemerkt er wahrscheinlich gar nicht. Bevor er sich neben mich setzt beugt er sich herunter zu mir und küsst mich zärtlich. Eigentlich sollte Tarja uns ihren Rücken zukehren, aber natürlich hat sie sich umgedreht als Nardu mich „Prinzessin" nennt und mich küsst. Prompt kann sie das nicht unkommentiert lassen:
„Oh wie süß! Jetzt ist sie sogar seine Prinzessin! Wenn der wüsste was sie in seiner Abwesenheit so treibt!"

Natürlich hat Nardu gehört was diese dumme Kuh gerade gesagt hat, denn es war mit Sicherheit im ganzen Saal zu hören. Nardu verdreht die Augen, sagt kein Wort, steht aber auf und geht hinüber an den Nachbartisch. Direkt neben Tarja bleibt er stehen:
„Wenn du mir oder Maringa etwas zu sagen hast, dann komm an unseren Tisch und brülle nicht so laut, dass es der ganze Saal mitbekommt."

Tarja ist irgendwie auf ihrem Stuhl zusammengeschrumpft, antwortet aber nicht.

„Also steh endlich auf!"

„Nein!"

Jetzt reicht es Nardu anscheinend:

„Das war keine Bitte!"

Jetzt mischt sich das Mädchen direkt neben Tarja ein:

„Du solltest tun was er sagt. Er ist schließlich einer der Generäle!"

Anscheinend wird das Tarja jetzt auch bewusst, denn sie steht auf und kommt, mit gesenktem Kopf an unseren Tisch. Nardu lässt ihr Zeit bis sie sich gesetzt hat, dann will er wissen:

Also was treibt meine Frau in meiner Abwesenheit?"

„Frau? Oh!" Tarja schnappt nach Luft.

„Los, fang an!"

Tarja holt noch einmal tief Luft aber dann spricht sie laut und klar:

„Ich habe das Zimmer genau gegenüber von ihrem" sie deutet auf mich „und da bleibt es nicht aus, dass ich mitbekomme was drüben so los ist."

„Und?"

„Sie hatte die ganze Nacht Besuch und nicht nur von einem unserer Burschen, es müssen mindestens zwei gewesen sein. Einer alleine hätte nie und nimmer so lange .... ich meine es gibt da schließlich Grenzen wie lange ein Mann kann. Geschlafen hat anscheinend in der Nacht niemand. Aber, bevor sie mich fragen wer die Männer waren, ich weiß es nicht. Sie müssen durchs Fenster verschwunden sein. Am Morgen kam sie" wieder deutet Tarja nur auf mich „alleine aus ihrem Zimmer."

„Das alles hast du gesehen, wie? Durch deine verschlossene Tür?"

„Meine Tür war einen Spalt offen."

„Da musst ja auch du die ganze Nacht wach geblieben sein."

„Natürlich! Aber ich konnte die Burschen trotzdem nicht sehen, sie sind anscheinend durchs Fenster verschwunden."

Nardu grinst, aber das bemerkt Tarja nicht, da sie nicht wagt ihn anzusehen.

Noch immer grinsend meint Nardu:

„Ein normaler Mann wäre wahrscheinlich wirklich nicht in der Lage gewesen Maringa die ganze Nacht zu lieben, aber ein General? Hmmh?"

Jetzt schaut Tarja doch hoch zu Nardu:

„Oh nein, ein General ganz sicher nicht. Das weiß doch wirklich jeder, Generäle können nicht."

„So?"

„Ja. Wie gesagt, es ist schließlich allgemein bekannt, dass Ulrom ihnen diese Fähigkeit genommen hat. Sie können keinen Sex haben so lange sie in seinen Diensten stehen. Er will nicht, dass seine Generäle zu sehr von ihren Aufgaben abgelenkt werden. Eine Frau muss also warten bis die 10 Jahre Dienst für Ulrom vorbei sind. Ich könnte so lange warten, aber für anderen" wieder schaut sie dabei mich an „ist das anscheinend zu lang. So vertreibt sie sich die Zeit eben mit anderen Typen – die können."

Nardu grinst übers ganze Gesicht:

„Du musst anscheinend doch hin und wieder etwas vor dich hin gedöst haben, stehend an deiner einen Spalt geöffneten Tür, sonst hättest du bemerkt, dass meine Frau und ich sehr wohl hin und wieder für ein das eine oder andere halbe Stündchen eingeschlafen sind."

Jetzt endlich kapiert Tarja was Nardu gerade gesagt hat und wird feuerrot:

„Oh!"

„Ja! Du wirst übrigens noch heute dein Zimmer tauschen. Ganz egal mit wem, aber so weit wie möglich weg von Maringas Zimmer, auch wenn sie es sicher in nächste Zeit nicht brauchen wird. Und jetzt verschwinde!"

Kapitel 11

Tarja hat es eilig zurück zu ihrem Tisch zu kommen. Dort wird sie von einer ihrer Freundinnen mit:
„das hast du jetzt von deiner Neugier!"
begrüßt.

Als wir endlich alleine sind gönnen wir uns erst einmal ein reichhaltiges Frühstück. Vor allem Nardu scheint total ausgehungert. Aber ich bin immer noch mit dem beschäftigt, was er gesagt hat:
„Du hast mich zweimal deine Frau genannt!"
„Ja!"
„Bin ich das jetzt - einfach so?"
Nardu schaut mich groß an:
„Ach du meinst so ohne jede Zeremonie? Ich weiß natürlich, dass es bei den Menschen in Luthien üblich ist, dass sie sich vor Zeugen die Treue schwören, sich aber trotzdem oft genug nicht daran halten. Ich war sogar schon mehr als einmal bei diesen feierlichen Versprechen dabei, aber bei uns Dämonen ist das eigentlich nicht üblich. Du weißt, wir können spüren wenn wir den richtigen Partner gefunden haben. Da ist ein Treueversprechen vor Zeugen nicht nötig."
„So?"
Nardu geht nicht weiter auf meine Frage ein.
„Außerdem, wer soll uns dieses Versprechen abnehmen? Einer der Tempeldiener? Nein, es müsste schon jemand sein der uns zumindest ebenbürtig ist. Das wäre dann also einer meiner Brüder. Übrigens, wie mir Q gesagt hat, besteht Issi auf so einem Versprechen. Sie war schließlich bis vor kurzem noch ein ganz normaler Mensch. Also, wenn du willst, können wir uns Q und Issi gerne anschließen. Am Besten besprichst du das aber in aller Ruhe mit Issi.

Dann bliebe eigentlich nur Vengor um uns zu trauen."
Ich habe gerade von meinem Nougatbrötchen abgebissen und kann nur nicken.
Nardu fällt noch etwas ein:
„Wir sollten vorher aber auf jeden Fall noch Fragen bezüglich Solvana klären. Was hältst du davon, wenn ich dir die alle bei einem kleinen Spaziergang beantworte?"
Nach dieser wundervollen Nacht in der ich genau spüren konnte was Nardu denkt und wie sehr er mich liebt, habe ich eigentlich keine Fragen mehr:
„Meine Fragen haben sich alle irgendwie in Luft aufgelöst. Du musst mir nichts mehr erklären. Aber ein Spaziergang wäre nicht schlecht. Vielleicht hinüber zu diesen Baumbeerenbäumen?"
„Issi hat sie dir also gezeigt. Gut, auf zu den Grimmbeerenbäumen. Aber ich werde trotzdem versuchen dir alles über Solvana zu erzählen. Momentan interessiert es dich vielleicht nicht sonderlich, aber was ist wenn du mal böse auf mich bist? Nein, wir reden jetzt darüber, dann haben wir es hinter uns."

Unter den Baumbeerenbäumen finden wir ein schattiges, gemütliches Plätzchen und, nachdem Nardu mir erklärt hat, dass ich nicht mehr als zwei der Baumbeeren essen sollte, da die Beeren nicht umsonst den Namen „Grimmbeeren" tragen lasse ich mir die Beeren schmecken. Das mit den Bauchschmerzen wusste ich sowieso schon von Issi. Ich werde also auf keinen Fall mehr als 2 dieser Beeren essen, auch wenn sie noch so verführerisch schmecken.

Ich bin noch bei meiner zweiten Beere, als Nardu sich

räuspert. Dann beginnt er mit seiner Erzählung:
„Also das mit Solvana war eigentlich nur der Versuch etwas gegen meine Langeweile zu unternehmen.
Aber, damit du das verstehst sollte ich vielleicht viel früher anfangen.
Unsere Mutter starb als ich 14, Vengor 12 und Quenthor 4 Jahre alt war. Sie war Vaters große Liebe. Ich glaube nach ihrem Tod hatte das Leben jeden Sinn für ihn verloren. Ich weiß nicht, was er gemacht hätte wären da nicht wir, seine Söhne gewesen. Er hat versucht uns alleine aufzuziehen, was ihm aber nicht so ganz gelang. So hat er bald normale Menschen eingestellt, die sich um uns kümmern mussten. Da sie viel schneller alterten als wir, waren es viele Menschen die diese Aufgabe übernehmen mussten. Vater sahen wir in diesen Jahren immer seltener. Als ich 100 Jahre alt wurde hat mir Vater mitgeteilt, dass ich jetzt alt genug wäre um einige seiner Aufgaben zu übernehmen. Ab dem Zeitpunkt hatte ich die Oberaufsicht über sämtliche Bauvorhaben in Luthien, ganz egal ob es sich um Wohnungen, Straßen, Brücken oder was sonst auch immer handelte.
Zwei Jahre später übergab er Vengor die Verantwortung über alle Finanzgeschäfte in Luthien. Quenthor musste an seinem hundertsten Geburtstag die Verantwortung für die Bewohner von Luthien übernehmen. Ab diesem Zeitpunkt sahen wir unseren Vater kaum noch und seit über 100 Jahren haben wir ihn überhaupt nicht mehr gesehen.

Ich bin jetzt über 500 Jahre alt und kümmere mich seit mehr als 400 Jahren tagein, tagaus um diese blöden Bauvorhaben. Ich habe in dieser Zeit keinen einzigen Tag wirklich frei gehabt. Da wird das Leben irgendwann wirklich langweilig, unendlich langweilig.

Gut, ich habe in diesen Jahren immer nach der idealen Frau für mich gesucht, auch hier auf den Nebelbergen. Es gab da bis vor kurzem eine Tafel auf der konnten sie die jungen Frauen für ein Abendessen mit einem der Generäle eintragen. Doch, auch wenn sich viele der Juniorinnen für mich interessiert haben, die Richtige war nicht dabei. Dann, eines Abends kam Solvana zum Abendessen herüber zu mir. Was soll ich sagen, sie sah sehr gut aus und ich war immer noch einsam. Die Hoffnung auf die ideale Frau hatte ich inzwischen aufgeben.

So fragte ich Solvana ganz direkt, ob sie meine Geliebte werden wolle. Sie war nicht abgeneigt, auch nachdem ich ihr erklärte, dass ich sie nicht lieben würde und dass diese Beziehung sicher nicht länger als ein, zwei Jahre dauern würde. Auch damit war sie einverstanden. Sie stellte nur eine Bedingung: sie wollte die Einzige sein. So lange ich mit ihr zusammen wäre waren andere Frauen für mich tabu. Das versprach ich ihr, ja ich schwor es sogar."

„Deshalb hast du mir erklärt ich solle mich erst einmal in aller Ruhe hier oben einleben, bevor wir ......? Du musstest erst deine Beziehung zu Solvana beenden."

„Ja!"

„Aber warum hast du dann nicht einfach mit ihr Schluss gemacht als du mich kennengelernt hast?"

„Weil es nicht so einfach war. So lange Solvana hier oben in den Nebelbergen lebte fand ich dieses Arrangement eigentlich sehr angenehm. Doch als die zwei Jahre für Solvana vorbei waren und sie zurück nach Alting musste wollte ich eigentlich Schluss mit ihr machen. Doch sie überredete mich sie weiter in ihrem Haus zu besuchen."

„Und du fandest das eigentlich recht, na sagen wir mal praktisch."

Darauf geht Nardu nicht weiter ein. Er erzählt einfach weiter:

„Ich hatte keine Lust auf ganze Nächte bei ihr in Alting, also erklärte ich ihr, dass ich nur wenige Stunden unten auf der Erde konnte, da sonst meine Kräfte schwinden würden. Was übrigens so eigentlich gar nicht mehr stimmte. Je älter ich werde um so länger kann ich dort bleiben ohne Schaden zu nehmen. Doch das nur nebenbei.

Ich begann also sie jeden Abend sobald hier oben der Regen einsetzte, zu besuchen. Doch das wurde bald langweilig. Ich gebrauchte immer öfter Ausreden um hier oben bleiben zu können. Dann kam der Abend an dem ich zusammen mit Vengor bei Quenthor und Issi zum Grillen eingeladen war. Meine Brüder zogen mich mit Solvana auf und ich hatte sowieso schon keine Lust sie zu besuchen, also blieb ich einfach, ohne ihr Bescheid zu geben, sitzen. Was soll ich sagen, es war ein sehr gelungener Abend und es wurde sehr spät bis ich endlich ins Bett kam. Irgendwann, die Sonne ging schon auf, wurde ich von irgend einer Bewegung neben meinem Bett wach. Es war Solvana und sie hatte ein langes Messer in der Hand. Sie brüllte:

„Wo ist sie? Ich bring sie um!"

Es dauerte einen Moment bis ich voll zu mir kam, da hatte sie schon meine Bettdecke gepackt und sie auf den Boden geschmissen. Natürlich konnte ich ihr sehr schnell ihr Messer abnehmen, aber es gelang mir lange nicht sie zu beruhigen. Mir wurde nur zu schnell klar, dass sie eine Gefahr für jede neue Frau in meinem Leben darstellen würde. Seit dem Abend besuchte ich Solvana nur noch unregelmäßig und immer seltener. So hoffte ich, sie würde es für ganz normal halten, wenn ich dann irgendwann gar nicht mehr zu ihr kommen würde."

„Das habe ich bemerkt! Du warst zwei Tage nacheinander bei ihr."

Auch auf meinen neuerlichen Einwand geht Nardu nicht ein.

„Doch als ich dich traf war mir sofort klar, dass sie nie etwas von dir erfahren durfte, da sie sonst wahrscheinlich versuchen würde dich zu töten."

„Deshalb musstest du sie also unbedingt gleich an zwei aufeinander folgenden Abenden besuchen?"

„Ich hatte sie vorher eine ganze Woche nicht besucht und wollte sicher gehen, dass sie keinen Verdacht schöpfen würde.

Denn, wie ich leider erfahren musste hat Solvana sehr gute Verbindungen hoch in die Nebelberge. Eigentlich hätte sie es ohne Einladung niemals hoch zu uns schaffen dürfen, doch sie hat es trotzdem bis direkt neben mein Bett geschafft. Wie ich noch in der gleichen Nacht herausfand war der Senior, der den Raum in dem die Waren und die Menschen hoch zu uns gebracht werden, ein guter Bekannter von ihr. Ich habe ihn natürlich sofort strafversetzt, aber, auch wenn jetzt immer zwei Personen diesen Raum bewachen, bin ich mir sicher, dass sie Mittel und Wege finden würde um es wieder in die Nebelberge zu schaffen. Ich musste also unbedingt verhindern, dass Solvana von dir erfährt."

„Dieser Raum funktioniert anscheinend ähnlich wie der Weg auf dem meine Brüder und ich immer wieder hoch in die Nebelberge kamen."

„Möglich! Von Alting führt natürlich kein bequemer Weg hoch in die Nebelberge. Es würde Tage dauern um es herauf zu uns zu schaffen und auch dann würde das nur ein sehr guter Bergsteiger schaffen. Wir mussten uns also etwas einfallen lassen um all die Waren und natürlich auch die Menschen bequem hoch und natürlich auch hinunter transportieren zu können."

„Dordongo hat mir mal erklärt, dass wir ohne seine Hilfe mehrere Tage brauchen würden bis wir es aus unseren Höhlen hoch zu euch schaffen würden. Da Dordongo immer Probleme mit seinen Dämonenkräften hatte wenn er zu lange ohne Sonnenlicht auskommen musste, hat er seine Kräfte immer gut eingeteilt und vor allem für diesen Weg verbraucht. Ohne unsere Ausflüge in eure Gärten wären wir wahrscheinlich verhungert. Trotzdem war der Weg hoch immer unterschiedlich lang. Hin und wieder brauchten meine Brüder bis zu 2 Tage alleine für den Hinweg. An diesen Tagen nahmen sie mich aber nicht mit.

Doch, ich glaube ich habe dich unterbrochen. Du warst mit deiner Geschichte über Solvana noch nicht fertig."

„Da gibt es nicht mehr viel zu erzählen. Ich wollte nicht, dass Solvana von dir erfährt, da ich sie für gefährlich halte. Aber ich wollte sowieso mit ihr Schluss machen. Schon bevor ich dich getroffen hatte. Aber jetzt hatte ich es eilig."

„Schließlich hattest du deiner Geliebten geschworen mit keiner anderen etwas anzufangen so lange du mit ihr zusammen warst."

„Ja, das auch. Außerdem wollte ich natürlich nicht, dass du von ihr und meinem Abkommen mit ihr erfahren würdest. Doch dann musste ich feststellen, dass du sehr gut informiert warst, also habe ich mich noch ein letztes Mal hinunter zu Solvana gewünscht um ihr klipp und klar zu sagen, dass es aus zwischen uns ist."

„Und, wie hat sie reagiert? Ist sie mit dem Messer auf dich losgegangen?"

„Nein, natürlich nicht. Sie hat es sogar überraschend ruhig und gefasst aufgenommen. Sie hat sogar erklärt, dass sie schon damit gerechnet hat. Schließlich war es nur zu deutlich nachdem ich sie kaum noch besucht habe."

„Sie weiß also nichts von mir?"

„Ich glaube nicht, dass ihr jemand von dir erzählen konnte. Momentan sind alle die von dir wissen ja schließlich noch hier oben. Sobald die diesjährigen Senioren und Seniorinnen zurück zu ihren Familien kommen, wird sich das allerdings ändern. Doch ich hoffe bis dahin hat Solvana mich bereits vergessen."

„Das hoffe ich zwar auch, glaube es aber leider nicht. Wir werden es ja sehen, wenn es so weit ist!"

Damit ist dieses unangenehme Thema erledigt. Ich will zur Beruhigung noch eine dritte dieser leckeren Baumbeeren verspeisen, aber Nardu nimmt sie mir einfach weg:

„Nein!"

Kapitel 12

Issi ist begeistert als ich ihr erzähle, dass auch Nardu und ich heiraten wollen. Wie sie mir beichtet, hat Quenthor schon so etwas angedeutet und dass er, wie sie auf eine Doppelhochzeit hofft.

Da ich keine Ahnung habe was Hochzeiten bzw. Hochzeitsfeiern angeht, erklärt sie mir alles. Sie ist wirklich geduldig, denn ich habe natürlich viele, viele Fragen. Das Wichtigste an so einer Hochzeit ist ihrer Meinung nach das Hochzeitskleid und sie hat mich auch bald davon überzeugt.
Issi besorgt uns Zeitschriften in denen es nur um das Thema Hochzeit und vor allem um Hochzeitskleider geht. Wow!

Natürlich könnten wir, schließlich sind wir ja Dämoninnen, auch unsere Hochzeitskleider selbst kreieren, aber und da sind wir uns absolut einig, wir würden das nie so gut hinbekommen. Also machen wir uns auf in eine Boutique die sich nur auf diese Art Kleider spezialisiert hat. Hier ist die Auswahl riesig und, bevor wir mit der Anprobe beginnen dürfen müssen wir uns erst einmal grob entscheiden welchen Stil wir bevorzugen. Es gibt Kleider mit langen Schleppen, ganz aus Spitze aber auch sehr kurze Kleider, die viel Bein zeigen. Issi und ich haben irgendwie den selben Geschmack. Wir wollen etwas eher Schlichtes und nein, einen Schleier wollen wir nicht. Natürlich sind fast alle Kleider weiß, aber auch da gibt es tatsächlich Unterschiede. Issi und mich zieht es eher zu den Kleidern im Ton „Eierschale".
Am Ende entscheiden wir uns dann tatsächlich für das gleiche Kleid, obwohl wir das eigentlich gar nicht vor

hatten. Der Stoff unseres Traumkleides ist aus Rohseide. Es hat einen leicht ausgestellten Rock und das Oberteil besteht aus einem trägerlosen Mieder, das am Rücken geschnürt wird. Das Originalkleid besitzt eine Art breiten Gürtel aus dem gleichen Material wie das Kleid. Dieser Gürtel wird am Rücken von einer riesigen Schleife zusammen gehalten. Die Bänder der Schleife reichen fast bis zum Boden. Issi hat die Idee, diese Schleife in den Farben passend zu unseren Generälen anfertigen zu lassen. Issis Schleife wird also grau und meine dunkelblau. So werden uns unsere Männer also schon von weitem auseinander halten können. Gut, wahrscheinlich würden sie das auch ohne diese Schleife, denn schließlich ist Issi blond und ich habe braune Haare.
So, das haben wir also schon mal geschafft. Es gibt noch die eine oder andere kleine Änderung, aber dann können wir sie abholen.

Da wir gerade so schön in Fahrt sind, wollen wir uns auch noch um unsere Hochzeitstorten kümmern. Ja, wir wollen zwei Torten. Die von Issi und Quenthor soll fruchtig schmecken. Nardu und ich stehen eher auf Schokolade. Issi kennt den besten Konditor in Alting, also machen wir uns auf den Weg dorthin. Gut, wir könnten uns auch einfach dorthin wünschen, aber wir haben schließlich Zeit.
Wir haben noch kaum die Brautboutique verlassen, da entdecke ich auf der anderen Straßenseite Harthor und Menzes, meine Brüder. Ich mache Issi natürlich sofort auf sie aufmerksam. Am liebsten würde ich so schnell ich kann hinüber zu ihnen laufen, weiß aber nicht ob das Issi recht wäre, schließlich waren, oder sind immer noch, meine Brüder eigentlich die Gegner der Generäle. Doch Nardu hat auch Quenthor bereits

darüber informiert, dass meine Brüder wirklich keine Gefahr mehr darstellen und dass wir stattdessen versuchen sollten sie davon zu überzeugen dass wir nicht mehr ihre Gegner sind und natürlich weiß Issi das inzwischen auch. Also rennen wir einfach über die Straße und ich rufe:

„Harthor, Menzes, bleibt endlich stehen, wir müssen mit euch reden!"

Ich bin wirklich glücklich meine Brüder zu sehen und strahle wahrscheinlich über das ganze Gesicht und ich bin mir sicher, ihnen geht es genauso. Doch als sie mich erkennen sehen sie gar nicht glücklich aus, im Gegenteil. Als sie dann auch noch sagen:

„Maringa, du? Bist du das wirklich? Du bist unglaublich fett. Warum bist du nicht mit unseren Brüdern gestorben?"

Es ist Harthor, der mich das fragt und ich bin maßlos enttäuscht. Es dauert einen Moment bis ich begreife! Aber natürlich, als ich nicht zurück zu ihnen kam müssen sie gedacht haben dass auch ich tot wäre. Da habe ich jetzt wohl Einiges zu erklären:

„Nein, ich bin nicht tot und ich bin auch nicht fett. Aber, im Gegensatz zu euch kann ich jeden Tag essen bis ich satt bin.

Nardu, einer der Generäle hier in Luthien fand mich noch bevor ich diese Pille schlucken konnte. Er hat mich davon überzeugt, dass er nicht unser Feind ist und inzwischen sind wir sogar ein Paar."

„Vater war es von Anfang an klar, dass ein Mädchen nicht zu uns passt. Daher hatte er auch eigentlich nur Söhne. Man hat dich also einer Gehirnwäsche unterzogen und du dummes Ding hast es nicht einmal gemerkt. Du und Nardu? Dass ich nicht lache! Du bist seine naive, dumme Gespielin, nicht mehr!"

„Quatsch! Ich bin seine Partnerin und er hat mich

sogar zu einem vollwertigen Dämon gemacht! Aber eigentlich wollte ich euch ja ganz etwas Anderes erklären: Die Generäle sind schon lange nicht mehr eure Feinde, im Gegenteil! Sie bieten euch ihre Freundschaft und ihre Hilfe an. Ihr müsst nicht länger unten in diesen feuchten Höhlen hausen."

„Aber natürlich! Warum sind wir nicht selbst schon lange darauf gekommen? Weißt du was, erzähl das doch Dordongo!"

„Das würde ich ja gerne, aber ich weiß nicht, wie ich ihn erreichen kann."

„Wenigstens das hat funktioniert. Sie weiß nicht wie sie unsere Höhlen erreichen kann und konnte uns also zum Glück auch nicht verraten."

Das sagt Harthor eigentlich zu Menzes, aber natürlich können Issi und ich es auch hören. Dann wendet Harthor sich wieder an mich:

„Folg uns einfach."

Bisher haben meine Brüder Issi total ignoriert, aber jetzt will Harthor wissen:

„Wer ist die dort?"

„Das ist Issi, sie ist die Gefährtin von Quenthor, einem anderen General.""

„Sie kommt auch mit. Folgt uns einfach."

Was habe ich eigentlich erwartet? Meine Brüder sind anscheinend überglücklich mich endlich wiederzusehen. Natürlich! Aber sie werden uns zu Dordongo bringen und der glaubt mir hoffentlich dass die Generäle nicht mehr seine Feinde sind. Hoffentlich!

Wir marschieren also hinter Harthor und Menzes her, ohne zu wissen wohin es eigentlich geht. Nach etwa 10 Minuten bleiben meine Brüder stehen und erklären uns:

„Ab hier müssten wir euch eigentlich die Augen verbinden, denn natürlich dürfen Fremde den Eingang zu unseren Höhlen nicht sehen. Aber, da wir keine Augenbinden dabei haben, werden wir euch einfach diese Papiertüten über den Kopf stülpen.“

Ich bin zwar maßlos enttäuscht darüber, dass meine Brüder mich wie eine Fremde behandeln, aber da ich wirklich zu Dordongo will, lasse ich mir eben diese blöde Tüte über den Kopf stülpen. Auch Issi weigert sich nicht, obwohl ich ihr erkläre, dass sie uns nicht unbedingt weiter folgen muss.

„Ich lass dich doch nicht alleine zu diesen Dummköpfen. Wer weiß, was die mit dir vorhaben. Irgendwie scheinen die dir nicht so ganz zu glauben.“

„Ja leider!“

Einer meiner Brüder nimmt meine Hand und führt mich, wohin auch immer. Der andere scheint Issi zu führen, denn auch wenn ich sie nicht sehen kann, weiß ich, sie ist direkt hinter mir, ich höre sie vor sich hin schimpfen. Wegen dieser blöden Tüte kann ich zwar weder nach vorne, noch nach oben sehen, aber zumindest sehe ich wohin ich trete. Doch irgendwann ist auch das vorbei, wir haben anscheinend die Höhlen erreicht und es wird total dunkel um uns herum. Meine Brüder haben aber natürlich kein Problem mit der Dunkelheit und gehen unbeirrt weiter. Nach etwa 30 Minuten in totaler Dunkelheit haben wir anscheinend unser Ziel erreicht, denn man nimmt uns die Papiertüten ab. Ich kann immer noch nicht viel erkennen, obwohl hier anscheinend zwei, drei Kerzen brennen. Das scheint an meinen Augen zu liegen. Seit sie nicht mehr rot und entzündet sind sehe ich in der Dunkelheit wesentlich schlechter, oder bilde ich mir das nur ein?

Menzes erklärt uns:

„Wartet einen Moment, wir holen Dordongo."

Ich will Issi gerade erklären wer Dordongo ist, obwohl ich vermute, dass sie sich das auch so denken kann. Doch dazu komme ich dann sowieso nicht mehr, denn Dordongo steht plötzlich direkt neben mir und auch Sandis, seine momentane „Flamme" erscheint natürlich an seiner Seite. Sie ist immer noch dabei ihr Kleid in Ordnung zu bringen. Oh, da haben wir wohl gerade ziemlich gestört!

Noch bevor ich Dordongo begrüßen kann, befiehlt er Harthor und Menzes:

„Legt unseren beiden Gästen Handschellen an. Wir wollen doch nicht, dass sie plötzlich einfach verschwinden."

Ich versuche mich zu wehren, aber Harthor ist zu schnell und Issi geht es bei Menzes auch nicht anders:

„Was soll das Dordongo? Warum Handschellen? Ich bin deine Schwester, schon vergessen?"

„Halbschwester und wie ich vermute inzwischen ein richtiger Dämon, noch dazu einer der von unseren Feinden einer Gehirnwäsche unterzogen wurde. Da bin ich lieber vorsichtig. Deine Freundin scheint auch eine Dämonin zu sein, oder irre ich mich in euch?"

Warum soll ich ihn anlügen:

„Wir sind nicht nur Dämoninnen sondern auch die Frauen von Quenthor und Nardu, zwei Generälen. Die werden sich sicher schon Sorgen um uns machen."

„So? Sollen sie ruhig. Hier unten werden sie euch nicht finden. Hier hat uns noch nie jemand gefunden. Daher übrigens auch die Handschellen. Als Dämoninnen könntet ihr sonst einfach verschwinden und euren Ehemännern erzählen wo unsere Höhlen sind. Die Handschellen berauben euch eurer Kräfte, aller Kräfte."

„Wie du sicher erfahren hast, sind wir freiwillig zu dir gekommen. Wir wollen dir ein Friedensangebot unterbreiten. Unsere Männer wollen nicht länger gegen euch kämpfen, im Gegenteil. Sie bieten euch an mit ihnen zusammen zu leben. Das würde für euch vor allem bedeuten ihr hättet immer genug zu Essen."

Dordongo lacht laut und schallend, aber es klingt unecht:

„Das glaube ich dir nicht. Du hast unseren Feinden sicher erzählt, dass wir nur noch zu dritt sind. Sie werden also auf eine günstige Gelegenheit warten um uns restlos auszulöschen. Doch dank euch wird ihnen das nicht gelingen."

„Dank uns? Wir werden ganz sicher nicht auf eurer Seite gegen unsere Männer kämpfen."

Dordongo lacht wieder ziemlich künstlich:

„Das müsst ihr gar nicht. Es genügt, dass ihr hier bei uns seid. Du und deine Freundin seid Dämoninnen. Mit euch kann ich endlich richtige, echte Dämonen zeugen, nicht nur Halbdämonen wie mein Vater mit all den vielen rein menschlichen Frauen. In 20 bis 30 Jahren gibt es dann endlich wieder genug Dämonen hier unten bei uns und wir können uns für all die vielen Niederlagen rächen."

Ich glaube, ich höre nicht richtig:

„Was? Du willst mit Issi und mir, deiner Schwester Sex haben?"

„Sex? Oh nein! Dazu brauche ich euch nicht."

Er lächelt seine Geliebte Sandis an und die strahlt zurück:

„Vielleicht lasse ich euch sogar narkotisieren. So scharf darauf meine Halbschwester zu ..." anscheinend fällt ihm kein passendes Wort ein: „schwängern bin

ich wirklich nicht, aber es muss nun mal sein."
Jetzt reicht es Issi anscheinend:
„Was soll dieser Blödsinn? Warum machst du deine kleine Freundin nicht einfach zu einer Dämonin, oder hat dir noch keiner gesagt, dass das geht? Wenn ja ist es vielleicht wirklich gut, dass ihr uns entführt habt. Glaub mir, ich kann dir genau erklären wie das funktioniert, denn ich war selbst bis vor kurzem noch ein ganz normaler Mensch. Also pass auf: Voraussetzung ist natürlich, dass ihr euch liebt, ich meine wirklich liebt."
Wie ich sehen kann ist Sandis sehr, sehr interessiert, denn sie will wissen:
„Was muss ich machen?"
„Ganz einfach, Dordongo besorgt sich diesen Saft. Soweit ich weiß bekommt man ihn problemlos im Tempel, dann muss er nur noch ein paar Tropfen von seinem Blut untermischen. Nachdem du ihn getrunken hast geht es dir zwar etwa zwei Tage richtig dreckig, aber dann bist du ein vollwertiger Dämon und kannst mit Dordongo so viele Kinder bekommen wie ihr wollt. Aber Voraussetzung ist wirklich, dass ihr euch liebt. Sonst ist der Trank tödlich für dich."
Sandis scheint begeistert:
„Warum hast du nie etwas gesagt? Hast du das nicht gewusst? Du solltest gleich heute noch diesen Saft besorgen. Ich werde ihn natürlich trinken, schließlich lieben wir uns doch!"
„Nein!"
Dordongo dreht seiner Geliebten einfach den Rücken zu. Aber natürlich ist das Thema für Sandis noch lange nicht beendet:
„Warum nicht? Hast du Angst um mich? Du hast doch gehört, das Zeug ist nur tödlich wenn wir uns nicht lieben!"

Mein ganz persönlicher Dämon

„Du trinkst den Dreck auf keinen Fall!"
„Doch!"
„Nein!"
„Aber?"
Inzwischen ist nicht nur Issi und mir klar warum Dordongo nicht will, dass sie den Saft trinkt, nur Sandis selbst begreift es einfach nicht.
Jetzt wendet sie sich sogar an Issi:
„Du hast das Zeug schließlich auch getrunken. Sag ihm doch, dass es mir nicht schaden wird."
Was soll Issi nur sagen? Sie entscheidet sich, nach einem fragenden Blick zu mir für die Wahrheit:
„Es genügt nicht, dass du ihn liebst."
Sandis braucht einen Moment, aber dann begreift sie.
Sie schreit:
„Nein!" Und verpasst Dordongo eine schallende Ohrfeige. Dann stürmt sie wütend aus der Höhle. Ich bin mir sicher, sie kennt den Ausgang.

Dordongo versucht so zu tun als wäre nichts geschehen, aber Issi hat auch ihm noch einiges zu sagen:
„Was die Verbindung zwischen zwei Dämonen angeht, hast du anscheinend das Kleingedruckte nicht gelesen. Dort steht nämlich, dass zwei Dämonen, die beschließen Eltern zu werden das gemeinsam machen müssen. Einer alleine genügt nicht. Und du glaubst sicher nicht, dass Maringa oder ich Kinder mit dir haben wollen, oder?
Aber auch wenn das der Fall wäre, du hast sicher schon davon gehört, dass Dämonen spüren können, wenn sie ihrem Idealpartner begegnen. Gut, es gibt sicher mehrere Idealpartner für jeden Dämon, aber sobald man einen getroffen hat, entsteht eine ganz spezielle Bindung. Dazu gehört auch, dass zwei

Dämonen die sich gefunden haben nur mit genau diesem anderen Dämon Kinder haben können. Wohl gemerkt: nur mit diesem einen."
Während Issi das erklärt, spüre ich hinter mit eine Bewegung, sehe aber nichts. Doch dann küsst mich jemand auf den Hals und ich höre in mir die Stimme von Nardu:
„Endlich Prinzessin, endlich habe ich dich gefunden!"
Wie er mir später erzählt hat auch Quenthor nach Issi gesucht. Beide wussten, dass wir in Alting Hochzeitskleider probieren wollten. Im Gegensatz zu Nardu war es für Quenthor eigentlich immer einfach Issi zu finden, denn er hatte ihr als sie noch eine der diesjährigen Juniorinnen war eine Wolke geschenkt, die sie vor den doch sehr intensiven Sonnenstrahlen schützen sollte. Als sie dann zu einem Dämon geworden war, war die Wolke eigentlich nicht mehr notwendig, aber Issi hatte den Eindruck die Wolke weinte als Quenthor sie wieder entfernen wollte. Also blieb die Wolke. Zur Unterscheidung von ganz normalen Wolken ist Issis Wolke übrigens rosa bzw. pinkfarben. Diese Wolke war es dann tatsächlich, die unseren Männern den Weg zu uns zeigte. Sie hing, übrigens im grellsten Pink am Himmel über Alting und zeigte tatsächlich in Pfeilform direkt auf eine Stelle. Sogar Regentropfen vielen nur auf diese eine Stelle und diese Tropfen bildeten nicht eine Pfütze, sondern versickerten im Boden. Schnell war Quenthor und Nardu klar was das hieß: die Höhle der Rotaugen. Unsere Männer zögerten nicht lange und schon standen sie, natürlich unsichtbar, hinter uns. Das war genau in dem Moment als Dordongo begriff, dass es nichts bringen würde uns gefangen zu halten.
Eigentlich hatten Nardu und Quenthor vor uns sofort zu befreien und mit uns zu verschwinden, aber dann

hörten sie sich doch zuerst an, was Dordongo seinen Brüdern und uns zu sagen hatte:

„Daran habe ich tatsächlich nicht gedacht. Harthor, Menzes öffnet die Handschellen unserer Gäste. Maringa bitte verzeih mir. Ich wünsche dir und natürlich auch dir Issi alles Gute. Lebt lange und glücklich mit euren Männern und habt so viele wundervolle Kinder wie ihr wollt.

So wie es aussieht bleibt mir nichts anderes übrig, als mich um meine beiden Brüder zu kümmern bis sie irgendwann an Altersschwäche sterben. Mir bleibt dann nichts mehr als eine dieser Pillen zu schlucken."

Jetzt werden Quenthor und Nardu fast gleichzeitig sichtbar. Sie rufen entsetzt: „Nein!"

Dordongo und seine Brüder erschrecken zwar furchtbar, aber als sie bemerken, dass Niemand ihnen etwas tun will, beruhigen sie sich schnell wieder, vor allem da Nardu ihnen erklärt:

„Wir wollen euch nichts tun, im Gegenteil! Ihr seid doch unsere Cousins. Was haltet ihr davon, wenn ihr jetzt mit uns hoch in die Nebelberge kommt. Dort esst ihr euch erst einmal satt. Dann überlegen wir wie es mit euch weiter geht. Natürlich könnt ihr so lange dort oben bleiben bis sich eure Augen an die Helligkeit gewöhnt haben. Harthor und Menzes, ihr müsst dann leider die Nebelberge verlassen, denn dort oben würdet ihr sehr schnell altern und schon nach wenigen Jahren sterben. Aber ich werde mich darum kümmern, dass ihr in Alting eine Wohnung und Arbeit findet. Dordongo, du kannst natürlich bei uns in den Nebelbergen bleiben. Vielleicht baust du dir dort ein Zelt wie ich und meine Brüder. Aber das werden wir sehen, wenn es so weit ist. Jetzt kümmern wir uns erst einmal darum, dass ihr etwas auf die Rippen bekommt."

Dordongo, Harthor und Menzes sind war skeptisch, die Aussicht auf Essen überzeugt sie am Ende doch.

Was soll ich sagen: es gefällt ihnen bei uns und ich habe am Ende meine eigene Wolke. Meine ist übrigens orange.

Kapitel 13

Meine Brüder leben sich sehr schnell ein und Issi und ich sind weiter mit der Planung unserer Doppelhochzeit beschäftigt. Jetzt haben wir ja sogar Gäste!
Doch dann, eines Tages ist die Hochzeit plötzlich nicht mehr wichtig!

„Da bist du ja endlich! Ich warte schon den ganzen Tag auf dich!"
Erst weiß ich nicht, wer da plötzlich vor mir steht, aber dann erkenne ich sie: Solvana, die Ex von Nardu. Es hat lange gedauert, aber inzwischen habe ich sie total vergessen. Wie ist sie überhaupt hier nach oben gekommen und vor allem, was will sie hier? Was sie will wird mir aber leider nur zu schnell klar als sie einen Revolver zieht und auf mich zielt:
„Solvana, was soll das? Mit dem Revolver änderst du doch auch nichts!"
„Colt! Das ist ein Colt!"
„Gut, dann eben Colt! Trotzdem was willst du mit dem hier oben? Du weißt doch sicher noch, dass hier bei uns nichts, was auch nur im Weitesten mit Technik zu tun hat, funktioniert!"
„Möglich, aber vielleicht habe ich Glück und er funktioniert doch. Außerdem, der Colt ist schon ziemlich alt und für ihn gilt diese blöde Regel wahrscheinlich gar nicht."
Ich versuche mir nicht anmerken zu lassen, wie nervös ich bin. Daher spreche ich betont ruhig und gelassen:
„Solvana, du verletzt dich doch nur selbst! Außerdem, glaubst du wirklich, du bekommst Nardu zurück wenn du mich erschießt?"

„Nein, wahrscheinlich nicht. Aber du sollst ihn auch nicht haben. Allein der Gedanke wie ihr es miteinander treibt macht mich ganz krank.“
Solvana sieht mich nicht mal mehr an. Ihr Blick ist starr auf ihren blöden Revolver, äh Colt gerichtet. Mir ist inzwischen klar, dass ich sie von ihrem Vorhaben nicht abbringen kann, trotzdem will ich es ein letztes Mal versuchen:
„Was hältst du davon, wenn ich Nardu hole. Eine lange Aussprache mit ihm hilft dir vielleicht!“
Sie schüttelt nur den Kopf:
„Nein, das würde nichts bringen. Diese alberne Aussprache hatten wir bereits.“
So? Davon hat er mir gar nichts erzählt! Ist jetzt aber eigentlich auch unwichtig. Ja, jetzt bleibt mir nur darauf zu hoffen, dass auch dieser blöde Colt hier oben nicht funktioniert. Wie oft haben sich die anderen Mädchen darüber geärgert, dass hier kein Handy, ja nicht einmal eine Waschmaschine funktioniert. Inzwischen wünschte ich mir manchmal auch, dass wir hier hoben zumindest Handys benutzen könnten. Aber immer, wenn sich jemand von uns darüber beschwert, heißt es nur: *„hier oben funktionieren keine technischen Geräte. Das ist nun mal so, auch wenn keiner weiß warum."*

Jetzt wäre ich wirklich dankbar, wenn das auch für alte Colts gelten würde. Wie Solvana bin ich mir da allerdings nicht so ganz sicher! Aber ich muss nicht mehr lange warten! Solvana hat alles gesagt, was sie sagen wollte, jetzt stellt sie sich einfach breitbeinig hin und .... drückt ab! Es gibt einen lauten Knall, dann sehe ich nur noch rot! Überall Blut! Ich horche in mich hinein. Keine Schmerzen! Nein, es ist nicht mein Blut. Der Colt ist anscheinend in Solvanas Hand explodiert.

Wie ich leider nur zu schnell sehe, hat er ihr nicht nur die Hand weggerissen, auch ihr Unterarm fehlt und wie ich vermute hat sie auch eine klaffende Wunde in ihrem Unterleib, aber das kann ich nicht genau erkennen, ich sehe nur überall entsetzlich viel Blut.

Solvana wurde vom Rückstoß des Colts zu Boden gerissen. Dort liegt sie jetzt, ihre Augen vor Entsetzen weit aufgerissen und hält ihren Armstumpf hoch. Sie schreit, aber ihre Schreie werden sehr schnell leiser. Ich weiß, ich muss etwas tun, aber was? Nardu! Ich muss Nardu holen. Aber kann ich Solvana jetzt alleine lassen? Nein! Doch zum Glück sitzen alle Senioren und Junioren vor der Sonne geschützt unter dem gewaltigen Vordach. Natürlich haben sie mitbekommen, dass hier etwas Schreckliches passiert ist. So kommt endlich Alisia herüber.
Sie will mich wahrscheinlich gerade fragen was passiert ist, aber ich falle ihr ins Wort:
„Schnell, hol Nardu, den Blauen General. Er ist momentan in einer Besprechung im Tempel. Sag ihm seine Geliebte liegt im Sterben. Danach holst du bitte auch noch einen Arzt. Aber Nardu ist wichtiger! Schnell!"
Der Arzt kann, wie ich vermute nicht mehr viel machen, aber für Solvana ist es sicher gut zu wissen, dass ihr Geliebter sie nicht alleine sterben lässt.
Ich sehe noch, dass Alisia nickt, dann rennt sie auch schon los. Auch wenn hier oben keine technischen Geräte funktionieren, so gibt es doch eine Art Aufzug der die Nebelberge mit dem Haupttempel in Alting verbindet. Ich vermute dass er arbeitet hängt weniger mit Technik als mit den dämonischen Kräften der drei Generäle zusammen. Er wird zwar streng bewacht, aber ich bin sicher, Alisia bekommt keine Probleme

und wird Nardu schnell erreichen.

Ich kaure neben Solvana. Das Blut quillt immer noch aus ihrem Armstumpf und ihrer großflächigen Bauchwunde, aber es sprudelt nicht mehr so schnell, wie am Anfang. Solvana hat ihre Augen geschlossen. Wie viel Blut befindet sich eigentlich in einem menschlichen Körper? Solvana scheint Schmerzen zu haben, gibt aber keinen Ton von sich. Seit Alisia verschwunden ist sind nur wenige Minuten vergangen, als ich Nardu hinter mir spüre. Seit wir ein Paar sind, muss ich ihn nicht sehen, ich kann spüren wann er in meiner Nähe ist. Er zieht mich vom Boden hoch:
„Du lebst, bin ich froh dass du lebst! Diese Seniorin hat gesagt meine Geliebte liegt im Sterben!"
Er presst mich an sich und küsst mich. Dann muss er nichts mehr sagen, ich kann schließlich seine Gedanken hören:
„Ich bin so froh, dass es nicht stimmt! Warum nur hat sie so einen Blödsinn gesagt?"
Er hat wirklich geglaubt ich läge im Sterben und steht immer noch unter Schock. Ich muss Alisia in Schutz nehmen:
„Das war mein Fehler. Ich habe sie damit beauftragt dir zu sagen dass deine Geliebte – Solvana stirbt."
„Solvana? Sie ist nicht meine Geliebte! Das war sie nie. Gut, wir hatten lange Zeit Sex, aber zumindest von meiner Seite war es nie mehr als das: leichter, bequemer, unbedeutender Sex. Du bist meine Geliebte, obwohl, das stimmt auch nicht! Du bist mein Alles, der Sinn meines Lebens!"
Ich muss Nardu leider unterbrechen, auch wenn ich im noch ewig zuhören könnte. Solvana liegt im Sterben und vielleicht sollte Nardu sich jetzt doch erst einmal um sie kümmern. Das sieht Nardu natürlich ein

und so setzt er sich einfach neben sie auf den vor Blut triefenden Boden und legt ihren Kopf auf seinen Schoß. Ich weiß nicht, ob Solvana das überhaupt noch bemerkt.

Es dauert ewig, vielleicht kommt es mir auch nur so vor, bis es der Arzt, Marte es hoch zu Solvana schafft. Nardu sitzt auch da immer noch breitbeinig am Boden mitten in einer riesigen Blutlache. Er schaut nicht hoch zu Marte und mir, aber er hat anscheinend bemerkt, dass wir da sind, denn er sagt:
„Sie ist tot!"

Marte beugt sich nur kurz hinunter zu Solvana, dann nickt er in meine Richtung.

Irgendwie widerwillig steht Nardu auf während er Marte erklärt:
„Sorg bitte dafür, dass die Tempeldiener für sie eine würdevolle Feuerbestattung anordnen. Sie hat keine Angehörigen. Ich übernehme die Kosten. Danach soll ihre Asche ins Meer gestreut werden."
Während er das sagt ist er aufgestanden und mustert die zerborstenen Reste des Colts, die mitten im Blut und den Resten von Solvanas Arm liegen. Mir wird schlecht und ich will nur noch weg von hier. Außerdem ist mir natürlich klar, dass Nardu Solvana hinunter in den Tempel begleiten wird und so will ich mich möglichst unauffällig entfernen, als Nardu meine Hand festhält:
„Wo willst du hin?"
„Ich bin hier jetzt mehr als überflüssig. Du willst Solvana sicher begleiten. Aber ich warte drüben im Zelt auf dich. Lass dir aber so viel Zeit wie du brauchst. Ich kann das verstehen!"

„So? Du verstehst? Du erklärst Alisia dass meine Geliebte im Sterben liegt? Solvana ist also meine Geliebte! Was bist dann du? Ehefrau darf ich dich nicht nennen, denn das bist du ja angeblich erst nach dieser Hochzeitsfeier, meine Geliebte bist du auch nicht, denn das ist ja anscheinend immer noch Solvana. Ich frage mich jetzt tatsächlich, was bist du dann? Eine flüchtige Bekannte vielleicht?"

Oh, da habe ich Nardu wohl ziemlich beleidigt! Ich will mich gerade entschuldigen, komme aber nicht zu Wort:

„Du hast nichts verstanden! Ich will dieses Miststück nicht hinunter begleiten! Bevor sie gestorben ist, hat sie mir noch gebeichtet, dass sie dich töten wollte, aber nicht weil sie dich so sehr gehasst hat, oh nein, sie wollte mir damit weh tun! Nur mir! Du wärst dann nur Mittel zum Zweck gewesen. Gut, eigentlich wollte sie Selbstmord begehen, da sie der Meinung war ohne mich nicht leben zu können, aber wenn sie schon sterben müsse, wäre es doch viel eindrucksvoller wenn auch du mit ihr sterben würdest. Sie hatte sich drei Szenarien ausgedacht:

1. Sie würde auf die feuern, die Kugel würde dich treffen, während gleichzeitig die Pistole in ihrer Hand explodieren würde. Das war ihre Lieblingsphantasie:

Du tot, sie tot, ich verzweifelt.

Oder 2. Sie würde dich erschießen, aber die Pistole..."

„der Colt!"

„Gut, dann eben der Colt bliebe ganz. Dann würde sie zwar leben, aber nur bis ich sie in meiner blinden Wut umbringen würde. Das Ergebnis bliebe das Gleiche:

Du tot, sie tot, ich verzweifelt.

Ihre 3. Variante war die, die ihr am wenigsten gefiel:

Sie würde auf dich schießen, aber die Waffe in ihrer Hand würde explodieren. Dann wäre zwar:

sie tot, aber du am Leben und ich mit dir glücklich."

Während er mir die drei Möglichkeiten erklärt, geht er auf und ab.
„So ist es zum Glück ja gekommen!"
Nardu schüttelt den Kopf:
„Ja und nein! Hast du dir eigentlich den Platz von dem aus sie auf dich geschossen hat, einmal genauer angesehen?"
„Nein! Warum sollte ich, ich war schließlich hautnah dabei als es passiert ist!"
Nardu presst mich an sich:
„Aber du hast etwas übersehen!"
Er führt mich dorthin, wo ich stand als Solvana auf mich schoss.
„Fällt dir etwas auf?"
Ich schaue mich um: „Nein!"
„Schau auf den Boden! Siehst du die Blutspritzer? Sie gehen in alle Richtungen, nur hier, wo du gestanden bist hören sie, wie mit einem Lineal gezogen, plötzlich auf."
„Das Blut hat dann wohl mich getroffen!"
„Oh nein! Schau dich doch an! Deine Kleidung hat keinen einzigen Spritzer abbekommen. Außerdem,"
er beugt sich zum Boden hinunter:
„ist das hier die Kugel die sie auf dich abgefeuert hat."
Ich verstehe nichts mehr:
„Aber?"
Nardu lächelt mich an, obwohl er anscheinend immer noch wütend auf mich zu sein scheint:
„Ist doch ganz einfach! Solvana hat nicht nur auf dich geschossen, sie hätte dich auch getroffen, hättest du nicht plötzlich, wahrscheinlich ohne es zu wollen, ein Schutzschild vor dir aufgebaut. Zum Glück bist du ja inzwischen ein richtiger Dämon!"

Ich schmiege mich an Nardu und küsse ihn auf den Mund, auch wenn ich mich dazu ziemlich strecken muss. Jetzt kann er hören was ich denke:

„Ich wollte dich nicht beleidigen. Natürlich bin ich deine Geliebte und ja, ich bin auch schon deine Frau. Aber als ich Alisia gebeten habe dich zu holen konnte ich wirklich nicht normal denken. Solvana hatte gerade auf mich geschossen. Ich stand unter Schock. Da denkt man nicht klar. Eigentlich hätte ich dich holen sollen, dass wäre viel schneller gewesen. Ich kann mir sehr gut vorstellen, was du gefühlt hast als du denken musstest ich wäre tot."

„Entschuldige, natürlich konntest du in diesem Moment nicht klar denken. Solvana hatte gerade versucht dich zu töten. Aber es war auch für mich wirklich furchtbar. Ich habe nur gehört: *„deine Geliebte liegt im Sterben!"* Da dachte ich natürlich sie spricht von dir."

Später, als wir wieder klar denken konnten, fragen wir uns natürlich wie es Solvana überhaupt hoch in die Nebelberge schaffen konnte. Seit ihrem letzten Versuch als sie plötzlich mitten in der Nacht mit einem Messer bewaffnet neben Nardus Bett stand, wird der Lift von zwei Senioren abwechselnd rund um die Uhr bewacht. Wie sich herausstellt hat Solvana die Jungs mit ihrer Waffe bedroht und konnte sie so in eine Abstellkammer sperren.

Kapitel 14

Endlich ist es so weit: wir werden heute heiraten. Ich muss mich, was all die Bräuche rund ums Heiraten betrifft, voll auf Issi verlassen, denn ich habe keine Ahnung.

Laut Issi dürfen die Männer ihre Bräute am Hochzeitstag erst im Tempel sehen. Das bedeutet, wir werden die Nacht vor der Hochzeit alleine im Haupthaus verbringen. Doch als ich das Nardu zu erklären versuche sieht er mich nur ungläubig an und sagt:

„Nein, auf keinen Fall!"

Issi geht es übrigens mit ihrem Quenthor auch nicht anders. Also ändern wir das Procedere leicht ab: wir holen unsere Brautkleider erst im Laufe des Vormittags ab, denn laut Issi bringt es angeblich Unglück, wenn der Bräutigam die Braut im Brautkleid schon vor der Trauung sieht. Zu diesem Zeitpunkt warten unsere Männer schon zusammen mit unseren Gästen im Tempel auf uns. Es sind nicht viele Gäste: bei mir sind es meine drei Brüder und bei Issi nur ihre ehemalige Köchin und mütterliche Freundin Gerla. Auch Vengor wird natürlich dabei sein, aber er ist eigentlich kein Gast, er wird uns trauen.

Beim Ankleiden helfen Issi und ich uns gegenseitig, denn die riesige Schleife über dem Po kann man eigentlich alleine nicht binden. Dann, wir sind restlos zufrieden mit unserem Aussehen, wünschen wir uns vor die große Eingangstür zum Tempel. Gut, wir könnten uns natürlich auch direkt hinein wünschen, aber unser Erscheinen ist so beeindruckender — zumindest hoffen wir das!

Als Dämoninnen haben wir kein Problem damit, dass sich die Türen zum Hauptraum des Tempels vor uns öffnen und so schreiten wir wie echte Prinzessinnen hinein. Wie gehofft richten sich sofort alle Augen auf uns, aber ab diesem Zeitpunkt habe ich sowieso nur noch Augen für Nardu. Er trägt seine dunkelblaue Uniform und ist natürlich der bestaussehende Mann im Raum, auch wenn Issi wahrscheinlich anderer Meinung ist. Nardu strahlt mich an und ich habe es plötzlich sehr eilig ihn zu erreichen. Doch, als ich etwa noch 5 Meter von ihm entfernt bin, passiert etwas Unglaubliches: die Luft fängt an zu flimmern und plötzlich kann ich Nardu nicht mehr sehen, denn zwischen ihm und mir erscheinen ein fremder Mann und eine ebenso fremde Frau, anscheinend also Dämonen! Der Mann, nicht älter als Nardu, aber etwas kleiner, trägt Jeans und ein T-Shirt und die zierliche, blonde Frau ein graues, sehr kurzes Kleidchen. Ich muss leider zugeben, sie kann es sich leisten, denn sie hat lange, makellose Beine. Mehr kann ich allerdings nicht erkennen, denn auch sie steht mit dem Rücken zu Issi und mir.

Ich bleibe vor Verwunderung wie angewurzelt stehen und auch Issi geht keinen Schritt weiter. Wir sehen uns nur sprachlos an. Während wir noch überlegen was wir machen sollen, fängt dieser fremde Dämon auch schon zu sprechen an:
„Was für ein Glück! Alle drei zusammen. Chrisine, darf ich dir Quenthor, Nardu und Vengor vorstellen! Jetzt müssen wir wenigstens nicht nach ihnen suchen. Obwohl, eigentlich geht es mir ja, wie du weißt momentan vor allem um Quenthor!"
„Quenthor, ich habe mir all die Jahre den Kopf zerbrochen was ich machen könnte, damit du endlich

wieder spricht. Anfangs habe ich gehofft du würdest zu Sprechen beginnen wenn du dich um die Menschen in ganz Luthien und dort vor allem um die Soldaten kümmern musst, aber da habe ich mich leider geirrt. Aber jetzt habe ich endlich die Lösung für dein Problem gefunden."

Seit sich der Fremde direkt an Quenthor wendet muss ich Issi festhalten, damit sie nicht zu ihrem Quenthor stürmt. Ich flüstere ihr zu:

„Warte noch einen kleinen Moment. Mal sehen was dieser Fremde will!"

Issi bleibt, wenn auch widerwillig stehen und der Fremde spricht weiter:

„Quenthor du musst zugeben, es ist nicht ideal, wenn du zum Beispiel den Soldaten einen Befehl erteilen sollst und keinen Ton heraus bringst. Du brauchst immer jemanden der das für dich übernimmt. Im Ernstfall Befehle auf einen Zettel schreiben bringt wirklich nichts. Daher habe ich beschlossen deine Aufgaben für ein, zwei Jahre auf Vengor zu übertragen. Gut, ich weiß, er hat auch jetzt schon genug mit der Verwaltung der Finanzen zu tun, aber er hat schließlich Helfer und es ist ja, wie gesagt, nur für ein, zwei Jahre."

Man kann Vengor ansehen, dass er ganz anderer Meinung ist, aber noch hält er sich zurück, während der Fremde Quenthor weiter erklärt:

„Du wirst dich in dieser Zeit nur darauf konzentrieren wieder sprechen zu lernen und damit dir das leichter fällt habe ich dir diese Schönheit, Chrisine mitgebracht. ...."

Ich kann Issi kaum noch zurückhalten:

„Warte ab, was er will!"

Flüstere ich ihr zu und für den Moment kann ich sie stoppen.

„.... Ja, ich weiß, du wartest, wie deine Brüder, auf die ideale Partnerin, aber wer weiß ob du die jemals findest. Daher wirst du heute Chrisine zur Partnerin nehmen und sie wird dir helfen wieder sprechen zu lernen, schließlich ist sie eine ausgebildete Lehrkraft. Gut, ich weiß, sie ist momentan noch nicht deine ideale Partnerin, aber es soll durchaus schon vorgekommen sein, dass sich aus solchen arrangierten Verbindungen ideale Partnerschaften entwickelt haben. Also komm her, reich Chrisine die Hand und nicke. Ein lautes Ja ist von dir schließlich nicht zu erwarten."

Issi bewegt sich nicht mehr, sie steht wie angewurzelt da und starrt nur mit weit aufgerissenen Augen auf Quenthor und der, der steht ebenfalls wie festgeklebt da. Sein Mund ist zu einem „O" geformt, aber er sagt keinen Ton. Hat er tatsächlich das Sprechen wieder verlernt?

Erst als der Fremde „was ist los mit dir" sagt, kommt wieder Leben in Quenthor. Er schüttelt den Kopf und erklärt laut und deutlich:

„Oh nein! Ich habe meine perfekte Partnerin bereits gefunden. Dazu brauche ich deine Hilfe nicht! Issi, komm her zu mir!"

Endlich! Er streckt Issi seine Hand entgegen und die kommt seiner Bitte nur zu gerne nach. Quenthor nimmt sie in seine Arme, küsst sie lang und innig und erst danach meint er:

„Issi, darf ich dir deinen Schwiegervater Ulrom vorstellen!"

„Vater, meine Frau Issi!"

Schwiegervater? Ulrom? Es dauert bis ich begreife, aber dann fällt es mir wie Schuppen von den Augen: Der Gott Ulrom ist der Vater der drei Brüder. Aber natürlich! Warum bin ich nicht früher darauf gekommen? Warum habe ich nie nach Ulrom gefragt?

Lange Zeit habe ich nicht meinen Fragen nachzuhängen, denn jetzt wendet sich Ulrom an Nardu:
„Nardu! Gut, wenn Quenthor schon eine Partnerin hat, dann wirst eben du Chrisine zur Frau nehmen. Ich habe schließlich ihrem Vater, einem meiner Brüder versprochen für sie den passenden Mann zu finden."
Nardu braucht zum Glück nicht so lange für seine Antwort wie vorhin Quenthor, denn jetzt geht es schließlich um mich:
„Auf keinen Fall! Was bildest du dir ein? Du kommst nach all den Jahren plötzlich daher und glaubst wirklich du könntest mir befehlen wen ich zur Gefährtin nehme? Auch ich habe bereits die ideale Frau gefunden. Aber woher solltest du das schließlich wissen?"
Nardu streckt mir die Hand entgegen:
„Komm her Prinzessin! Ich will dir meinen Vater vorstellen. Obwohl es eigentlich nicht notwendig ist, denn wer weiß wann und ob wir ihn jemals wieder sehen werden."
Jetzt kann ich auch das Gesicht von Ulrom sehen und ja, es besteht eine gewisse Familienähnlichkeit. Auch wenn er um gut einen Kopf kleiner als seine Söhne ist. Seine Haarfarbe und die Form seiner Augen ähnelt ihnen. Ulrom hat seinen Kopf gesenkt und die junge, wirklich hübsche Frau neben ihm kämpft mit den Tränen.
Ulrom öffnet gerade den Mund, aber kommt nicht dazu noch etwas zu sagen, denn jetzt mischt sich auch Vengor ein:
„Denk nicht mal dran Vater! Ich werde diese Frau auch nicht zur Partnerin nehmen. Ich werde mir meine

Partnerin alleine suchen. Dazu brauche ich dich nicht, ganz egal wie lange es dauern wird. Außerdem wissen wir hier doch alle warum du wirklich hier bist. Gib's zu, es geht dir nicht um Quenthors Stimme oder um das Wohl dieser Chrisine. Du bist einfach pleite und wunderst dich wo deine Einkünfte aus Alting geblieben sind."

Ulrom schüttelt seinen Kopf:

„Ich brauche diese Almosen nicht! Ich gewinne an einem Abend mehr als ich aus dieser Stiftung in einem ganzen Jahr bekomme!"

Dordongo steht etwa zwei Meter von Chrisine entfernt. Wie ich aus den Augenwinkeln erkenne, bewegen sie sich leicht aufeinander zu und dann plötzlich berühren sich ihre Hände! Was soll das? Doch dann sehe ich, dass zwischen ihren Händen kleine Funken aufsprühen! Dordongo und Chrisine also? Das hätte ich nie gedacht. Aber natürlich freue ich mich vor allem für meinen Bruder. Vor lauter Aufregung habe ich nicht darauf geachtet was Vengor gerade sagt. Ich muss mich zusammenreißen um wieder zuzuhören:

„........ kannst schließlich nicht jeden Abend in den Kasinos groß abkassieren. Das würde auffallen. Spätestens nach drei, na sagen wir vier Abenden würdest du Hausverbot erhalten. Also musst du ab und zu auch mal verlieren. Doch du reist mit großer Entourage und steigst nur in den besten Hotels ab. Das geht ins Geld. Da ist so ein Gewinn schnell aufgebraucht."

Ulrom schüttelt vehement den Kopf:

„Esral ist bei mir. Wenn ich pausieren muss gewinnt eben er."

„So? In wie vielen Casinos habt ihr schon Hausverbot?"

Darauf geht Ulrom nicht ein. Das hat Vengor aber auch gar nicht erwartet:

„Vater es ist mir eigentlich egal wie du dein Leben finanzierst. Aber du wirst auf keinen Fall mehr das Geld, das für Stiftungen zu Gunsten der Bewohner von Luthien gedacht ist, für deine privaten Bedürfnisse verprassen, dafür werde ich sorgen."

Ulroms Gesicht ähnelt einer Tomate:

„Dann habe ich hier nichts mehr verloren. Komm Chrisine!"

Er will ihre Hand greifen, aber da hat er nicht mit meinem Bruder gerechnet:

„Nein, Chrisine bleibt hier. Sie wird meine Gefährtin."

Ulrom scheint erst jetzt Dordongo zu bemerken und vor allem, dass er Chrisines Hand hält:

„Wicht, wer bist du denn? Lass sofort Chrisines Hand los!"

„Wicht nennst du mich? Ich bin dein Neffe, der Sohn von Esral und Chrisine hier ist, wie wir gerade unmissverständlich festgestellt haben, meine Gefährtin. Grüß also meinen Vater von mir und sag ihm er ist hier nicht willkommen. Frag ihn, warum er uns im Glauben gelassen hat, dass unsere Cousins unsere Feinde sind, obwohl er selbst sich anscheinend schon geraume Zeit mit dir in den Kasinos herumgetrieben hat. Er ist Schuld am Tod vieler seiner Söhne."

Harthor und Menzes nicken beifällig.

Jetzt wendet sich auch noch Quenthor an seinen Vater:

„Du kannst aber natürlich gerne als unser Gast hier bleiben und mit uns zusammen meine Hochzeit mit Issi und Nardus mit Maringa feiern."

Er grinst Dordongo an:

„Vielleicht wird es ja sogar eine Dreifach-Hochzeit!"

Ganz ehrlich, Ulrom schaut etwas albern drein, als er begreift was Quenthor gerade gesagt hat. Doch dann schüttelt er den Kopf:
„Nein danke! Mir ist heute nicht nach feiern." Er macht eine lange Pause, doch dann ergänzt er:
„Aber gebt mir Bescheid wenn meine Enkelkinder geboren sind, die will ich mir auf jeden Fall ansehen."

Noch bevor jemand antworten kann, ist er verschwunden.

Es dauert etwas, bis wir alle uns wieder beruhigt haben, aber dann findet die Hochzeit doch noch statt – für 3 Paare übrigens.

Nach unserer Hochzeit ändert sich auf den Nebelbergen einiges:
Die jungen Mädchen und jungen Männer müssen nicht länger ihren Dienst hier oben bei uns ableisten. Wir leben jetzt alleine auf den Bergen und vor allem wir Frauen kümmern uns um die Obst- und Gemüsegärten. Die Wehrpflicht wird ebenfalls abgeschafft.
Auch Dordongo errichtet sich ein Zelt neben denen seiner Cousins. Hier lebt er jetzt zusammen mit Chrisine. Nur Harthor und Menzes können leider nicht bei uns leben. Sie sind nur Halbdämonen und würden hier oben viel zu schnell altern. Aber sie ziehen in das leerstehende Haus von Solvana. Da sie als Halbdämonen stärker als die normalen Männer sind sind sie als Arbeiter sehr begehrt und natürlich auch bei den Frauen.

Wer Ulrom wirklich ist, ist unser Geheimnis. Dem Namen nach bleibt er weiter Gott in Alting. Auch die

Tempel bleiben weiter bestehen. Und die Generäle kümmern sich in seinem Namen um Luthien.

Ein paar Worte über mich:

Mich haben eigentlich schon immer Geistergeschichten, oder solche mit Vampiren, Drachen bzw. Werwölfen begeistert, zumindest solange es in ihnen um gutaussehende, männliche Gespenster, Vampire, Drachen oder Werwölfe ging. Doch davon gab es, zumindest meiner Meinung nach, viel zu wenige. Daher habe ich schon sehr früh damit begonnen in meinen Tagträumen eigene Figuren zum Leben zu erwecken.

Inzwischen muss ich nur meine Augen schließen und schon lebe ich mitten unter ihnen und es kommen immer noch mehr neue, unglaubliche Typen dazu!

Sollten Sie noch irgendwelche Fragen oder Anregungen haben, aber natürlich auch, wenn Sie mir einfach nur mitteilen wollen, ob Ihnen das Buch gefallen hat, melden Sie sich doch einfach unter:

romybuch@t-online.de

Ich würde mich freuen, von Ihnen zu hören.

Mein ganz persönlicher Dämon

Romy Schmidt

Drachenfehden

Band 1

Kapitel 1

Ich bin gerade mit meinem Frühstück fertig, als ein Gast gemeldet wird und dann staune ich nicht schlecht, als ich endlich begreife, was der alte Mann da vor mir will:
"Ich weiß, es gehört sich nicht, dass ich Sie so einfach mit meiner Bitte überfalle, aber mir ist sonst niemand eingefallen, an den ich mich wenden könnte!"
„Ich verstehe nicht!"
„Ja natürlich, wie sollten Sie auch! Es geht um meine Tochter – oder besser meine Adoptivtochter!"
Der alte Mann langweilt mich, aber ich bin dazu erzogen worden höflich zu sein, vor allem zu älteren Menschen. So unterdrücke ich ein Gähnen und frage:
„Was ist mit ihr?"
„Das ist es ja eben! Sie ist, wie gesagt, nicht meine leibliche Tochter! Sie ist ein Findling!"
„Lassen sie mich raten: Sie wurde als Baby ausgesetzt und sie haben sie zu sich genommen. So weit ich weiß kommt das immer mal wieder vor."
„Das stimmt! Mit einer Ausnahme: Sie war kein Baby, sie war praktisch noch gar nicht auf der Welt! Sie steckte noch in ihrem Ei!"
„?!?"
Ich muss zugeben, ich bin momentan sprachlos.
„Ja, Sie haben schon richtig gehört, sie steckte noch in diesen furchtbar harten Eierschalen. Erst wussten meine Frau und ich nicht mal was wir da vor uns hatten, aber dann hat uns Meister Angan, unser Gelehrter und ein wirklich weiser Mann, erklärt, was es mit diesem Ei auf sich hat. Sie müssen wissen, meine Frau konnte keine Kinder bekommen obwohl wir uns sehnlich welche gewünscht hätten. So waren wir natürlich fasziniert, als Meister Angan uns sagte,

dass in diesem Ei ein menschlicher Säugling stecken würde; na ja nicht ganz menschlich, aber zumindest fast. Das Ei war heiß und Meister Angan hat uns erklärt, dass das so sein müsste und wir dafür sorgen sollten, dass es die nächsten ein, zwei Wochen so bleiben würde. Er war es auch, der uns dazu riet das Ei in unseren Backofen zu legen, was wir dann auch taten. Was soll ich sagen, es hat funktioniert. Nach fast 3 Wochen im Backofen, der wohlgemerkt in der Zeit weiter benutzt wurde, wurde die Eierschale spröde und zerbrach als man sie berührte. Gleichzeitig hörte man ein leises Wimmern aus dem Inneren."

Ich kann nicht glauben, was ich da höre: Dieser Idiot findet ein Drachenei und behält es einfach:

„Warum haben Sie damals dieses Ei nicht einfach zu meinem Vater, König Erwald, gebracht?"

„Ja, ich weiß natürlich, wir hätten das sofort tun sollen, aber was soll ich sagen: Meine Frau und ihr Kinderwunsch! Außerdem waren wir uns ja nicht mal sicher, ob wir es wirklich mit einem Drachenei zu tun hatten. Aber als dann dieses süße kleine Ding im Schoß meiner Frau lag und sie so glücklich war, brachte ich es nicht übers Herz ihr das Kind wegzunehmen."

„Warum haben sie nicht einfach ein ganz normales Kind adoptiert. Es gab doch sicher genug Menschen, die froh gewesen wären, wenn sie einen Esser weniger an ihrem Tisch gehabt hätten! Sie konnten doch nicht einfach ein Drachenbaby behalten! Drachen sind keine Menschen! Sie haben andere Bedürfnisse!"

Der alte Mann schüttelt den Kopf:

„Es war eigentlich gar nicht so schwer! Gut, Sylvie, unsere Kleine hat zwar eine bedeutend höhere Körpertemperatur als normale Menschen, aber wir haben dafür gesorgt, dass nur wenige an unserem Hof so nahe in Kontakt mit ihr kamen, dass sie den Unterschied bemerken konnten. Gut, da sind noch ein paar andere Unterschiede: Sylvie friert zum Beispiel schnell. Ihre Räume sind daher immer irgendwie überheizt, außerdem wurde sie schnell wütend und ging dann auf einen los, wobei manchmal sogar ein kleines Rauchwölkchen, das aus ihren Nasenlöchern aufstieg zu sehen war, aber meine Frau hat mit ihr geübt und jetzt kann sie sich bedeutend besser beherrschen. Es passiert praktisch kaum noch, dass ihr Temperament mit ihr durchgeht."

„Trotzdem, ganz egal wie vernarrt ihre Frau in das Kind ist, sie haben der Kleinen damit wirklich keinen Gefallen getan. Wenn ein Drache nicht weiß was er ist und vor allem wozu er fähig ist, wird er es später nie schaffen sich zu verwandeln. Einem erwachsenen Drachen nach der Pubertät noch beizubringen wie er sich verwandeln kann, ist verdammt schwierig!"

„Oh, das wusste ich nicht!"

Der alte Mann sieht so schuldbewusst drein, dass er mir fast Leid tut.

„Wie alt ist das Baby jetzt und warum wenden Sie sich jetzt doch noch an uns?"

„Baby? Sylvie ist schon lange kein Baby mehr! Sie ist 20 Jahre alt und eine wahre Schönheit! Das ist übrigens auch unser einziges Problem! Wie gesagt, sie ist wunderschön und dazu auch noch unsere einzige Erbin. So ist sie natürlich eine wirklich gute Partie. Die Freier stehen praktisch Schlange vor unserer Burg! Aber ich kann Sylvie doch nicht einfach verheiraten! Ihr Ehemann würde sehr schnell merken, dass mit ihr etwas nicht stimmt!"

Jetzt hat der alte Mann mein volles Interesse:

20 Jahre und bildhübsch! Gut, Väter übertreiben

meist, aber trotzdem! Es gibt praktisch keine weiblichen Drachen mehr, vor allem keine, die nicht mit mir verwandt sind! Da macht es nicht viel, dass diese Sylvie nicht weiß was sie ist. Es könnte sogar ganz unterhaltsam werden ihr zu zeigen was sie als Drache alles kann! Außerdem, Rauch und Feuer speien kann sie sicher schon. Das kann eigentlich jeder Drache von Anfang an. Aber sich verwandeln, das wird sie ohne Anleitung und ohne Vorbilder nicht schaffen. Dabei ist gerade das für einen weiblichen Drachen überlebensnotwendig. Doch bevor ich mir über ihr Können Gedanken mache, muss ich mir sicher sein, dass nicht auch sie eine entfernte Verwandte von mir ist.

„Wo genau haben Sie diese Sylvie gefunden?"

„Im Hornungwald, oder besser in einer Höhle dort. Es zog ein Unwetter auf und wir haben Schutz in dieser Höhle gesucht."

Hornungwald? Ich kann mich schwach erinnern, dass mein Vater davon erzählt hat, dass dort ein weiblicher Drache, ein wohlgemerkt schwangerer Drache spurlos verschwunden ist. Mein jüngerer Bruder war damals erst ein paar Jahre alt und ich konnte mir nur zu gut vorstellen, wie schlimm es vor allem für Vater gewesen wäre, seine Frau, von der er wusste sie würde bald ihr Ei legen, zu verlieren. So weit ich mich erinnere hieß der Drache Franzesa. Und diese Franzesa war tatsächlich einer der wenigen weiblichen Drachen die nicht direkt mit unserem Königshaus verwandt war. Was, wenn diese Sylvie also tatsächlich die Tochter dieser Franzesa wäre? Ich wage es gar nicht den Gedanken weiter zu verfolgen! Vorsichtshalber will ich aber noch wissen:

„Ihre Tochter ist nicht zufällig blond, neigt dazu leicht füllig zu werden und hat blaue Augen?"

So könnte man nämlich all die weiblichen Drachen in meiner Verwandtschaft beschreiben. Zum Glück trifft das mit dem „leicht füllig" aber auf die männlichen Mitglieder nicht zu.

„Nein! Es tut mir leid, wenn sie damit nicht dem gängigen Ideal eines weiblichen Drachen entsprechen sollte, aber glauben Sie mir, auch wenn sie dicke, dunkelbraune, glatte Haare hat und weiß Gott nicht zur Fülle neigt, sie ist eine Schönheit – allerdings mit kohlrabenschwarzen, riesigen Augen."

Ich kann es kaum glauben! Zum Glück ist der alte Mann zu mir gekommen und nicht zu einem meiner vielen Cousins. Ich muss jetzt ganz vorsichtig sein um ihn nicht im letzten Moment noch zu verschrecken. So frage ich möglichst beiläufig:

„Wer war damals, als sie das Ei fanden noch bei ihnen?"

„Nur meine Frau und Angan."

„Und wer weiß heute was mit ihrer Tochter los ist?"

„Auch nur meine Frau und Angan."

Bis jetzt klingt alles super! Nur noch eine letzte Frage und dann …… oh Mann! Ich kann es immer noch kaum fassen:

„Was erwarten sie von mir und vor allem warum haben sie den weiten Weg zu meiner Burg auf sich genommen?"

Meinem Besucher ist offensichtlich nicht ganz wohl als er bekennt:

„Ich hoffe, sie kennen einen jungen, unverheirateten Drachen! Sylvie braucht dringend einen Mann, bevor uns all die Ritter und Edelleute die Burgtore einrennen."

Ich kenne nicht nur einen sondern über 20! Aber das werde ich natürlich nicht sagen. Trotzdem, die Suche des alten Mannes ist praktisch zu Ende. Er hat bereits gefunden, wonach er sucht – mich! Und ich bekomme, was ich nie zu hoffen gewagt habe – eine Gefährtin!

„Was sagt denn ihre Tochter dazu, dass sie ihr einen Ehemann, noch dazu einen Drachen, suchen?"

Der alte Mann sieht ziemlich erschrocken aus und hebt abwehrend die Hände:

„Sylvie? Sie weiß nichts davon! Schließlich weiß sie ja noch nicht mal, dass sie ein Drache ist!"

„Waaas? Warum haben Sie ihr das denn immer noch nicht gesagt? Ich lasse mir ja eingehen, dass sie das Mädchen unter Menschen aufwachsen lassen, aber dass sie absolut ahnungslos ist?"

Unglaublich!

„Meine Frau und ich brachten es einfach nicht übers Herz ihr das zu sagen. Sie ist so süß und unschuldig! Sie hält sich für ein ganz normales Mädchen. Anfangs haben wir hin und wieder bemerkt, dass aus ihren Nasenlöchern etwas Rauch aufstieg, vor allem wenn sie furchtbar ärgerlich war, doch ich glaube, sie selbst hat das gar nicht mitbekommen. Als dann meine Frau anfing mit Sylvie zu üben ihre Wut besser zu beherrschen, ließ das mit dem Rauch auch nach. Inzwischen kommt es eigentlich fast nicht mehr vor und wenn, dann fällt es wirklich kaum auf. Trotzdem, wissen sie vielleicht einen Ehemann für sie?"

Ja mich: „Wäre möglich!"

Der alte Mann scheint sprachlos, fängt sich aber schnell wieder.

„Das wäre wundervoll! Doch es gibt leider noch ein kleines Problem: Meine Tochter will eigentlich gar nicht heiraten. Das hat sie mir mehr als einmal erzählt wenn ich vorsichtig auf dieses Thema zu sprechen kam. Sie will unbedingt bei ihrer Mutter und mir bleiben. Und wahrscheinlich wissen Sie besser als ich, wie stur so ein Drache sein kann. So dachte ich mir, wir könnten zu einer kleinen Notlüge greifen."

Oh ja, natürlich weiß ich nur zu gut was für einen Dickschädel die meisten Drachen haben:

„Notlüge?"

„Ja! Bevor ich mit meinen Soldaten loszog habe ich Sylvie erzählt, dass ich eine Truhe voll Gold zu unserem König bringen müsste. Das ist nicht ungewöhnlich. König Winbert bekommt jedes Jahr eine kleine Truhe voll Gold!"

„Gold?"

Das Wort hätte der alte Mann nicht sagen dürfen! Wir Drachen lieben Gold, ja sind besessen davon!

„Ich habe natürlich nicht wirklich eine Truhe voll Gold dabei. Die werde ich erst in zwei Monaten bei König Winbert abliefern."

Kein Gold! Während der alte Mann weiter erzählt, beruhige ich mich wieder etwas.

„Also, wie gesagt, Sylvie denkt ich bin auf dem Weg zu König Winbert um ihm den ihm zustehenden Zins zu bringen. Daher habe ich sogar 5 meiner Soldaten dabei. Ich habe mir gedacht, ich erzähle ihr, dass wir von einer riesigen Horde blutrünstiger Wegelagerer überfallen worden sind. Zu sechst hatten wir gegen die natürlich keine Chance und wären unweigerlich getötet worden, aber plötzlich hörten wir über uns ein lautes Schwirren und dann landete auch schon ein feuerspeiender Drache neben uns. Ohne lange zu zögern hat er einen Teil der Angreifer getötet und der Rest ist geflohen. Als Dank habe ich dem Drachen die Hälfte meines Goldschatzes angeboten, aber er wollte kein Gold, sondern.....!"

„Kein Drache schlägt einen Goldschatz aus!"

„Der hier schon! Er bekommt nämlich etwas Besseres!"

„Was ist besser als ein Goldschatz?"

„Meine Tochter! Ein reinrassiges, wunderschönes, junges Drachenmädchen!"
Wo er recht hat, hat er recht! Gold habe ich eigentlich genug! Aber einen 20jährigen weiblichen Drachen, noch dazu, wenn das Mädchen wirklich so schön ist, wie der alte Mann behauptet! Dafür würde ich mehr als nur einen kleinen Goldschatz hergeben. Vor allem da es eigentlich keinen weiblichen Drachen mehr hier bei uns gibt, zumindest keinen der nicht mit mir verwandt ist. Eine Ehe zwischen einer Cousine ersten oder zweiten Grades und mir kommt für mich aber nicht in Frage, vor allem da die drei Cousinen im heiratsfähigen Alter, Dandra, Geneva und Dragessa wirklich nicht mein Fall sind. Alle drei ähneln sich sehr: sie sind blond, blauäugig und leider nicht gerade schlank. Alle drei lieben auffallende bonbonfarbene Kleider mit möglichst vielen Schleifchen. Außerdem sind leider alle drei nicht gerade Intelligenzbestien. Gut, mit Dragessa kann man sich noch relativ normal unterhalten, aber mit den anderen! So bin ich immer noch solo, obwohl meine Eltern mich drängen endlich zu heiraten. Wahrscheinlich haben sie Angst, dass bei nur drei heiratsfähigen weiblichen Drachen und 20 männlichen am Ende keine Frau für mich übrig bleibt. Das kann schon sein, aber dieses Risiko bin ich nur zu gerne bereit einzugehen. Doch hier bahnt sich anscheinend gerade die Lösung für mein Problem und das meiner Eltern an! Ich muss eigentlich nur noch die Details klären:
„Was bekommt die Kleine als Mitgift?"
„Mitgift?
„Natürlich!"
„Sie ist meine einzige Tochter! So bekommt sie zur Hochzeit sämtliche Wiesen und Felder, die meine Frau als Hochzeitsgut bekam."

„Wiesen und Felder sind für einen Drachen nicht wichtig. Ich dachte an zwei Säcke Gold!"

„Für wen – für sie? Sie selbst? Sie würden Sylvie zur Frau nehmen?"

„Ja, warum nicht? Aber natürlich nur wenn diese Sylvie wirklich so gut aussieht wie sie sagen und wenn wir uns auf das Hochzeitsgut einigen können."

Der alte Mann mustert mich von Kopf bis Fuß! Anscheinend hat er nichts auszusetzen.

„Gut! Zwei Säcke Gold! Wenn meine Frau und ich einmal nicht mehr sind, ist Sylvie die Alleinerbin von Burg Drachenstein!"

„Wie bitte? Wie heißt Ihre Burg?"

„Drachenstein! Wie mir mein Vater erzählt hat, lebte dort lange vor unserer Zeit einmal ein Drache."

„Also abgemacht, ich schaue mir ihre Tochter an und wenn sie mir gefällt sind wir uns einig."

Mit der Zusage des Vaters ist praktisch alles perfekt. Niemand kann mir meine Braut mehr streitig machen und was ihr Aussehen betrifft; ich stelle wirklich keine großen Ansprüche. Jetzt geht es nur noch darum wann ich sie zu mir auf die Burg holen kann:

„Wie soll es weiter gehen? Soll ich in den nächsten Wochen mal auf ihrer Burg vorbeischauen?"

Das scheint meinem Schwiegervater irgendwie nicht zu gefallen; er schüttelt seinen Kopf:

„Ich dachte eigentlich wir könnten das Ganze etwas schneller über die Bühne bringen! Drachen können doch fliegen. Daher dachte ich mir, sie könnten mich zurück auf meine Burg begleiten, oder wohl besser mich dorthin bringen. So können sie sich dann heute noch selbst davon überzeugen wie hübsch meine Tochter ist."

Das ist mir nur zu recht. Wir Drachen sind nicht sehr geduldig:

„Kein Problem!"

„Wenn sie Ihnen gefällt, können sie sie noch am gleichen Tag heiraten und sie schon am nächsten Tag auf ihre eigene Burg bringen."

„Warum diese Eile? Haben Sie Angst vor mir, einem Drachen?"

„Oh nein, natürlich nicht! Sie vergessen, ich lebe seit 20 Jahren mit einem auf der Burg. Es ist nur so, meine Soldaten wissen nichts von meinem Plan. Sie warten draußen vor ihrem Burgtor auf mich und wenn ich sie jetzt zurück nach Hause schicke, sind auch sie in spätestens 5 Tagen zurück. Dann erfährt Sylvie aber leider dass es nie einen Angriff von Wegelagerern und natürlich auch keine Rettung durch einen Drachen gab. Das will ich vermeiden. Außerdem hoffe ich für meine Frau wird es einfacher wenn sie sich so schnell wie möglich von Sylvie trennt und nicht lange Zeit hat darüber nachzudenken."

„Gut, machen wir uns also auf den Weg! Ach, Schwiegervater, wie heißt du eigentlich? „Alter Mann" als Anrede klingt irgendwie albern!"

„Ich bin Herzog Otto von Burg Drachenstein . Nenn mich einfach Otto!"

„Ich bin Nikondrel der Blaue! Der Blaue, weil meine Drachenschuppen blau glänzen. Nenn mich einfach Nick!"

Ich rufe nach Gorgel, einem meiner Männer und erkläre ihm was los ist. Er wird uns begleiten. Wir werden nicht lange weg sein, daher gibt es vorher nicht viel zu erledigen. Otto nützt die Zeit und schickt seine Männer zu Fuß zurück zu seiner Burg. So dauert es nicht lange und wir können uns auf den Weg machen. Otto macht es sich auf meinem Rücken so bequem wie es geht und, obwohl er natürlich anfangs ziemliche Angst hat, schließlich ist das sein erster Flug, genießt er nach kurzer Zeit sogar den Ritt auf meinem Rücken. Hin und wieder beugt er sich vor zu meinen Ohren und brüllt hinein: „Schau, der Bach, wie der sich durch den Wald schlängelt" oder Ähnliches. In meiner Drachenform kann ich ihm aber natürlich nicht antworten. So ist die Unterhaltung doch sehr einseitig. Als wir uns unserem Ziel nähern, kann ich seine Aufregung spüren. Er zeigt mir all seine Wiesen, Wälder und die Felder auf denen seine Bauern gerade die Ernte einbringen. Ich kann hören, wie stolz er auf seine Ländereien ist. Dann erreichen wir endlich die Burg. Sie liegt auf einer felsigen Anhöhe und man hat von hier oben einen weiten Blick ins Tal. Schon von weitem kann man sehen, dass sie sehr stabil gebaut ist.

Natürlich merkt man aber sofort, dass das keine Drachenburg ist, auch wenn der Name etwas anderes vermuten lässt. So gibt es leider keinen breiten, stabilen Turm auf dem ein Drache bequem landen könnte, der aber trotzdem durch schwere, ausfahrbare Eisenstäbe gegen fremde Drachen gut zu verteidigen wäre. Die Eisenstäbe würden unweigerlich die Drachenflügel durchstoßen. Da Drachenflügel sehr schlecht heilen, wäre damit jeder Angreifer hilflos.

Doch da es hier keinen dieser Türme gibt, muss ich mit meinem Passagier notgedrungen mitten auf dem Burghof landen. Allem Anschein nach hat man unsere Ankunft beobachtet, denn kaum haben Gorgel und ich den Boden berührt, stürzen uns aus allen Türen Menschen entgegen. Zum Glück gehöre sowohl Gorgel als auch ich zu den wenigen Drachen, die nicht nackt sind, sobald sie sich zurück in einen Menschen verwandeln. Das wäre dann doch etwas peinlich!

Kaum ist Otto von meinem Rücken gesprungen, rennen auch schon zwei Frauen auf ihn zu. Eine von ihnen ruft schon von weitem: „Vater!"
Das ist also besagte Drachendame! Und – wow, heute ist mein Glückstag! Der Vater hatte nicht übertrieben! Sylvie, meine Braut, ist wirklich eine Schönheit! Lange dunkelbraune Zöpfe, die ihr bis weit über den Rücken hinunter reichen und ein süßes, herzförmiges Gesicht mit großen, fast schwarzen Augen. Sie ist gertenschlank, natürlich bedeutend größer als die etwas pummelige Frau neben ihr und wahrscheinlich auch größer als die meisten Frauen hier auf der Burg. Kein Wunder! Sie ist schließlich ein Drache und wir Drachen sind nun mal größer, auch unsere Frauen. Aber natürlich ist sie immer noch bedeutend kleiner als ich.
Sofort schlingt sie ihre Arme um Otto und ich muss zugeben, ich beneidete ihn! Als er sich aus ihrer Umarmung lösen kann, dreht er sich mir zu und, man kann den Stolz in seiner Stimme deutlich hören, als er wissen will:
„Was sagst du?"
„Unser Handel gilt!"
„Gut!"

www.ingramcontent.com/pod-product-compliance
Lightning Source LLC
Chambersburg PA
CBHW061512120726
48001CB00004B/1304